# 내가 그린 에세이

그린에세이작가회 · 1

2023

그린에세이작가회 · 1

# 내가 그린 에세이

1판 1쇄 발행 | 2023년 3월 5일

지은이 | 박영진 외 22인
발행인 | 이선우
펴낸곳 | 도서출판 선우미디어
　　　　　등록 | 1997. 8. 7 제305-2014-000020
　　　　　02643 서울시 동대문구 장한로12길 40, 101동 203호
　　　　　☎ 2272-3351, 3352 팩스: 2272-5540
　　　　　sunwoome@hanmail.net
　　　　　Printed in Korea ⓒ 2023. 박영진 외 22인

15,000원

ISBN 978-89-5658-727-1 03810

# 내가 그린 에세이

그린에세이작가회 · 1

2023

선우미디어 sunwoomedia

# 우리가 그린 에세이

격월간 '그린에세이'를 통해 등단한 문우들이 함께 모여서 정을 나누고 작품활동을 하면서 마음을 모아 첫 동인지 ≪내가 그린 에세이≫를 발간합니다.

'그린에세이'가 창간된 지 9년 차로 접어들었지만, 등단 절차가 엄격하고 까다로워 등단작가가 적은 데다가 회원들이 전국에 흩어져 있고 해외(미국과 캐나다)에 계신 분들이 많아서 일년에 한두 차례씩 모여 합평회 하기도 쉽지 않았습니다.

합평회 때 발표한 작품을 모아 동인지를 출간하자는 의견을 나누었습니다. 23분의 회원이 참여하여 등단 작품과 작품 두 편으로 우리의 사랑스러운 첫 동인지 ≪내가 그린 에세이≫를 여러분 앞에 선보입니다.

≪내가 그린 에세이≫에는 회원들의 사랑과 정성이 가득 담겨 있습니다. '그린에세이작가회'는 봄의 푸른 새싹처럼 볼수록 아름답고, 무한한 성장 가능성을 지니고 있다는 기대를 합니다. 친교를 통해 문우의 정을 나누고 가족처럼 형제처럼 서

로에게 버팀목이 되고 격려하여 더 좋은 작품을 쓰며 행복하게 살아가길 바라는 마음 간절합니다.

커다란 나무 밑에서 사람들이 쉼을 누리며 기쁨을 맛보듯이, 많은 독자분에게 감동을 주고 위로가 되는 작품집이 되면 좋겠습니다. 더불어 우리 회원들이 ≪내가 그린 에세이≫와 함께 성장하여 문단의 동량이 되길 소망합니다.

글을 다듬어 발표해주신 회원님들, ≪내가 그린 에세이≫를 예쁘게 편집하고 출간해 주신 선우미디어 이선우 대표님께 감사드리며, 우리 '그린에세이작가회'가 뿌리를 깊이 내리고 크게 성장하기를 기도합니다.

2023년 2월
그린에세이작가회 회장 박영진
편집위원 : 김선호 이지희 권오인 최봉호

# 차례

발간사 ㅣ 회장 박영진

## 1부 삶에 쉼표 하나

**임순형**   너는 충분히 할 수 있어 · 10
           삶에 쉼표 하나 찍고 · 13 ㅣ 어느새 할아버지 · 16

**김현숙**   입는 에어컨 · 20
           9월의 어느 멋진 날 · 24 ㅣ 목이 긴 옥심이 언니 · 29

**김선호**   창을 열며 · 36
           짧은 만남 · 40 ㅣ 빵집 아가씨 · 43

**송선주**   바람의 얼굴 · 47
           별리 · 50 ㅣ 고래 구경 · 54

**김규련**   5달러의 행복 · 59
           49일간의 동거 · 63 ㅣ 오빠 생각 · 67

**정인순**   검은머리방울새 · 71
           산 · 75 ㅣ 은행나무 · 78

**이봉희**   바람아, 내게 등을 · 82
           연양갱을 한입 물고 맺힌 눈물 · 86 ㅣ 그해 겨울 · 91

**독고윤옥** 신세계 · 96

청동에 불어넣은 예술의 혼 · 101

가방 연대기(年代記) · 106


## 2부 보물찾기

**박영진** 색깔에 쌓아둔 성(城) · 112

감나무가 부른다 · 116 | 하얀 거짓말 · 120

**안선자** 비 오는 날에도 · 124

소나무와 아버지 · 128 | 청태산 다람쥐 · 130

**엄영아** 점과 함께 살아가기 · 133

미국 엄마 · 136 | 엄마! · 140

**이지희** 차(茶) 닦는 남자 · 143

아버지의 새끼손가락 · 148 | 한살이 · 151

**김카니** 값비싼 칼국수 · 154

마이타이 한 잔 · 158

잭슨광장에 울려 퍼지는 재즈 · 161

**정영득** 노란 불 · 164

한겨울에 · 168 | 보물찾기 · 172

**김종걸** 인간애와 법(法)의 틈바구니에서 · 176

반추(反芻)의 시간(1) · 181 | 반추(反芻)의 시간(2) · 186

**유복녀** 개구리들은 어디로 갔을까 · 195

나무 지킴이 떨켜 · 198 | 엄마 고향은 나주 · 201

## 3부 힘 빼기

**고은하**  흔들리는 저력 · 206

아리랑 심마니 · 210 ｜ 사색의 힘 · 212

**이양자**  내 간이 더 좋아요 · 215

작은딸이 가져온 선물 · 220 ｜ 딸의 바이올린 · 224

**방현철**  아버지와 포도나무 · 229

비빔국수 · 233 ｜ 일자산 · 237

**권오인**  백 번째 원숭이의 효과 · 241

아내의 침선(針線) · 245 ｜ 개구멍으로 본 영화 · 250

**이봉순**  기억 속의 집 · 255

봄비 한 방울 · 259 ｜ 밤을 잊은 여인들 · 262

**온경자**  호박잎 · 266

계단을 오르며 · 269 ｜ 현충원의 시동생 · 272

**최봉호**  이합집산 · 276

비법은 없다 · 280 ｜ 힘 빼기 · 283

1부

삶에 쉼표 하나

# 너는 충분히 할 수 있어

**임순형**

타인의 기대나 관심 덕분에 능률이 오르거나 결과가 좋아지는 현상, 부모, 선생님, 상사, 동료가 나를 존중하고 기대하는 것이 있으면 부응하려고 노력하여 그렇게 되는 현상, 누군가 자기를 좋아한다고 믿게 되면 전혀 이상형(理想型)이 아닌데도 그 사람이 점점 좋아지는 현상을 서양에서는 피그말리온 효과(Pygmalion Effect)라고 학문적으로 정의한다.

우리나라에서도 긍정적 사고로 잠재능력을 일깨워주는 방법이 있었는데 예전부터 어머니들이 사용하던 고전적 수법이었다. 어머니가 자식이 훌륭하게 되기를 정화수 떠 놓고 기원하는 모습은 '전설의 고향'이나 사극에서 자주 볼 수 있다. 그런데 현명한 어머니는 자식이 눈치챌 때까지 정화수 올리는 일을 계속했다고 한다. 비록 개차반인 자식이지만 어머니가 새벽마다 정화수를 올리고 간절히 기원하는 모습에 '나는 잘될 것이다.' '나는 훌륭한 사람이 될 것이다.'라는 믿음으로 자신을 다짐하며 학업에 전념하지 않았겠는가.

널리 알려졌지만 피그말리온 효과의 기원은 한 조각가가 자신이 만든 조각상을 너무도 사랑하여 신에게 그 작품에 생명을 불어넣어 줄 것을 간절히 기도하여 소원이 이루어졌다는 이야기이다.

바라는 게 확실하고 믿음이 변치 않으면 꿈이 현실로 실현되는 건 여러 실험에 의해서도 그 효과가 입증되는 사례는 많다. 밀가루 뭉친 것을 배가 아픈 사람에게 소화제라고 먹게 했더니 효과가 있었다는 플라세보 효과(Placebo Effect)처럼 영어의 Effect는 효과가 실증된 경우에 붙이는 단어이니 피그말리온 효과(Pygmalion Effect) 또한 허구가 아니다.

피그말리온 효과를 극대화하는 게 칭찬이다. "칭찬은 꽃에 내리쬐는 햇볕과 같다."라는 서양 속담이 있으며 ≪칭찬은 고래도 춤추게 한다≫는 단행본이 베스트셀러가 되기도 했다. "잘해라." 하는 것보다는 "너는 충분히 할 수 있어."라는 말이 효과가 크다고 한다.

나는 칭찬에 인색한 편이지만 긍정의 힘을 경험해 본 이들은 자녀들을 꾸중하기보다는 칭찬을 많이 한다. 컴퓨터에 푹 빠진 아이에게 꾸중만 하면 야동을 보는 평범한 아이로 자랄 것이나 "컴퓨터도 잘하는구나. 눈이 나빠질 수 있으니 조금 쉬었다 하렴." 하는 부모의 자식들은 빌 게이츠가 되고 임요한이 된다. 학교에 교과서 갖고 가는 것은 잊어도 축구공은 잊지 않고 가져가는 아이에게 "축구도 잘하니 몸도 건강하겠네." 하면 박지성이 되고 호나우두가 되지만 "축구하면 밥이 나오냐, 쌀이 나오냐?" 야단을 치는 부모의 자식들은 화풀이로 매일 학교 유리창을 깰 것이므로 담임선생님과 멀어지게 되지 않겠는가.

직장에서도 자신의 능력을 인정하고 칭찬을 해주는 상사를 만나면 상승작용을 일으킨다. "박 대리는 발전기 정비를 잘하니 전동기 정비하는 것도 문제가 없을 거야, 박 대리만 믿을게." 하니 술 약속이 있는 박 대리는 약속을 뒤로 미루고 상사의 기대에 부응하기 위해 매뉴얼과 절차서를 들고 곧바로 퇴근할 것이다. 자신을 믿어주는 팀장의 한마디가 고마워서 전임자보다 잘해야지 하는 각오도 새롭게 한다.

부모나 상사, 선배로부터 신뢰를 받고 칭찬을 받는 사람이 더 많은 능력을 발휘하고 스스로 노력하는 것을 나의 직장에서도 경험하는 일이다. 그리고 보면 칭찬은 비단 고래만 춤추게 하는 게 아닌 모양이다. 사람도 칭찬을 먹고 산다.

[창간호 2014. 1·2월]

# 삶에 쉼표 하나 찍고

어머님 낙상, 입원과 수술, 소천까지 5개월여 가슴 졸인 시간은 길었지만, 물리적으로는 짧은 시간이었다. 미국 누나는 상속 문제로 우리 집에 발이 묶여 있다가 크리스마스 즈음에 미국으로 돌아갔다. 이어서 입국한 작은아이가 2개월여 한국 재택근무를 마치고 일상 복귀를 선언한 네덜란드로 돌아갔다. 어머니 소천 즈음 반려견의 쿠싱증후군 발병 등 최근 일들이 파노라마처럼 전개되었다.

시곗바늘이 빠르게 돌아가던 집에 다시 느린 시간과 정적이 찾아왔다.

하지만 돌이켜 생각해보면 나태해지는 것이 싫어 의도한 바쁜 삶을 살았기에 한가하고 여유로울 때가 있었나 싶다. 의도해서 바쁜 남편과 여러 가지 일로 인해 아내도 한가한 시간을 누리지 못한 사이 집사람은 환갑이 되었다. 작은아이가 네덜란드로 떠나기 전 조촐한 환갑잔치가 열렸다. 작은아이가 홈마카세*를 주문하고 큰아이 부부가 축하 케이크, 여성들 핫 아이템인 다이슨 에어랩, 남녀노소 누구나 좋아하는 용돈 봉투, 직접 구운 치아바타를 갖고 왔다. 치아바타는 내 몫인 것이 분명한데 환갑 맞은 아내가 더 좋아한다. 착한 남편 이니 양보했다.

　퇴직 준비는 했으나 환갑 준비를 하지 못했었다. 회사업무를 마무리하고 가지고 있는 모든 것을 남기고 퇴직하겠다는 생각으로 고민했으나, 인생 2막이라는 60 이후의 삶에 대해서도 고민이 없었다. 정년퇴직도 60.5세에 했으며, 임금피크제로 보직 없이 지내는 것이 일반적이나 퇴직 직전까지 조그만 프로젝트를 추진하고 있었다. 한참 일을 하고 있을 때라 별 감흥 없이 또 실감 나지 않게 60을 맞았었다. 정말 60이 된 것일까. 실감 나지 않았고 60.5세 퇴직하는 마지막 날까지 같은 시각에 출근하고 같은 시각에 퇴근했다.

　지금 생각해보면 회사원으로는 충실했는지 몰라도 자신의 삶에 대해서는 무책임한 것 같았다. '어떻게 살 것인가?' '어떤 삶이 행복한 것인가?' 책보고 공부만 했지 정작 60을 맞은 본인의 행복을 위해 준비한 것이 하나도 없었다. 회사 일이 아니면 손 하나 까딱하지 않을 것을 알고 있는 아내와 아이들이 준비한 60기념 해외여행을 다녀왔다. 타의에 의해 삶에 쉼표 하나 찍고 마음 편히 쉬어 봤다.

　아내는 동안(童顔)이고 나는 노안(老顔)이다. 합해서 평균이니 이것도 자연의 조화다. 늙지 않을 것 같았던 아내도 흰머리가 많이 늘었다. '동안'이기에 부정할지 모르겠으나 동안이나 노안에게도 환갑은 어김없이 찾아오고 피할 수 없다. 환갑 맞는 준비를 했든 하지 않았든 시간은 빠르고 되돌릴 수 없다.

　아내는 손에 물 묻혀보지 않고 결혼했으나 결혼하여 손 마를 새

없었다. 시부모 모시고 살았고, 두 아이 키우고, 반려견 키우다 보니 어느덧 사위도 봤고 곧 할머니가 될 예정이다. 한편으로 미안하고 애처롭기도 하다. 그렇다고 내가 집안 살림을 모른 체한 것은 아니었다. 같이 살 때는 부엌일도 도왔고 손가락 주부습진을 보고 회사간호사가 깔깔거렸던 적도 있지만, 아이들을 키우고 살림을 지켜낸 건 아내였다. 주부습진이 생겼다 해도 결혼 후 혼자 지방을 돌아다닌 기간을 따져보니 13년이나 되었다. 잘된 일들은 모두 아내 덕분이다.

이제는 쉼표 하나 크게 찍고 깊게 심호흡했으면 한다. 남은 삶을 어떻게 보낼 것인가, 어떤 삶을 살 것인가 본인의 삶만 생각하면 된다. 길고 깊게 숨을 쉰 다음, 하고 싶은 일에 집중하면 충분하다. 아이들 뒷바라지(?) 아이들은 제 앞가림을 하고 있으니 과도한 걱정과 간섭은 아이들에게도 거북한 일이다. 걱정하지 않아도 아이들은 잘살고 있고 잘 먹고 있다.

자유롭게 다닐 수 있는 세상도 아니고 반려견이 앓고 있는 쿠싱증후군으로 인해 한동안은 꼼짝하지 못할 가능성이 크니 여행은 다음 기회로 미룬다. 장미 한 바구니 보낸 날, 오늘만큼은 '무엇해서 먹을까?' 물어보지 않으려 한다. 손에 물 묻히지 말고, 지금은 굵고 깊게 쉼표하나 찍고 아무 일도 하지 않는 것이 좋을 듯하다.

* 홈마카세: 홈(Home)과 주방장 특선메뉴인 오마카세(お任せ)의 합성어로 집주인이 식재료를 직접 구입해서 상을 차려야 하나, 요즘은 음식점 배달메뉴에 '홈마카세'가 있다.

# 어느새 할아버지

구약 창세기 5장을 보면 고대인들은 결혼이 늦었던가 보다. '아담은 백삼십 세에 셋을 낳고 셋은 백오 세에 하노스를 낳고…'

고대인만큼은 아니지만, 당시에는 조금 늦은 결혼을 했다. 서른에 결혼하고 서른하나에 큰아이를 낳았다. 큰아이는 스물여덟에 결혼해 서른둘에 첫째를 낳았다.

그때 나의 고교 동창들은 술 먹고 놀러 다니는 데 정신이 팔려 모두 입대도 늦고 결혼도 늦었다. 친구들 모두 대학과 대학원 졸업 후 군대에 갔고 한 친구가 결혼하자 연이어 결혼했기에 애들 나이도 비슷비슷하다. 조금 늦게 결혼했지만, 큰아이가 적당한 나이에 결혼하고 늦지 않게 아이를 가져 적당한 시기에 할아버지가 되었다. 물론 손주를 여럿 둔 친구도 있지만, 손주 없는 친구도 있기에 주관적 관점에서 보면 적당한 시기다.

손녀가 태어났다. 손가락 발가락이 모두 달려 있고 산모도 건강하니 다행이다. 태어난 아이를 씻겨 강보에 싸서 찍은 사진을 보니 동글동글한 얼굴에 볼은 통통하니 장난감 인형 같다. 세상 밖으로 나왔을 때는 우렁차게 울었지만, 제왕절개로 10일 일찍 태어난 아기는 모자란 잠을 보충하듯 잠자는 시간이 대부분이다. 자세히 보면 엄마를 닮은 것 같기도 하고 아빠를 닮은 듯하니 자연의 섭리는 과연 신묘(神妙)하다.

친지들 만나면 손주 자랑이 끊이질 않는 것이 의아했었다. 안아주고 놀아주기 힘들어도 돌아서면 다시 보고 싶다는 말이 와닿지 않았다. 시도 때도 없이 우는 갓난쟁이를 그다지 좋아하지 않던 나였는데 손녀가 장난감 인형과 같이 예쁘다. '남의 자식 고운 데 없고 내 자식 미운 데 없다.'는 속담이 잘 들어맞는다.

우리 아이들은 어떻게 키웠는지는 가물가물하다. 시간 경과의 문제가 아닌 경험 부재의 문제였다. 술 먹고 다니느라 출산 준비와 육아 기억이 없어 아이들이 저절로 자란 것 같지만 집사람 사랑이 많이 들어갔을 것이다. 다행스럽게 사위가 가정적이다. 부부가 같이 다니며 진찰하고 출산 용품 준비와 산후조리원 예약 등 출산 준비하는 모습이 보기 좋았다.

서울 본사에서 근무할 때인데 마침 아내가 큰아이를 출산하기 위해 처가가 있는 부산으로 내려갔다. 나는 사장님의 외국 출장을 준비해야 했는데 인터넷도 없고 텔렉스를 치던 업무효율이 바닥이던 시절, 방문국과의 시차로 인해 그야말로 아침부터 밤까지 매달려야 했다. 사장님이 출국해야 비로소 내 역할이 끝나서 큰아이가 태어나고 3일 후에야 부산에 갔다.

그 일로 인해 30년 넘게 뜯기며 살고 있다. 손녀가 생기면서 30년 넘는 기억을 집사람이 새삼 소환해냈다. '무심하다.' '술 먹는 것밖에 모른다.' '사위한테 배워라.' 손녀가 생겼으니 좋은 일이 생긴 것은 분명한데 집사람 잔소리는 두 배, 세 배 늘었다. 하지만 지은 죄가 있어 목소리를 키우지 못한다. 그런데 새장가 갈 것도 아닌데 사위에게 무엇을 배워야 할까.

후보 이름 다섯 개를 주면서 친할아버지께서 주역(周易)을 보는 작명소에서 결정하겠다고 한다. 외손녀 이름을 짓기 위해 가족 카톡방에 이름을 올리기 시작했다. '가을' '다운'과 같은 한글 이름을 생각하고 있었는데 뜻밖의 다크호스가 나타났다. 작은아이가 별생각 없이 올리는 것 같은 이름들이 꽤 예쁘다. 할아버지가 해야 할 일을 이모가 대신하는 중이다.

반려견, 검은 푸들 이름을 'cola'로 지었던 작은아이가 하얀 푸들을 입양해 'cider'라고 이름을 짓자고 했을 때 작명 재능을 알아봤어야 했다. 젊은 아이답게 영어 이름까지 생각하는 후보 이름들을 내놓는다. '율'은 자기 이름과 비슷하고 7월에 태어난다고 July에서 따왔단다. 외 자도 예쁘지만 파생되는 '지율', '서율' 등도 현대적이며 예쁜 이름이란다. 다음 후보는 '세린' 영어로는 'celine'이다. 이름도 예쁘지만 'Luxury'한 이름이란다. 왜 'Luxury' 하지?

아기 이름이 정해진 날, 이름의 유래를 알고 있는 사위는 백화점에 가서 산모를 위한 선물을 사 왔다. 그리고 나는 집사람에게 또 뜯겼다. 집사람이 사위한테 배우라고 한 것은 가정적인 면을 배우라는 것이 아니라 '핸드백'을 배우라는 것이 아닐까.

퇴직 후 제2의 인생을 사는 것에 걸맞게 처음 경험해 보는 것들이 많다. 재취업도 했고 국민연금도 받는 인턴 노인도 되었다. 게다가 초보 할아버지까지 되었다. 매끄럽고 능숙할 것이라 생각했던 제2의 인생이 겪어보지 못했던 일들로 가득 차 울퉁불퉁, 좌충우돌하고 있다. 그래도 다행이다. 너무 익숙하면 재미없는 일상이 진행되어 시간도 더디 갈 텐데 처음 겪는 일들이 연속으로 생기니 익사이팅한 삶을 살고 있으며 시간도 빠르게 흐르고 있다.

손녀를 무척 귀여워하셨던 할머니, 할아버지께서 증손녀가 태어났다는 것을 알고 계실지 모르겠다.

손녀 얼굴을 보고 있자니 요즈음 개(犬)갑질을 하고 있는 부동의 1위 'cola' 자리가 위태로워 보인다. 조만간 1위 자리를 내줘야 할 것 같다.

**임순형**
〈그린에세이〉 등단
KPS 한전 상무로 퇴직
작품집 《KPS한전에서 온 편지》

[ 등단작 ]

# 입는 에어컨

김현숙

몇 해 전 친지의 밍크코트 착복식에 다녀온 신 여사가 내게 들려준 이야기다. 그 코트는 집을 팔아서 천만 원이나 주고 샀다고 뒷담화를 하는 것이었다. 나는 그 친지가 돌아가신 시어머니인 치매 환자를 십여 년간 돌보느라 심한 우울증에 시달린 걸 안다.

게다가 엎친 데 덮친다고 친정엄마가 치매 걸려 돌보고 있다. 그래서 자신에 대한 보상심리거나 아니면 기분 전환으로 샀을 것이라고 이해했다. 아니 할 말로 그깟 천만 원으로 우울증이 날아갔으면 싶었다.

여자라면 누구나 입고 싶어 하는 밍크코트. 나도 한때 우울증을 앓고 있을 때 '내가 평생 돈을 벌면서 밍크코트 하나 못 사 입어?'하고 오기를 부리며 백화점을 찾아갔던 적이 있었다. 옆 코너에 한 젊은 여자가 친정어머니인 듯이 보이는 할머니에게 밍크 롱코트를 사드리는 것을 봤다. 그 할머니가 다리를 절며 걷는 모습을 보니 옷이 버겁게 느껴졌다.

거울에 비친 내 모습을 봤다. 작은 키를 생각해서 반코트를 입어보고 재킷도 입어봤다. 얼굴은 조막만 하고 짜리몽땅한 키, 몸은 드럼통 같았다. 결국 입어보기만 하고 돌아섰다.

옷이란 무엇인가? 옷이 처음 나왔을 때는 체온을 유지하고 신체를 보호하기 위해 입었지만, 시대가 변함에 따라 그 이유도 변했다. 언젠가 어머니께서 '밥 굶는 것은 몰라도 옷 가난은 남이 안단다.'하시며 유행하는 옷을 사 오셨다.

지난여름 이상기온 현상으로 더위가 최고치를 기록할 때, 어머니가 주신 유품 중에 모시 옷감이 생각났다. 옷감을 보니 잊고 있었던 어머니의 베 짜는 모습이 스크린처럼 눈에 선하게 떠올랐다.

모시풀 겉껍질은 모시 톱으로 벗겨낸다. 껍질 없이 섬유질만 남은 것을 태모시라 한다. 그것을 가늘게 째서 한 올씩 빼 양 끝을 뾰족하게 한 다음, 입 안에 넣어가며 침을 바르고, 동시에 무릎 위에 대고 손바닥으로 밀어 길게 이어준다. 그렇게 연결하면 입술은 까칠한 모시에 갈라지고 밀가루처럼 맑고 부드러운 흰 살결은 닳고 닳아 벌겋게 피멍이 든다. 수많은 수작업 과정을 거쳐서야 비로소 모시 베가 완성된다.

낮에는 들일을 하고 밤에는 모시 베를 짰던 어머니. 그 모습이 멋지고 신기하여 어린 나도 하고 싶었지만, 그때마다 꾸중을 듣곤 했다. 베틀에 앉아 어머니의 발과 다리가 움직일 때마다, 씨실과 날실 사이로 북이 오갔다. 바디소리는 마치 배 떠난 어부 낭군이 청람색 파도를 헤치며 돌아오는 듯 철써덕! 철써덕! 그 장단에 화답이라도 하듯이 어머니는 노래를 부르시곤 했다.

반공중에 걸린 저 달은 바디 장단에 다 넘어간다
에헤요 베 짜는 아가씨 사랑 노래 베틀에 수심만 지누나

이 베를 짜서 누구를 주~나. 바디 칠 손이 눈물이로다
에헤요 베 짜는 아가씨 사랑 노래 베틀에 수심만 지누나.

흔들거리는 등잔불을 벗 삼아 노래 부르시던 어머니. 밤새 짜고 나면 무릎이 아리다고 하셨다. 나는 다리를 주무르다가 그것도 신통치 않다고 하면 올라가 밟아드렸다. 손으로 주무르기보다는 발로 밟기가 편해서였는데, 어머니는 '어매! 시원허다.'라며 좋아하셨다. 가늘고 연약한 몸으로 농촌의 힘든 삶을 이겨 내던 외로운 모습이 떠올라 내 가슴을 찌르곤 한다.

당장 모시 옷감을 가지고 한복 바느질 여인에게 달려갔다. 일등품 한산모시라 했다. 자주색과 초록색으로 물감을 들여 개량 한복을 만들었다. 그런 나를 보고 사람들은 '시원하게 입었네요.' 할 때마다, 나는 어머니 자랑을 아침 까치처럼 조잘거렸다.

모시옷을 입으려면 정성이 필요하다. 찹쌀풀로 조물조물하여 그늘에 말리면서 촉촉할 때 접었다 폈다 손질하여 서너 번 밟아준다. 마지막 손질하여 다림질하면 씨줄과 날줄이 반듯하고 낭창낭창하니

마치 잠자리 날개와 같다. 모시옷은 찹쌀풀을 먹여야 여러 번 입을 수 있다. 또한 모시 올의 쌍그런 느낌을 주어 여름옷으로 최고다. 이름하여 입는 에어컨이다.

한여름 기온이 34도를 넘을 때 모시옷을 입고 나갔다. 만나는 사람마다 입에 침이 마르도록 칭찬이었다. 아마 내가 천만 원짜리 밍크코트를 입었다면 아무도 봐주지 않았을 것이다. 무조건 비싸다고 모든 사람에게 어울리는 것은 아니지 싶다. 사람마다, 자기의 처지와 격에 맞는 것이 따로 있다는 것을 밍크코트와 모시옷을 통해 깨달았다고나 할까.

제2호 [2014년 3·4월]

# 9월의 어느 멋진 날

　뉴스에서 교사와 제자들의 크고 작은 사건들을 흔하게 볼 수 있다. 사회적인 변화가 가속화되면서 사람들의 가치관도 많이 달라졌다. 하지만 잘못을 혼내는 부모도 없고 그른 것을 바로 잡아줄 선생도 점점 사라지는 것 같다. 그 모습을 볼 때, 가난했던 시절에 가르치던 선생님들과 친구들이 떠오른다.

　산속 같은 농촌 학교에 다녔다. 우리 반은 나이도 들쭉날쭉하였다. 게다가 내 짝은 우리 동네 노총각하고 결혼했어도 흉이 아니었다. 그뿐만 아니라 음악이나 미술 시간도 없었다. 유난히 노래를 좋아하는 나는 엄마의 구성진 민요를 자장가처럼 들으며 자랐다.

　우리 반은 남녀 서른일곱 명 정도였다. 하루는 민선이와 청소를 하는데 남학생들이 장난치며 유난히 떠들어댔다. 옆 교무실에서 회의 중이라 말해도 소용이 없었다. 잠시 후 담임이 교실 문 앞에서 큰 소리로 말했다.

　"야! 느그들 조용 안 헐레 엉!"

　큰 키에 넙데데한 얼굴, 주걱턱이 오르락내리락하며 일그러졌다.

무슨 일이 일어날 것만 같아 애꿎은 빗자루만 문질러댔다. 담임의 모습이 보이지 않자, 눈치 없는 변성기 남학생들이 질그릇 깨지듯 말이 오가는 찰나였다.

"야! 이 쇄끼덜! 운동장으로 모옛!"

별안간 담임의 화포 소리에 놀란 남학생들은 총알처럼 운동장으로 향해 달렸다. 나도 뒤늦게야 빗자루를 내던지고 무리 속으로 달려갔다. 담임이 무서운 건 아니었다. 손에 쥔 지겟작대기만 한 몽둥이가 강한 위협감을 느꼈다.

"엎드러, 뻐쳐엇!"

남학생들은 순식간에 엉덩이를 하늘로 향했고, 여학생들은 주름치마 앞자락이 땅에 닿았다. 가슴 조이며 힐끗 보니 하얀 무 다리가 후덜덜거리고 있었다. '철썩!' 몽둥이 타작이 시작될 때마다 '으억!' 하며 하늘이 무너지는듯한 외마디소리. 민선이는 지레 겁을 먹고 꺼이꺼이 흐느꼈다. 덩달아 사방에서 코를 훌쩍거렸다. 담임의 목소리가 풀리며 말했다.

"우째스까 이누무 자석들, 낼 반성문 써와!"

매타작은 남학생들만 맞고 끝났다.

그 후 담임은 매를 잡는 일은 없었다. 그렇다고 학부모의 항의도 없었다. 오히려 엄마는 가정방문 때면 담임한테 부탁까지 했다.

"선상님! 말썽부리면 휘추리로 때리셔, 이잉!"

엄마는 뿌연 먼지 마루에서 담임을 맞았다. 그리고 구름처럼 김이 나는 찐 감자를 훈훈히 내놓았다. 담임은 군침을 삼키며 미제 파인주

스부터 한 대접 쭉! 원샷으로 들이켰다.

　어느 날이었다. 운동장에서 새로 부임한 총각 선생님을 소개받았다. 선생은 '이준희입니다.'라고 인사를 모범생처럼 하는 것이었다. 농촌에서 볼 수 없는 까만 정장을 입었고, 늘씬한 키에 포마드를 머리에 발라 옆으로 넘겼다. 코와 입은 큰 편이고, 눈꼬리가 약간 옆으로 올라가서 날카로운 인상이었다. 마치 영화 '수사반장'에서 나오는 반장 같았다. 5학년이 되도록 나이 지긋한 담임만 만나서일까. 이준희 선생이 우리 담임이 되기를 빌었다. 기도발이 부족했는지 1학년들에게 빼앗기고 말았다.

　9월의 하늘은 유난히도 푸르른 날이었다. 평화롭고 조용했던 운동장에서 친구와 땅따먹기에 열을 올리고 있었다. 그때였다. 바다의 여신 사이렌이 남장 목소리로 변신했나. 생전에 듣지 못했던 바리톤으로 〈산유화〉(김소월의 시) 노랫소리가 내 어깨를 들썩이게 했다. 귀신에 홀린 듯 구슬피 울려오는 방향으로 아주 천천히 걸어갔다.

　　산에 산~에 꽃이 피네/ 들에 들~에 꽃이 피네
　　꽃이 지면 미련만은/ 내 마음은 언제 피나
　　가는 봄이 무심하더냐/ 지는 꽃이 무심하더냐
　　산유화야~산유화야/ 너를 잡고 내가 운~다! (2절)

　난 밤낮으로 가사를 되뇌었다. 한 번만, 딱 한 번만 더 들었으면…. 나는 날마다 종례만 끝나면 운동장으로 갔다. 고무줄놀이, 땅따먹기, 달리기하면서 조급증을 달랬지만 허사였다. 그런데 엄마는 초사흘이 되는 날, 장독에 정화수를 떠 놓고 팥시루떡에 빨간 보리수 열매 한 접시를 놓고 기도하는 것이었다. 기발한 아이디어가 떠올랐다.

다음날 보리수 열매 한 아름 꺾어 꽃묶음을 해서 선생을 찾아갔다. 보리수가 내 소원을 들어줄 것 같았다. 가는 내내 애꿎은 마른침만 삼키고 또 삼켰다. 다행히 선생은 홀로 교무실에서 뭔가를 적고 있었다. 나는 문 앞에서 연신 팔딱팔딱거리며 기웃거렸다. 한참 후에야 선생은 문을 열었다. 재빨리 빨간 보리수 열매를 내밀고는 말더듬이가 돼 버렸다.

"거시기, 헌디요. 긍께."

두서없는 말에 선생의 얼굴에는 보리수꽃처럼 엷게 피어났다. '들어와!' 보리수 열매를 받아든 선생은 언제 봤는지, 보리수나무 가지에 할퀸 내 팔부터 소독약(머큐로크롬액)을 발라주었다. 그사이 느슨해진 나는 용기 내어 말했다.

"쩌 번에, '산에 산에 꽃이 피네' 쪼오~깐…."

말하다 눈과 눈이 부딪치고 말았다. 말꼬리는 채우지 못하고 고개만 숙였다. 선생은 두 번이나 고개를 끄덕거렸다.

선생님은 만석의 무대에서 공연하듯 〈산유화〉를 부르셨다. 9월의 어느 멋진 날, 선생님과 만남은 처음이자 마지막이었다. '말 한마디 때문에 운명이 바뀌고 좋은 기억 하나가 사람의 일생을 바꾼다.'는 말이 있다. 사람은 오랜 만남에서 정드는 것은 아닌 것 같다. 행동

하나에도 그 사람의 인격이 함양되리라. 오늘날과 같은 가치관의 혼돈 속에서 사제(師弟) 간에 무엇이 옳고 그른가를 제대로 판단하기란 쉽지는 않은 것 같다. 우리 때와는 다르겠지만, 나처럼 평생 꺼내 볼 수 있는 아름다운 관계의 추억을 적금하여 훗날 꺼내 보면 어떨까.

# 목이 긴 옥심이 언니

　내가 좋아하는 셋째 시누이의 부음을 받았다. 하얀 국화꽃 속에서 꽃분홍 저고리를 입고 빙긋이 웃고 있었다. 금방이라도 튀어나와 날 안아 줄 것만 같았다. 갸름한 얼굴에 동그란 눈. 모딜리아니의 그림 속 주인공처럼 목이 길어서 외로워 보였던 시누이. 천성이 착했지만, 가진 것이라곤 건강한 몸뿐이었다. 그 정감 어린 눈길에 젖어 난 언니라고 불렀다.

　언니는 군산시에서 멀리 떨어진 회현이란 동네에 살았다. 스무 살에 두 번째 남자를 만났다. 열다섯 살이나 위인 노총각은 청상과부인 노모와 단둘이 살았다. 그는 배우지 못하여 품팔이꾼으로 삶을 이어 가고 있었다. 가진 것이라곤 비를 피할 수 있는 작은 초가집뿐이었다. 언니는 그들이 가족으로 받아주는 것만으로 감사했다. 안사돈의 서릿발 같은 시집살이를 달게 받으며, 동네일을 도맡다시피 밤낮없이 일하며 돈을 벌기도 했다.

　게다가 남편의 술주정과 폭력, 노름까지도 운명으로 받아들였다. 첫 남편과 딸을 피해 달아난 죗값이라 생각했다. 눈만 뜨면 남의 농사일을 할 수 있는 것만으로도 마음의 평안을 되찾아갔다. 그사이 장군감 같은 두 아들을 낳았고, 재산 1호인 소도 언니가 장만했단다.

그 후, 안사돈은 돌아가셨다. 언니는 우리 집 근처로 이사를 하면서 애들처럼 너무 좋아했다. 부모 형제가 왜 그립지 않았겠는가.

내가 결혼한 지 1년이 채 안 되었다. 술값 때문에 빈 봉투조차도 보여 주지 않는 남편. 시도 때도 없이 트집 잡는 시어머니 사이에서 갈등하고 있을 때였다. 처녀 때 모아둔 비상금을 털어 흑백 TV를 시어머니 방에 놓았다. 내 딴에는 고부간의 갈등을 해소하기 위한 노력이었다. 아니나 다를까 이웃 어르신들과 아이들이 모여들었다. 모처럼 웃음소리도 났다.

그 시절에는 〈여로〉가 시청률 70퍼센트나 되는 전 국민의 드라마였다. 6·25전쟁을 배경으로 한 여인의 기구한 인생 역정이다. 여주인공은 고아였고 그녀의 남편은 배우지도 못한데다 말더듬이였다. 둘은 서로 사랑했다. 그러나 혹독한 시집살이에다 누명을 씌워 집에서 쫓겨났다가 돌아올 때였다. 언니는 드라마가 끝나기도 전에 살그머니 밖으로 나갔다. 눈에 가득 고인 눈물이 출렁거렸다. 나도 뒤따라 나섰다.

언니는 냇가에서 어깨를 들썩이며 흐느꼈다. 별들도 말없이 비추고 흐르는 물소리만 애달프게 속삭이듯 했다. 한참을 울던 언니가 엉뚱한 말을 건넸다.

"우리 어머니가 무식혀서 잔소리 혀. 이해 햐."

언니는 속내를 감추려고 나를 위로하는 것 같았다.

"아주버님과 싸웠어요?"

"동승은 내 팔자보담 나슨께…."

한참 뜸 들이더니 〈여로〉만 보면 묻어둔 과거가 생각난단다. 목포 시내에서 배를 타고 세 시간이나 넘는 유월이라는 섬에서 태어났다. 꽃다운 열일곱 시절. 입 하나 덜자고 옷 보따리 하나 의지하고 매파를 따라나섰다. 시어머니는 언니한테 말 잘 듣고 일만 잘하면 쌀밥은 먹을 수 있다고 했다. 그렇게 배를 타고 어느 섬으로 시집을 가는데, 망망대해에 떠 있는 종이배 같은 심경이었다.

첫날밤이었다. 어둠이 깊어갈수록 무덤처럼 삭막했다. 간헐적으로 퍼석거리는 발자국 소리. 소곤거림이 들릴 듯 말 듯 했다. 불안과 초조함이 밀려오고. 문창지에 검은 그림자가 나타났다가 사라지기를 여러 번이었다. 순간 문이 열리면서 한 남자가 떼밀려 들어섰다.

언니는 방구석으로 잔뜩 움츠러들었다. 남자의 더벅머리가 위로 솟고 전봇대처럼 큰 키. 흘금흘금 겅중거리며 다람쥐 쳇바퀴 돌듯했다. 연신 중얼거리다 옷을 홀랑 벗어 축구공을 차듯 걷어찼다. 와락 무섬증이 덮쳐오는 한기를 느꼈다. 사시나무 떨듯 떨었고. 이내 얼굴을 무릎 사이에 묻어 버렸다. 순간 남자는 저승사자가 되어 덤벼들었다. 지옥 같은 첫날 밤이었다. 나는 가늘게 떨고 있는 언니를 꼬옥 끌어안았다.

첫 번째 남편은 6·25때 빨갱이한테 맞았다고 소문으로만 들었을 뿐이었다. 언닌 그 한 번으로 딸을 낳았고, 산후우울증까지 겹쳤다. 남편의 그림자조차도 저승사자로 느꼈다. 늘 불안감에 밤이면 지푸라기를 이불 삼아 밖에서 잠을 잤단다.

어느 날, 며칠 만에 배가 들어왔다. 죽음을 각오하고 탈출하다시
피 친정인 군산으로 왔던 것이었다. 밤낮없이 아기 울음이 이명처럼
울렸고, 꼬물거리며 젖 먹던 딸아이가 눈에 밟혔다. 용기를 내어 아
기 곁으로 돌아가려고 하면 어김없이 첫날밤이 되살아났다. 언제까
지 친정에서 큰동서의 눈총을 맞으며 살 수도 없는 노릇이었다. 그
때, 시어머니는 재혼해야 아기를 잊는다고 서둘러 재혼을 시켰다.
언니의 과거를 듣는 내내, 가슴 밑바닥에서 분노가 끓어올랐다. 여
자라는 이유로 가정에서 사회에서도 아무런 혜택을 받을 수 없음에
상실감에 빠졌다.

나는 언니처럼 살고 싶지 않았다. 아니 도주를 선택하든, 이혼을
주장하든 특단의 조치가 필요했다. 가문의 체면치레를 생각하는 친
정도 권위적인 시어머니도 무능하고 술타령하는 남편도 싫었다. 오
로지 나를 위해서 토굴 속을 탈출하고 싶은 일념뿐이었다. 시어머니
한테 진지하게 말했다. 서울 오빠를 통해서 직장을 구하고 자리 잡으
면 꼭 모시겠다고. 입에 꿀 바른 혀로 환심을 사는 데 성공했다.

서울로 이사한 지 몇 년 후, 언니의 두 번째 남편은 위암으로 세상
을 떠났다. 소를 팔아서 장례를 치르고 빚도 가렸고, 집을 팔아 두
아들 장가도 보냈다. 그리고 서울 가서 돈 벌겠다고 가방 하나 들고
무작정 나를 찾아왔다. 이유는 자식들에게 짐이 되기 싫다는 것이었
다. 무던히 살려고 노력했지만, 가난을 이기지는 못했다.

나도 어려운 형편이라 함께 살 수 없었다. 좋아하는 언니지만 받

아드리기엔 수락산을 머리에 인 것처럼 버거웠다. 고민하고 있는데 절에서 공양주를 구한다는 말을 들었다. 서둘러 스님에게 언니의 사정을 말하고 허락받았다. 삭막해서 싫다는 언니를 가까스로 달랬다.

"언니! 월급 받는 대로 적금하면, 사글셋방은 금세 마련할 수 있어."

불교를 믿기에 절을 좋아할 줄 알았는데 불안하다는 것이었다.

"아무도 없는디, 산중에서 어찌게 살어!"

"몇 달만 있어 봐. 또 일자리 찾아볼게"

아이처럼 떼쓰는 언니를 달래어 보냈지만, 목에 걸린 가시처럼 편치 않았다. 그런데 보름이 넘어서 절에서 전화가 왔다. 울기만 한다는 것이었다. 다음날도 그다음 날도 울고 있다고. 주말에 갔다. 그사이 홀쭉해진 언니는 죽을 만큼 외로웠단다. 이내 얼굴을 내 가슴팍에 묻고 대성통곡을 하는 것이었다. 덩달아 슬픔이 밀려왔다. 차라리 시골에 내려가 더부살이로 농사일을 거들겠단다.

그 후 언니는 군산 당뫼라는 동네에서 살았다. 몇십 년간 믿었던 불교를 떠나 가까운 교회에 다니면서 외로움을 달랬다. 하나님의 중매였을까. 그 교회에서 세 번째 남편을 만났다. 남자는 부인을 먼저 보내고 딸 하나 키워 시집보냈다. 그 남자의 딸도, 두 조카도 나도 언니의 재혼을 축하해 주었다. 게다가 첫 남편한테서 낳은 딸도 가끔 찾아온다니 다행이었다.

세상은 가난보다 더 무서운 것이 있다. 차가운 눈초리와 비웃음. 어려운 시대에 경제며 심리적 장애라는 멍에를 한 몸에 짊어진 언니.

관심조차도 없던 사람들은 비난에 기름을 부었다.

"저짝, 목긴 여편네! 홀애비 허고 그렇고 그런디야."

"늘씬허고 낯바닥이 반반혀서, 거시기께나 홀리겠잖여!"

"엇따! 느무 일에 그러들 마러. 맴씨 좋고 일도 잘허등만."

남들이야 뒷간에서 낚시질을 하건 말건, 언니는 신경도 쓰지 않았다. 게다가 없이 산다고 친척들조차 발그림자를 끊은 지 오래였다. 나 같으면 부모 형제를 원망했을 텐데, 언니는 그런 말조차 잊은 것 같았다.

여름휴가 때 언니를 찾아갔다. 기차 타고 갈아탄 버스로 한참을 가서야 작은 마을이 나타났다. 집을 중심으로 앞에도 논, 뒤에도 논이 있어 생경스러웠다. 언니는 앞뒷문을 활짝 열고 마루에 앉아 풋콩을 까고 있었다. 나는 반가움에 소리 높여 불렀다.

"언니!"

"오메! 오메! 우리 동승 왔어!"

언니는 한달음에 버선발로 내려와 나를 껴안고 토끼 뛰듯 뛰면서 눈물 바람을 했다. 격해진 나도 눈물이 났다. 정신을 차리고 보니 모두 우리를 쳐다보았다. 그중에는 작은 키에 하얀 남방을 입은 남자가 쑥스러운 듯 쳐다보고 있었다. 반듯한 이목구비에 바른생활 이미지가 풍겼다. 그분에게 말했다.

"우리 언니, 오래오래 사랑해주세요."

진심으로 허리 굽혀 90도로 고개를 숙였다. 그리고 씨암탉을 잡는 언니 옆에서 살그머니 물었다.

"잘해 주서?"

"그러믄 얼매나 나를 챙긴지 몰러. 사랑헌디야."

언니는 부끄러움을 어디로 보냈는지 사랑한다는 말을 잘도 했다.

내가 언니한테 충고랍시고 한 말이 떠올랐다. 정글 속 같은 사회에서 살아나려면 돈을 벌어야 한다고. 남자들의 노예가 되지 말라고, 돈만 있으면 귀신도 부릴 수 있다고. 돈! 돈! 돈이 최고라고 돈에 한이 맺힌 사람처럼 한 고집 부렸다.

그때마다 언니는 땅 냄새만 맡아도 마음이 편안하다고 했다. 그 흙이 그리워서일까. 언니는 변소 앞에서 뇌졸중으로 누워버렸다. 일흔셋의 나이에 땅을 일구기엔 힘들었는지도 모르겠다. 세상에 태어나 콩 한 쪽도 공짜로 얻어먹지 않았던 언니.

그런 언니를 세 번째 남자는 사랑하지 않을 수 없었을 것이다. 언니의 곁에서는 남편과 아들들, 며느리들과 딸 사위의 호위 받고 있었다. 죽을 만큼 외롭다는 목이 긴 언니는 처음으로 행복해 보였다. 언니와 함께 살지 못해서 목에 박혔던 가시를 빼내며 나는 중얼거렸다.

'언니! 참 행복해 보이네.'

돌아서서 고속버스에 몸을 실었다.

**김현숙**
〈그린에세이〉 등단. 수필집 《웃어보자 세상아》
에세이문학회 이사, 일현수필문학회 발전위원, 조선에듀 문우회장
전국문해 한마당 최우수상 수상

# 창을 열며

김선호

날씨가 따뜻해져서 반쯤 닫혀 있던 거실의 커튼을 확 젖혀버렸다. 바깥 풍경이 화사하게 내다보이고 창 밑 목련 나무 이파리도 하루가 다르게 초록이 짙어져서 윤기를 뽐내고 있다. 우리 삶에서 무언가 가려져서 서로 모르고 지나치고 또 안 보이는 것들이 얼마나 많은가.

며칠 전, 혜화역에서 전철을 타기 위해 승강장으로 내려갔다. 전철이 도착하기를 기다리는데 한 맹인이 흰색 지팡이로 바닥을 두드리면서 빠른 속도로 승강장의 끝 쪽을 향해 걸어가고 있었다. 떨어지면 어쩌나 하는 걱정스러운 마음에 그를 뒤 따라갔는데 그가 한 지점에서 딱 멈추어 섰다. 나도 그의 뒤에 서 있다가 같이 전철을 타고서 "실례지만 승강장으로 내려와서 그 자리에서 전철을 안 타고 왜 먼 곳까지 일부러 걸어오셨나요? 사실은 선로로 떨어질까 걱정이 돼서 따라왔어요."라며 조심스럽게 말을 걸었다. "당신이 뭔데 참견이야?"라고 나오면 어쩌나, 긴장하면서 그의 답변을 기다렸다. 뜻밖에도 "아! 예. 승강장의 이 위치에서 타야 나중에 전철에서 내리면 바로 위로 올라가는 계단으로 연결되거든요. 그리고 역사 밖으로 나가서 버스로 갈아타고 망우리 근처의 집으로 갑니다. 저는 보이지는 않지만 머릿속으로 제가 걸어갈 곳의 광경을 그리면서 이동합니다."라고 웃으면서 밝은 목소리로 대답했다. 이십 대 중반쯤인 그는 방송통신대학에서 행정학을 전공한다고 자신을 소개하면서 나의 전공은 뭐냐고 물어올 정도로 마음도 열려진 호감이 가는 젊은이였다.

그날 나는 시각장애인인 그에게서 교훈과 도전을 받았다. 그가 도우미도 없이 지팡이 하나에 의지해 망우리에서 혜화역까지 버스와 전철을 갈아타고 다니면서 겪은 시행착오와 어려움은 나로서는 짐작조차 할 수 없을 만큼 많았을 것이다. 그는 계속해서 정거장으로 들어오는 버스 중 어느 것이 자신이 타야 할 버스인지는 어떻게 알 수 있을까? 그리고 앞차가 떠나면 그 뒤의 버스들이 조금씩 움직이는데 눈이 안 보이는 상태에서 자기가 타야 할 버스를 어떻게 계속 따라가지? 마음속에 질문들이 꼬리를 물고 떠올랐다.

장애인의 날 정상인들이 시각장애인의 체험을 하기 위해 눈을 가리고 하루 동안 지내는 모습을 TV에서 본 적이 있다. 그 행사에 참여한 분들은 여기저기 부딪치고 쩔쩔맸는데 그분들이 체험하는 불편함은 하루일 뿐이다. 그런데 시각장애인들의 불편은 평생이지 않은가. 내가 만약 갑자기 맹인이 된다면 그 젊은이처럼 밝고 사교적일 수 있을까? 그 젊은 친구처럼 되려면 넘어야 할 산이 많겠구나라는 생각이 들었다. 그 젊은이의 밝음은 검증된 밝음이었다.

목회자인 친구가 있다. 그가 강화도 어느 교회에서 전도사로 시무할 때, 교회에 침입한 강도의 칼에 찔려 한쪽 눈이 손상되어 의안을 끼고 수십 년을 지내왔다. "이 의안이 습도가 높은 목욕탕에서 가끔 빠져나와 목욕탕 바닥을 굴러가면 사람들이 쫙 갈라지지."라고 친구는 웃으며 말했지만 나는 따라 웃을 수 없었다. 목욕탕 사람들의 따가운 시선을 받으며 굴러가는 의안을 집어 들면서 민망하고 마음이 아팠을 텐데도 재미있는 상황을 얘기하듯 하는 그의 여유로움의 근원은 무엇이었을까. 최근 그 친구는 하나 남은 눈의 시력도 점점 나빠져서 안과에 갔더니 되도록 독서를 하지 말라고 했단다. 설교를 준비해야 하는 목회자는 많은 독서량이 필요한데 가급적 눈을 쓰지 말라는 의미는, 허리가 아파서 병원에 간 프로야구선수에게 야구를 하지 말라는 처방과 뭐가 다르겠는가. 나는 친구의 불편함에 잠시라도 동참해보려고 그를 위해 기도할 때 한쪽 눈을 감고 기도도 해 보고 또 한쪽 눈을 감고 책을 읽어보기도 했는데 너무나 불편했다.

안경을 쓰지 않고도 신문을 읽을 수 있는 나는 그냥 태어나면서부터 당연히 누려야 할 권리로 알았지, 감사한 적이 없었다. 생각해보니 지금까지 살아오면서 당연한 것으로 알고 누려왔던 많은 것들이 사실은 감사해야 할 제목들이었다. 이 나이 먹도록 명절이라고 휴가 한 번 줘 본 적이 없지만, 불평 한마디 없이 지금도 규칙적인 박동을 계속해 주고 있는 내 심장에게 이렇게 말해주고 싶다. "심장아, 고마워! 내가 어머니 뱃속에 있을 때부터 지금까지 쉼 없이 규칙적으로 뛰어 줘서. 조금 더 수고를 부탁해야겠다."

건강한 내가 몸과 마음이 편치 않은 이들에게 상처를 주고 있지는 않은지 모르겠다. 친구 목회자보다 시력이 좋은 나는 그동안 보지 못했던 아픔과 시련을 겪는 이들에게 어떤 도움을 줄 수 있을까. 마음의 창을 열며 생각해보리라.

제3호 [2014년 5·6월]

# 짧은 만남

부모님의 추도 예배가 있었던 토요일 오후 네 시 경, 예배에 함께
하셨던 누님을 댁에 모셔다드리고 삼 번 국도 이천 방향 길로 진입해
곤지암에 있는 집으로 돌아오는 길이었습니다. 완만한 커브를 돌아
긴 내리막길로 접어들었을 때 인도도 없는 도로 우측에 고립된 것처
럼 보이는 두 사람이 서 있었습니다. 여행용 배낭을 메고 있는 이십
대로 보이는 외국인 남녀였습니다. 청년이 차를 태워달라고 지나는
차들을 향해 손을 들고 있었습니다. 언뜻 눈에 들어왔던 청년의 난감
한 표정으로 보아 길을 놓친 듯 보였습니다. 그곳은 차들이 속도를
내는 내리막길이어서 손을 들고 있는 낯선 외국인에게 호의를 베풀
만한 장소도 아니고, 그럴 것 같지도 않다는 생각이 들자 그들에게
돌아가야 한다는 생각이 들었습니다.

종종 외국으로 출장을 떠나면 광야에 홀로 있는 것 같은 외톨이
이방인이 되곤 했던 기억이 떠올랐습니다. 그들을 그냥 둘 수 없었습
니다. 피곤함이 느껴졌지만, 고립무원으로 보였던 그들의 사정을 알
아보기 위해 차를 돌려 약 3km는 족히 될 거리를 되돌아갔습니다.

반대편 도로를 지나면서 확인하니 그들은 아직도 그곳에서 손을 들고 서 있었습니다. 인근 나들목으로 나가 다시 이천 방향 도로로 들어서서 그들 앞으로 가 비상등을 켜고 차를 세웠습니다. 조수석 창을 내리자 그들이 영어로 'Wonju'라고 쓴 종이를 보여 주며 원주로 가냐고 물었습니다. 그들은 배낭 여행족이었습니다. 원주로 가는 새 지름길이 생겨서 원주로 가는 차는 지나가지도 않을 도로에서, 그곳으로부터 차로 약 한 시간 반 정도는 가야 하는 목적지까지 차를 얻어 타고 가겠다는 그들이 걱정스러웠습니다.

영어로 의사소통이 되긴 해서, 그들이 러시아에서 배낭여행 왔다는 것을 알았습니다. "조금 전 서 있던 곳에서 차를 얻어 타는 것이 거의 불가능해 보여, 자네들을 태우기 위해 지나갔다가 다시 왔다."라고 말하자, 나를 자신들의 영웅— 그렇게 말했지만 서툰 영어여서 아마 구세주 정도 표현한 듯합니다— 이라고 치켜세웠습니다. "이곳에서 원주까지는 너무 멀어 시외버스를 타고 가는 것이 좋겠다."라고 하니, 수중에 한국 돈 천 원밖에 없다고 하는 것이었습니다. 이 이방인들을 격려하기 위해 버스표 정도는 사줄 수도 있다는 생각에 인근 시외버스터미널로 차를 몰았습니다.

마침 전화를 걸어온 아내에게 상황을 설명했더니, 곧바로 다시 전화를 해와 오후 다섯 시에 원주 가는 막차가 있다고 알려 주었습니다. 그때가 오후 네 시 사십오 분이어서 그곳에서 터미널이 멀지는 않지만, 그곳 주차장에 차를 세우고 발권까지 해주려면 시간이 빠듯했습니다. 대형 쇼핑몰 일 층에 시외버스 승차장이 있어 지하 주차장으로 들어갔습니다. 가는 날이 장날이라고, 두 개 층이나 되는 그 넓은 주차장에 차를 세울 곳이 한 곳도 없는 경우는 처음이었습니다. 그곳을 나와 같은 건물의 옥상 주차장으로 급히 올라갔는데 다행히 빈자리가 보였습니다. 우리는 엘리베이터로 일 층에 도착한 후 발권 카운터까지 뛰어갔습니다. 마음은 바쁜데 매표소 근무자는 없고 대신 무표정한 모습의 무인 발권기가 눈에 들어왔습니다. 줄을 서 순서를 기다려 원주로 가는 버스표 두 매를 손에 쥔 것이 오후 다섯 시 삼 분 전이었습니다.

원주행 버스 승차장으로 서둘러 안내한 후 승차권을 넘겨주며 좌석번호를 알려 주었습니다. 마다하는 그들에게 저녁 사 먹으라고 약간의 현금을 손에 쥐여주곤, 여행 잘하라고 인사를 건넸습니다. 두 사람은 차례로 나를 포옹하면서 감사의 마음을 전해왔습니다. 원주행 버스 안으로 들어가는 두 청년을 향해 손을 흔들었고, 그것이 그들과의 작별이었습니다. 함께한 시간이라야 삼십 분도 채 안 되는 짧은 만남이었습니다. 오후 다섯 시 차를 태워야 하는 것이 최우선 순위였기 때문에 통성명할 시간도 연락처를 서로 교환할 시간도 없었습니다. 그러나 이들 이방인의 추억 속에 '대한민국' 하면 떠오르는, 피부색은 달랐지만, 아버지 같은 푸근함이 느껴졌던 한 남자가 남아있을 것이라는 생각이 듭니다. 주말 내내 비가 내릴 것이란 일기예보가 있었는데, 밤에는 텐트를 치고 잔다는 러시아 청년들이 무탈하게 부모 품으로 돌아갈 수 있기를 빌었습니다.

# 빵집 아가씨

  거주하고 있는 주상복합 아파트의 현관을 나서면, 통행인들이 별로 없어 가게를 하기에는 여건이 안 좋아 보이는 골목길이 있습니다. 이 골목 안에는 몇 군데의 식당과 점포들이 있지만, 개업했다가 몇 개월 후에는 문을 닫는 일이 반복되곤 합니다. 그런데 이곳에 영업이 잘되는 한 빵집이 있습니다. 주변에도 빵집이 몇 군데 있는데 그 빵집이 잘되는 건 다른 곳에 비해 빵이 맛있거나 가격이 저렴해서도 아닙니다. 점포도 허름하고 눈에 잘 띄지도 않습니다.

  언젠가부터 이 빵집에서는 점포의 입지적 불리함을 타개하려는 시도로 점포가 있는 골목에서 10여m만 나오면 유동 인구가 많은 통행로에 임시 가판대를 설치했습니다. 이 임시 가판대에서 주로 빵을 파는 아가씨가 있는데, 이 점원의 빵을 파는 태도가 저에게 많은 교훈을 줍니다. 저는 이 빵집의 영업은 이 아가씨의 손에 달려 있다는 확신(?)이 있습니다. 왜냐하면 다른 사람이 나와 있는 시간 동안 그곳은 그냥 초라한 가판대로 전락하기 때문입니다. 그러나 이 아가씨가 장사하는 시간 동안 그녀는 행인들이 빵을 사 가기만 기다리는 수동적인 존재가 아닙니다. 오히려 이 골목의 주인공처럼 보입니다. 이 아가씨의 특징을 몇 가지로 정리해 보았습니다.

첫째, 인사성이 뛰어나고 그래서 친밀감을 느끼게 합니다.

빵을 사주는 사람만 고객이 아니라 빵을 안 사고 지나가는 모든 사람도 그녀의 잠재 고객입니다. 그녀는 행인들 거의 모두에게 생기 있고 원래부터 알고 있던 사이로 착각할 정도로 친밀하게 인사를 건넵니다. 정말로 저를 반가워한다는 느낌을 줍니다. 또한 그녀의 인사말은 시의적절하게 변합니다. 제가 늦게 들어가는 날이면 "어머 너무 힘드시죠? 늦으셨네요."라고 인사를 합니다. 스무 살 남짓 돼 보이는 이 꼬마 아가씨로부터 아내에게서나 들음 직한 인사말을 듣고서, 어떻게 지갑을 열지 않을 수가 있겠습니까? 덤도 넣어 주는데. 그 앞을 그냥 지나치는 게 공연히 미안한 할 때는 그녀가 다른 고객을 상대하고 있는 사이에 가판대의 뒤로해서 집으로 들어갑니다(소심증). 아내하고 같이 빵을 사러 가면 "어머, 두 분이 부부셨어요? 어머나."라고 짐짓 놀라는데 가식이라는 느낌이 들지 않았고 그냥 흐뭇했습니다. 그녀가 인정하든 안 하든 우리는 부부인데 다시금 우리가 부부임을 확인케 하는 그녀의 놀람이 싫지 않았습니다. 저 스스로에게 물어봅니다. '나는 나를 아는 주위의 사람들에게 친밀하고 생기 있는 느낌을 주는 자로 살고 있는가? 그래서 그녀가 행인들의 발걸음을 멈추게 하고 손님들의 지갑을 열게 하는 것처럼 내 주위의 사람들의 마음을 열게 하는가?'

둘째, 그녀가 가판대에 서 있으면 골목에 생기가 돕니다.

그녀가 나와 있으면 그 골목도 분위기가 밝아진다는 느낌이 듭니다. 적극적이고 생기 있는 모습, 밝은 목소리, 환한 표정. 잔돈이 부족하거나 고객이 원하는 제품이 없을 때 손님이 기다리는 시간을 줄이기 위하여 본점(?)으로 뛰어갔다가 뛰어오는 모습도 보기에 좋습니다. 저 자신에게 물어봅니다. '나는 내가 속한 공동체나 조직 또는 주변에 활기를 불어넣는 자인가?'

셋째, 꾸준하고 열심이 있습니다.

오늘은 비가 이렇게 오니까, 날씨가 안 좋아 안 나왔을 거라고 짐작을 하고 아파트를 나서는 순간 변함없이 가판대를 지키고 있는 그녀를 보곤 합니다. 빵을 파는 일에도 저렇게 꾸준하고 열심히 하는데, 더 중요한 주님 만나는 일에 그녀만큼의 꾸준함도 열심도 없는 자신을 생각하곤 부끄러워집니다. 한 번은 그 가판대 옆에서 채소를 파는 분이 잠시 자리를 비운 사이에 대신 물건을 팔아주면서, 빵을 사가는 고객에게 하는 것과 똑같이 큰 소리로 감사하다고 인사하는 그녀가 예사로 보이지 않았습니다. 그녀의 열심은 영업 전략이 아니라 인격 그 자체인 것으로 보입니다. 이 아가씨는 단골인 동네 아저씨가 자기를 소재로 글을 쓰고 있다는 사실은 물론, 제가 그녀의 태도를 유심히 관찰하며 배우고 있다는 사실을 까맣게 모를 것입니다. 하나님께서도 제가 의식하지 못하는 시간에 그 불꽃 같은 눈으로 저를 관찰하고 계실 것입니다.

오늘은 나이 어린 길거리의 선생님께서 저에게 어떤 인사말을 나누어 줄 것인지 궁금합니다. 제가 좋아하는 빵 종류는 그녀의 머릿속에 있는 고객 관리 프로그램에 입력되어있습니다. "어머 오늘 그 빵이 떨어졌는데요."라고 말할지도 모르겠습니다. 그럴지라도 저는 무슨 빵이든 살 것입니다. 이 빗속에서도 아직 우리 집 앞 골목을 지키고 있다면, 저는 빵을 사준다기보다는 저에게 귀한 가르침을 주는 그녀의 출석부에 금주 중 출석한 자로 이 주를 마감하고 싶기 때문입니다.

**김선호**
〈그린에세이〉 등단. 그린에세이작가회 부회장
이학박사, (주)폴라스 대표
월간 〈주부편지〉 '마음속 텃밭' 코너 연재 중

# 바람의 얼굴

송선주

-------------------------

　뒷마당 그늘에 앉아 지그시 눈을 감고 산들산들 불어오는 바람에 온몸을 맡겨본다. 오후 이 시간이면 언제나 같은 방향으로 바람이 불어온다. 마당 한복판에 한껏 팔 벌리고 큰 그늘을 만들어주는 우산 모양의 뽕나무에도.

　저 멀리 우뚝 솟은 마운틴 발디에서 불어오는 바람일까. 숲을 지나 내를 건너 이 마을 저 마을을 기웃대다 우리 마당까지 이른 걸까. 어디서 시작됐는지 알 수 없는 바람이 나뭇가지에 무성한 이파리들을 간질이며 다가온다. 지난봄 황금빛으로 물들었던 금귤나무 가지마다 매달린 하얀 꽃망울들이 바람의 속삭임에 따라 향기를 사방으로 날린다. 향긋한 꽃내음에 벌들이 부지런히 날갯짓한다.

　더위를 쫓으려 뒷문을 열고 집안으로 바람을 가득 채워본다. 빠져나갈 구멍도 없는데 어디로 사라졌을까. 잃어버린 바람을 찾아 나선다.

　어린 시절 바람은 나의 두려움의 대상이었다. 내 고향엔 넓은 강을 가로질러 긴 다리가 놓여 있었다. 겨울이면 삭풍이 불어 강물이 얼고 칼날처럼 매서운 눈보라에 귀가 에는 듯, 책가방을 든 손이 꽁꽁 얼어 감각이 없어진 듯했다. 교복 위 코트 속까지 파고드는 바람은 나를 겨우내 기를 못 펴게 했다.

끝날 것 같지 않던 긴 겨울의 매서운 바람도 저만치 뒷걸음질하고, 봄날 미풍이 불어와 대지의 잠을 깨운다. 은빛 모래가 반짝이고 꽁꽁 얼어 있던 개울물이 졸졸 소리 내어 흐르면 올챙이가 꼬물꼬물. 아지랑이 피어나는 들판에 나비들이 팔랑팔랑 바람에 휘날리듯 날갯짓하고, 버들강아지도 물이 올라 연둣빛으로 변할 때면 동무들이랑 피리를 만들어 불었다. 진달래를 꺾어와 병에 꽂기도 하고 어머니는 찹쌀가루를 반죽하여 진달래 화전을 곱게 구워주곤 했다.

어느 해 여름이었던가. 태풍이 불어 지붕이 날아가고 나무뿌리가 통째로 뽑혀 뒹굴어서 어린 마음에 얼마나 두려움에 떨었던지. 6·25전쟁으로 돌아가신 할아버지 제삿날은 언제나 제일 더웠다. 그때 우물에서 찬물을 길어다 수박, 참외 등을 차게 하는 일은 우리 형제들의 몫이었다. 여름방학 숙제로 매미 소리 요란한 버드나무 그늘에서 사생화를 그리기도 했다. 무더위 속에서도 한 줄기 바람은 영혼을 맑게 하는 청량제였다. 밤이면 쑥댓불을 피워 몽개몽개 하얀 연기가 바람에 실어 모기를 쫓았다.

가을에 부는 순풍은 들판에 곡식들을 토실토실 살찌우고 농부들의 마음을 풍요롭게 했다. 감나무에 감들이 붉어질 때면 팔월 한가위가 가까웠다. 추석빔으로 호랑이 할머니 몰래 읍내 양장점에서 옷을 맞추어 주시곤 딸의 고운 모습에 흐뭇하시던 어머니의 미소가 눈에 선하다.

우리 삶도 언제나 순풍에 돛단 듯 순조롭기만 하지는 않은 것 같다. 한 편의 드라마처럼 미풍이 불기도 하고 때론 뼈를 에는 삭풍이 불어 우여곡절을 겪게 한다.

지금 내 안에 회오리바람이 일고 있다. 내 친족에게 찾아온 치매라는 단어가 생소하고 두렵기 때문이다. 두 해 전, 언니는 형부를 먼저 보내고 이제 가까스로 슬픔에서 벗어나려는데 불어온 매정하고 야속한 바람, 90년 이상을 건강하게 사셨던 아버지에게도 세월의 바람이 불어와 노환이 악화되어 요양원으로 가셨다.

숨을 깊이 들이켜고 심호흡을 해 본다. 뜨거운 바람이 훅 터져 나온다. 우리의 한평생도 한 줄기 바람이라고 했었나. 최근 회자되는 〈내 영혼 바람이 되어〉(Mary Elizabeth Frye)의 시구를 되뇌어본다.

무덤 앞에서 이젠 울지 말아요/ 나는 거기 없어요. 나는 잠들지 않아요. 나는 이리저리 부는 천 가닥 바람이에요/(중략)/ 나는 죽지 않았어요.

"나는 죽지 않았어요."라는 끝 구절을 되뇌며 마운티 발디에서 불어오는 바람을 맞고 서 있다.

* 언니의 치매는 오진이라고 판명됨

제4호 [2014년 7·8월]

# 별리

"앞마당으로 빨리 와 봐. 똘이가 죽을 것 같아." 남편의 목소리가 다급하다. 이게 무슨 말인가. 뒷마당 테이블에서 뽑은 야채를 다듬다 말고 황급히 달려갔다. 이미 숨을 거둔 뒤였다. 나는 누워있는 똘이를 흔들어 깨웠다. "똘이야, 일어나 일어나라니까." 따뜻한 체온이 손끝에 전해진다. 나는 애절하게 "제발 일어나." 미동도 없다. 눈물이 쏟아졌다. 너무도 순식간에 일어난 일이라 남편도 놀라 말을 잃은 것 같았다.

도대체 이 녀석에게 무슨 일이 일어난 것인가. 조금 전까지 뒷마당 잔디밭에서 남편이 오른발 왼발 하면 커다랗고 넓적한 발을 손 위에 올려놓으며 노는 것을 보았는데. 나는 닭장 옆에 심어둔 야채밭을 손보며 잘 익은 토마토를 따고 있었다. 때마침 아래채에 세든 할머니의 손자 여자 친구가 게이트 앞에 차를 세우고 있어 열어 주어야 하나 하는데 문이 열리며 천천히 들어와 인사를 나누었다.

남편이 집안에서 운동하다 CCTV를 보니 똘이가 앞 잔디밭에 누워있다. 종종 장난으로 알람을 울리면 벌떡 일어나 제집으로 달려오는 모습을 재미있어했다. 알람을 울렸는데도 아무런 움직임이 없어 급히 나갔다고 한다. 그때까지만 해도 가는 숨을 쉬고 있었는데 날 부르러 온 사이 숨을 거두었나 보다. 갑자기 벌어진 일이 황망했다. 딸에게 전화해서 상황을 얘기하고 어떻게 하면 좋을까 의논했다. 시간은 해가 저물고 있었다. 동물병원도 애니멀 셔틀도 다 문을 닫았다. 혹시 아까 그 차가 들어오며 부딪쳤을까? 누가 약을…. 별별 생각이 다 났다.

CCTV를 돌려 그 녀석에게 무슨 일이 있었는지 확인해야 했다. 9개의 화면을 30분 전으로 돌려 숨죽여 살펴본다. 개가 보이지 않는다. 19시 27분, CCTV 사각지대인 닭장 옆 그라지 쪽에서 쏜살같이 달려 나온다. 철 담장 너머 개를 데리고 산책 나온 사람이 지나간다. 평소 같으면 담장 이쪽저쪽을 달려 왔다 갔다 할 텐데 힘없이 돌아오며 그대로 픽 쓰러진다. 다시 일어나 몇 발짝 걷더니 또다시 쓰러져 잔디 위에 자는 듯하다. 모든 상황은 채 일 분도 걸리지 않았다.

뚤이는 독일종 셰퍼드다. 처음 이 집을 사기 위해 보러 다니며 남편이 집 지경이 넓어 큰 개가 필요하겠다고 했다. 인터넷을 뒤져 이사 오기 전 살던 집 어바인에서 세 시간 반 거리인 랜 캐스트 산골까지 가서 입양해 왔다. 두상과 등 꼬리까지 검은색이고 배와 발은 붉은 털이 귀여운 복실 강아지였다. 아비가 챔피언이라고 했다. 6주 된 복실이는 torry라 이름 지었다. 데려오자 며칠 되지 않아 장염이 생겨 먹지도 않고 계속 구토와 설사를 했다. 전 주인이 미쳐 예방접종을 않아서란다. 일주일을 병원 신세를 지고 무사히 귀가했다. 저를 살려 주어서인지 유난히 남편을 따랐다. 벌써 10년 전 일이다.

트레이닝 받을 때 2주 집을 비운 후 하루도 집을 벗어 난 일이 없다. 2.5에이커의 넓은 곳을 자유로이 뛰어다니며 토끼나 다람쥐를 쫓아다니고 우리랑 운동도 했다. 처음 닭이나 고양이를 데려올 때도 "애들은 우리 식구야." 하고 인사를 시키면 냄새를 씩씩 맡고 곧잘 어울려 놀았다. 고양이도 제집에서 같이 품어 잤다. 이솝 동화 속의 앙숙인 개와 고양이가 아니다.

다음 날 아침 나는 병원 검진 약속이 되어 있어 연기를 할까 전화를 했더니 한 달 후라야 예약된다고 한다. 애니멀 셔터가 우리 집에서 4분 거리라 생각했는데 그곳은 우리 집 구역이 아니라 남편이 좀 더 멀리 가야 하니 먼저 병원을 다녀오란다.

남편의 트럭에 똘이를 싣고 내비게이션이 시키는 대로 따라가는데 자꾸만 길을 패스한다. 이 차는 이천 년 산 세비 트럭이다. 항상 거라지에 모셔두어 겉은 멀끔하다. 그런데 에어컨이 고장 났다. 이십 년 이상 된 트럭도 십 년 된 똘이도 세월의 무게에 안으로 곪았나 보다. 네비를 읽어 달라는 남편에게 더위로 창문을 열고 달리니 소리를 크게 질러야 했다. "이리 가요. 저리 가자니까." 평소 같으면 화를 낼 남편이 아무 소리가 없다. 밤새도록 잠을 못 잔 탓에 글이 제대로 보이지 않는다. 그이도 나도. 빙글빙글 돌다가 한참 만에 도착했다. 이곳 애니멀 셔틀은 아주 넓었다. 서류작성을 하고 내려주고 돌아서는데 눈물이 주체 없이 흐른다. 건물 너머로 개소리가 아련하다.

남편의 친구인 똘이. 처음 이사와 아보카도 나무를 많이 심었다.

뜨거운 햇볕에도 한시도 떨어지지 않고 옆에서 지켜 준 충성스러운 녀석이었다. 오는 8월 21일 똘이 열 살 생일이라 닭을 삶아 주려 했는데 하며 쓸쓸히 웃는다. 유난히 녀석을 아껴주던 딸과 전화를 하며 그 소리를 했더니 서로 울다 말고 엄마 생일은 그냥 지나치면서 하고 웃었다. 기쁨은 나누면 배가 되고, 슬픔은 나누면 반이 된다고 했던가.

파란 잔디밭에 아이들이랑 뛰어놀던 모습이 선하다. 손자 손녀들이 똘이 할아버지 집이라고 불렀는데 이제 그 이름을 바꾸어야겠지. 이른 아침이면 늘 방문 앞을 지키고 남편이 깨는 기척이 들리면 어느새 현관 앞에서 운동가기를 기다리고, 아침 신문을 물어다 주던 녀석. 독립기념일이면 폭죽 소리를 유난히 무서워하여 내 품을 파고들던 덩치 큰 너를 따뜻하게 안아주지 못해 미안해. 똘이야. 네가 있어 우리는 안전하고 행복했다. 넌 우리의 기억 속에 늘 함께 할 거야. 사랑해 안녕!

"똘이야~" 하고 부르면 어디선가 금세 뛰어나올 것만 같다.

# 고래 구경

검푸른 바다. 고래는 우리가 탄 배의 길이 보다 더 길고 큰 짙푸른 등을 내보인다. 배의 높은 곳에서 선장이 외친다. 11시 방향. 11시 방향. 1시 방향. 흔들리는 뱃전에서 뱃마루를 꽉 잡고 이리저리 몸을 돌려 행여 놓칠세라 눈길은 고래를 향한다.

딸 가족이 4박 5일 휴가를 냈다. 그리 멀지 않은 다나 포인트 비치에 머물렀다. 큰손녀 아브리는 5세, 둘째 엘리스는 3세다. 딸네는 여름에 종종 더위를 피해 산이랑 바다를 찾아 나선다. 아이들이 바다를 특히 좋아한다. 부드러운 모래사장이 초승달처럼 펼쳐져 있다. 엄마·아빠는 아이들의 눈높이가 되어 모래성 쌓기, 조약돌 줍기, 소꿉놀이 등으로 시간 가는 줄 모른다. 큰아이가 파도에 밀려오는 해초를 건져오며 환하게 웃는다. 많은 사람이 선탠하거나 파도타기를 즐긴다. 가끔 낚시하는 이도 있다. 멀리 하늘 높이 행글라이더가 보인다. "저거 재미있겠다." 했더니 세 살짜리 손녀가 "할머니 생일 때 내가 태워줄게" 하고 통 큰 선물 공세를 하여 한바탕 웃었다.

나는 김밥과 미소 수프를 만들고 과일을 챙겨 아이들을 만나러 갔다. 우리 집에서 40여 마일이다. 전에 살던 동네를 지난다. 새집이 많이 들어섰다. 어릴 적 고향, 예스러운 고샅길이 눈에 선하다. 하이웨이가 새로운 길을 만들어준다. 어바인에 살 때는 종종 바다를 찾았지만, 내륙지방인 코로나로 이사한 후는 쉽지 않다. 이민살이가 힘들 때나 외로울 때 노을 진 수평선을 하염없이 바라보노라면 보글거렸던 마음이 평온해진다. 태평양 바다 너머로 부산 앞바다가 닿아 있으리라. 파도에 마음을 실어 고향의 안부를 묻곤 했다. 운전하는 동안 변하고 있는 풍경을 바라보노라니 어느새 종착지다.

사위가 내일 고래 구경을 하러 가자고 표를 예약했다. 두툼한 옷이 필요하단다. 며칠 전 바다에 나갔던 사람들이 추위에 떨었다고. 바다 위의 날씨는 가늠하기가 쉽지 않다. 배에 이십여 명이 탔다. 모두 마스크를 했다. 이제는 마스크가 일상이 된듯하다. 선장은 나이 지긋한 여자이다. 승무원은 여자 2, 남자 1명이다. 그들이 안전 장비 사용과 규칙을 소개하고 출발했다. 고물에는 건장한 남성이 배 키를 잡고 있다. 젊은 남자 승무원은 마도로스 특유의 모자와 무지갯빛 선글라스를 쓰고 드론을 띄워 고래의 위치를 찾고 있다.

승선자 대부분 가족 위주인 것 같다. 그중 눈에 띄는 가족은 딸 셋이랑 부부다. 아직 아가씨라 하기엔 앳되다. 중 고등 생쯤이려니 가늠한다. 배가 육지를 벗어나자 이들은 모두 비키니를 입고 갑판대로 몰려갔다. 출렁이는 바다에 파도가 뱃머리를 쳤다. 물이 치솟아 뱃머리를 적실 때마다 그들의 비명이 경쾌하다. 중년 부인은 군살 없이 늘씬하다. 빨간 비키니에 목에 두른 하얀 머플러가 바람에 나부

낀다. 딸들이 모두 엄마를 닮아 미인들이다. 아버지는 적당히 배가 나온 전형적 멕시코 인이다.

또 다른 일행이 내 시선을 끈다. 동양인 소년과 백인 할머니다. 할머니는 바다 빛 바탕에 하얀 프리지아 꽃무늬 옷을 입었다. 그녀는 연신 손자 같은 소년의 비위를 맞추려는 듯 이리저리 자리를 옮기며 애쓴다. 소년은 고개를 숙이고 흥미 없다는 표정이다. 동양 소년과 백인 할머니는 무슨 관계일까. 입양했을까. 소년의 눈빛이 슬프다.

출렁대는 배의 움직임에 작은 손녀는 무섭다고 의자에 앉아 엄마 품에 얼굴을 묻고 꼭 안겨있다. 큰 손녀는 섰다 앉았다 하면서 모든 것이 흥미롭다. "고래다." 한참을 달리는데 높은 곳에서 선장이 외쳤다. 사람들이 모두 뱃머리로 몰려갔다. 푸른 고래(Blue Whale)다. 푸른색 거대한 몸집은 바다 위를 천천히 올라왔다 내려갔다 자맥질한다. 선장은 고래의 움직임을 따라 천천히 조용히 따라간다. 사람들은 귀한 광경을 놓칠세라 사진기를 들고 바다 한 부분을 응시하고 있다. 고래가 머리를 들어 물을 높이 뿜어 올린다. 나도 손녀도 고래를 가까이에서 보는 것이 처음이다. 우리는 숨을 죽이고 신기한 광경에 얼굴까지 상기되었다.

딸이 초등학교 때, 학교에서 고래를 보러 간다고 좋아했다. 그런데 그날은 고래가 나타나지 않았다. 기대로 가득했던 아이들이 얼마나 실망했을까. 다음에 다시 오라고 티켓을 받아왔다. 표를 볼 때마다 언제 가지? 하는 생각이 떠나지 않았지만, 그 후 다시 갈 기회는 없었다. 맑은 날씨에 고래를 볼 수 있는 것은 행운이다. 멀리 카탈리

나섬이 보인다. 유람선이 스쳐 지나간다. 잔잔한 윤슬 위로 나뭇잎 같은 낚싯배에서 사람들이 손을 흔든다. 손녀도 나도 화답한다. 작은 손녀가 창문 옆으로 자리를 옮겨 고래의 마지막 이별 장면을 보아서 다행이다. "할머니 나 고래 봤어. 아주 커." 두 팔을 등 뒤까지 벌리고 동그란 눈으로 조잘거린다.

멸종위기에 놓여 있다는 고래. 지구상에서 제일 크다는 대왕고래(blue whale)는 여러 차례 귀한 몸을 선보이고 아쉬운 이별을 고하듯 꼬리를 높이 들고 물속 깊숙이 시야에서 사라졌다. 물속에도 길이 있나 보다. 수많은 고기들이 한꺼번에 몰려다녀도 그들은 충돌 사고가 없다. 보이지 않는 질서를 그들은 잘 지키고 있다. 우리는 보이는 길에도 하루에도 수많은 사고가 일어남을 본다. 시간에 쫓겨 빨리 달리고 교통법규를 어기며 이리저리 뺑소니친다.

승무원이 배 아래를 구경하겠느냐고 했다. 용감한 큰손녀랑 좁은 사다리를 뒷걸음 하며 내려갔다. 투명한 유리다. 물빛이 이렇게 아름다울까. 물방울이 은빛을 반짝이며 굴러간다. 갑자기 바닥이 보이지 않는다 생각하니 무서움이 엄습해 온다. 열 길 물속은 알아도 한 길 사람 속은 모른다는 옛말이 있지만, 끝이 보이지 않는 이 바닷속은 두려움의 대상이다. 그렇지만 바다는 우리에게 여전히 신비로운 미지의 세계다. 동심에 꿈을 주는 인어공주 이야기, 해적과 보물섬, 전래동화 별주부전, 심청전, 수많은 스토리와 전설을 품고 있다.

우리를 뒤이어 백인 할머니와 소년도 내려갔다. 표정이 많이 풀렸다. 다행이다.

멀지 않은 곳에 투나들이 무리 지어 텀벙댄다. 비늘이 별빛 같다. 먹잇감이 많이 있다고 승무원이 말한다. 자연에는 먹이 사슬이 어디에나 존재한다. 남편은 낚시를 좋아해 종종 투나를 잡아 왔는데…. 집에 있는 남편 얼굴이 투나와 오버랩 된다.

2시간 반을 더 넓은 바다를 달리다 왔다. 천천히 배에서 내려오니 할머니가 운전하는 하얀 Mercedes-Benz SUV 차량에 소년이 나란히 앉아 떠나고 있다. '아이야! 머리를 들어 꿈을 그려보렴. 꿈이 있는 사람은 세상 풍파(風波)도 의연하게 헤쳐나가리라. 부디 행복해라.'

사람들의 욕심으로 생태계가 무너지고 있다. 지구의 온난화로 마지노선인 남극의 빙산이 빠르게 녹고 있다. 이처럼 아름답고 신비로운 자연을 먼 훗날 우리들의 자손들을 위해 잘 보존해야 할 텐데…. 파도에 밀려온 비닐조각과 병들을 주우면서 생각한다.

송선주
엘에이 거주. 〈미주재림문학〉, 〈그린에세이〉 등단
가든수필문학회 회원

# 5달러의 행복

김규련

둥그런 종(鐘) 그림이 상표인 타코벨에 가서 5달러를 내고 타코를 사 먹었다. 그 타코 집은 음식을 먹을 장소가 없었다. 자동차를 탄 채 주문하고 음식을 받아 가는 드라이브 스르(drive through) 전용 가게다. 나와 남편은 바깥에 있는 대기 의자에 앉아 타코를 먹어야만 했다. 그런데 이걸 얼마 만에 먹는가. 1974년 내가 미국에 처음 왔을 때 지금은 이 세상에 안 계시는 나의 하나뿐인 오빠가 사주었다. 난 생처음 먹어본 그 타코였다.

햄버거 다음으로 맛있게 먹었는데, 아! 왜 그때는 미국 패스트푸드가 그렇게도 맛있었는지. 바싹바싹한 타코 외피는 옥수숫가루로 만든 것이다. 그 속에 타코 소스와 적당히 매운 소스를 섞어 넣고, 갈아서 만든 쇠고기나 닭고기에다 잘게 썰어 넣은 양상추와 노란색의 아메리칸 치즈 한 줄. 너무 맛있었는데…. 어쩌다 그걸 오래도록 잊고 살아왔을까.

그때 내 입맛은 마른 솔가지, 청솔가지 가릴 처지가 아닌 아궁이였다. 음식물마다 꿀맛 아닌 게 없었다. 이민 초기를 이겨 낸 활력소였다. 그때 우리는 자동차가 한 대뿐이었다. 남편이 아침에 나를 먼저 데려 주었다. 그리고 딸을 데이케어에 데려다주고 일을 나갔다. 퇴근 땐 역순으로 픽업, 한 차를 타고 집으로 돌아왔다. 초보 간호사였던 나는 종일 서서 일을 해 다리에 알통이 생겼다. 지친 일과에 얽매이다 보니 간편한 매식이 때늦은 우리 입맛을 길들였는지 모르겠다.

　　요즘 들어 행복이 무엇인가 다시 한번 생각하게 하는 사건이 나에게 있었다. 나의 과욕으로 인해 생긴 그 사건은 내게 큰 손재를 입힐 수 있는 일로 일단락될 것 같았다. 그러나 다행히 잘 마무리될 것 같은 조짐이 보인다. 일 년 내내 그 일로 끙끙거리며 전전긍긍했다. 욕심이 죄를, 죄가 사망을 낳는다는, 성경 말씀 구절을 실제로 체험하고 지낸 일 년이었다. 은퇴 이후 걱정거리가 없을 줄 알았는데 나는 내게 주어진 기회를 행복하게 누릴 줄 몰랐다.

　　어느 날 손자를 데리고 공원에 갔다. 그 아이가 지르는 소리가 빈 공원에 퍼져나가는 것을 들으니 빈 공간의 의미가 가깝게 다가왔다. 그 무엇이든, 받아주는 자세를 유지하고 있는 빈 공원. 채우려 하는 것이 아니라 비우는데 힘써야 함을 빈 공원은 나에게 일러주었다. 비울 것을 비워 낸 냉장고처럼 꽉 찬 것을 덜어내고 마음자리를 좀 비우니 이렇게 가뿐한 것을….

　　요즘 나는 매임을 푼 은퇴자로 아침에 늦게 일어나도 좋다. 돌이켜 보면 지난 세월 동안 다람쥐 쳇바퀴 돌 듯한 일과였다. 아침 5시쯤 일어나 손자를 픽업해 데이케어에 데려다 놓고, 8시간 동안 일하고 퇴근길에 집에 오면서 손자를 찾아 데려와야 했다. 이렇듯 몇 년 세월을 할머니가 되어서도 일해야 하는 건 참으로 육체적, 정신적으로 힘든 일이었다.

지금은 아침 7시도 좋고 8시도 좋다. 내가 일어나는 시간이 나의 기상 시간이다. 일어나서 맨손체조, 느지막이 하는 아침 식사. 누구 하나 나를 힘들게 하는 사람은 없다. 9시에서 12시까지는 한국어와 영어를 전화로 통역한다. 삼자 통화를 연결해 놓고 주로 의학용어를 통역해 주는 일인데 나에게는 안성맞춤의 일자리다.

운 좋은 날은 한국 손님한테나 미국 고객한테서 칭찬도 듣는다. 물론 내가 완벽하게 이중 언어를 구사하지는 못하지만 나는 그 일을 즐긴다. 아직 누군가를 도울 수 있는 입장에 있다는 게 감사하다.

대체로 내 일상은 그날이 그 날인 셈이다. 2시에는 탁구를 치러 간다. 30분 정도 운전하고 가야 하는 곳에 탁구장이 있지만, 내가 즐길 수 있는 스포츠로는 최상이다. 머리카락이 흠뻑 젖을 정도까지 친다. 이후 스파에 가서 수영하고 집에 온다. 물론 점심은 주로 5불 정도의 매식, 보통 때 집에서 안 먹는 음식을 찾는다. 정찬보다는 샌드위치나 파스타 또는 메디테리안 음식, 월남 음식을 선호한다. 때로는 오늘 같은 패스트푸드(Fast food)를 먹기도 한다. 얼마나 싸고 맛있는지. 나는 5달러에 이렇듯 행복할 수 있는 것이 새삼 즐겁다.

나를 행복하게 해주는 5달러는 우리 자식들에게는 무슨 의미로 다가설까? 그들이 검소에 길들어지고 작은 성취에 만족할 줄 알면 좋으련만. 존 번연의 ≪천로역정≫이 내 등을 떠민다. 갈수록 점점 좁아지는 그 길. 끝내는 애지중지했던 것도 다 놓아두고 겨우 혼자만 비집고 들어갈 수 있는 그 길. 나는 내게 주어진 오늘을 즐기고 싶다. 운동도 하고 가벼운 음식도 사 먹고 내게 이렇게 즐거운 인생이 남아 있다는 것에 감사하고 있는 요즘이다.

　오늘따라 바람이 싱그럽고 햇볕이 안온하다. 그냥 앉아 있을 수 없다. 오래 단련 받은 알통다리 성화가 집 앞 해변 길로 이끈다. 간편한 일상복차림임에도 도열한 팜추리들이 근위병처럼 목례한다. 아이스크림 가게도 패스트푸드 집 문도 열려있다. 일상 외출이 이렇게 상쾌할까. 헬렌 켈러가 그렇게 보고 싶어 했던 하루 일정. 나는 무엇부터 보고 그 말을 해 줄까.

제6호 [2014년 11·12월]

# 49일간의 동거

조용하던 집이 꽉 찼다. 결혼한 딸이 20년 만에 가족을 데리고 우리 집에서 한 달을 머물 예정으로 이사를 왔다. 집이 여기저기 물이 새고 부서져 수리를 한단다. 코로나로 건축업에 종사하는 사람이 부족한 이때 한 달 만에 고칠 수 있다는 말에 믿음이 안 갔다. 모처럼의 딸 식구랑 살 생각을 하면 설레기도 하고 한편 기일 안에 수리가 끝날 수 있을까 불안하기도 했다.

둘만 살다가 여섯 명이 되니 부엌에 수저통부터 바뀌었다. 열다섯과 열두 살의 손녀들은 젓가락보다는 포크가 편했다. 음식도 토스트와 계란후라이, 오렌지주스나 향기 좋은 커피가 그들의 조식이었다. 식빵을 아침마다 여덟 쪽을 먹으니 식빵 한 봉지가 이틀이면 없어졌다. 식빵값이 이렇게 비싼지 처음 알았다.

원래는 딸 식구가 다섯 명인데 큰 손자가 대학 기숙사에 있어서 그나마 네 명으로 줄어서 다행이었다. 그러나 그것도 잠시 그도 봄 방학이 되어서 늦게 합류하니 일곱 명의 식구가 한 집에서 1주일 복잡대면서 살았다. 손자는 침대가 없어 소파에서 자야 했다. 1주일만 지나다 가서 "휴" 하고 한숨 돌렸다. 화장실 청소는 하루에 한 번씩 꿇어앉아서 손녀딸들의 머리카락을 줍는 일로부터 시작되었다. 윤기 나는 긴 머리카락은 주워도 주워도 끝나질 않는다. 예쁘고 빤짝거리는 머리를 유지하려면 매일 샴푸하고 잘 빗어 내리고 이것저것 영양제를 뿌리고 해야 한다. 그들이 쓰는 화장실은 어느새 젊은이들의 소유물 장소로 바뀌었다. 샴푸와 린스만 있던 옛날의 내 화장실이 더 이상 아니었다.

빨래는 하루에 한 번씩 세탁기를 돌렸다. 커다란 목욕 타월은 한 번 쓰고 나면 빨래통으로 들어갔다. 마치 호텔에 와 있다고 착각을 하는 것 같다. 요즘은 호텔도 코로나로 일주일 내내 타월을 바꾸어 주지 않던데. 지난번 호텔에 갔을 때. 룸서비스가 없다고 프런트 데스크에 쓰여 있었다. 손녀들은 전깃불을 켜 놓고 이방 저방 다닌다. 일일이 지적도 못 하겠고 따라다니며 불 끄는 일도 지쳐서 포기했다. 어느 날은 새벽 한 시에 일어나보니 아이들 방과 복도가 대낮처럼 밝다. 딸한테 한마디 하고 싶은 마음이 목까지 치밀었지만 참는 게 후회할 일이 안 생길 거라 마음먹으니 편해졌다.

어릴 적 엄마가 전깃불 끄라고 소리를 질렀다. 그 생각이 나니 나도 미소가 절로 나온다. 전기 사정이 나빴던 한국 60년대 나는 밤에 라디오를 틀어 놓고 자기 일쑤였다. 어릴 적 습관은 여든 살 간다던 말이 현실로 나타났다. 어제 일같이 생생하게 불 아끼고 물 아끼던 추억이 떠오른다.

친구 모임에서 딸과 살면서 느낀 얘기를 하니 모두 이구동성이다.

딸과 세대 차이도 큰데 손녀들까지 합치면 입 다물고 참는 게 제일 약이라고 한다. 같이 살기로 한 마당에 쓴소리하면 힘들게 참아온 보람이 다 무너질지도 모른다고 했다. 어느 수필집에서 읽었던 말대로 가까이 살면서 상처의 골이 깊어 질까 봐 제일 두려웠다.

그러다 사건이 터졌다. 모처럼 방학을 맞아 찾아온 손자가 아침 10시쯤 식사를 챙겨주니 맛있게 먹고 앉아서 전화기를 들여다보고 있다. 때는 요때다 싶어 차고 문이 오래되어 삐거덕하는 소리를 내니 차고 문과 연결된 힌지에 기름을 발라줄 수 있냐고 물었다. 손자는 고개만 끄덕거린다. 눈을 안 맞추고 대답하는 게 요즘 아이들의 특징이다. 일 년 동안 남편한테 졸랐으나 WD 약만 사다 놓고 뿌릴 엄두를 못 내고 있다. 손자가 도와준다고 약속했으니 기다렸다 같이 하라고 얘기해 놓았다. 그리고 몇 분 후 아래층으로 내려와 보니 자리에 있어야 할 손자가 눈 깜짝할 사이에 사라졌다. 불러도 대답이 없더니 아래층 화장실에서 나온다. "할머니 화장실 물 내리는 플런저가 어디 있어요?" 한다. "그건 왜 ?" 물으니 자기가 변을 봤는데 변기에 물이 넘쳐흘렀다고 했다. 지금 화장실 바닥이 물바다가 되었으니 오히려 자기를 도와 달라고 한다. 큰 타월로 바닥을 닦고 법석을 떠는 동안 할아버지는 사다리를 놓고 차고 문에 기름을 혼자 다 칠했다.

그날 있었던 사건을 딸한테 얘기했다. 딸은 화장실 가는 걸 어떻게 늦출 수 있었겠느냐 하며 듣기 싫은 소리를 한다. 할아버지와 손자가 같이 일하는 나의 꿈은 예상치 못한 화장실 사건으로 허망하게 끝났다.

그때부터 딸과 나는 불협화음에 연속이었다. 법정에서 변호사로 일하는 딸과 사위는 저녁밥을 해놓으면 늦게 올 때가 많아 그 식은 밥은 다음날 남편과 내 차지였다. 몇 주 지나고 나서 애들과 먹는 저녁은 아예 포기 했다. 여고생과 여중생인 두 손녀는 농구 선수로서 주중이나 주말에 저녁 9시가 되어서 집에 들어오기 다반사였다. 손녀들이 오면 주말에 같이 아침 먹고 쇼핑하려고 했던 내 계획은 산산이 부서졌다. 저녁에 바닷가를 걷고 옛날얘기도 들려주고 사진 찍고 하려고 했던 일도 한낮 물거품이었다. 어찌나 바쁜지 그들한테 할머니를 위한 시간은 없었다. 저렇게 사는 게 그들의 살아가는 과정인 걸 어쩌겠나. 열심히 뛰는데 내가 할 일은 응원하는 것뿐이지 생각하니 마음이 가벼워졌다.

딸은 그동안 한 죄수의 무죄를 증명하느냐고 바쁘게 일한 것을 나중에 알았다. 21세에 살인자로 10년을 감옥에서 살다가 청년 어머니의 간곡한 요청으로 재심판을 허락받았고 그 사건을 해결하느냐고 정신없이 바빴단다. 열심히 증명한 결과 살인자 누명을 썼던 죄수는 무죄로 풀려나서 모두가 행복한 재판으로 끝이 났다. 그까짓 머리카락 줍고 식빵 사는 일이 무슨 큰일이라고 난 불평을 했을까 갑자기 후회된다.

동거 49일 만에 4명의 딸 가족이 떠난 자리엔 주워 담을 윤기 나는 머리카락도, 쫓아다니며 불 끌 방도 없다, 수북이 담은 토스트도 없다. 향기 좋은 이탈리아제 커피 향이 새삼 그립다.

# 오빠 생각

아침 해무가 걷히면 더위는 불현듯 찾아든다. 한낮의 헌팅턴비치는 몰려온 피서객으로 북적거리고 불을 피운 화덕에서 마시멜로를 구워 먹는 일곱 손자 손녀들이 활짝 웃고 있다.

모락모락 피어오르는 연기를 바라보고 있자니 잊고 있었던 오빠가 생각났다. 나를 많이 사랑하고 이끌어 준 오빠였다.

오래전, 내가 미국에 와서 얼마 되지 않은 어느 금요일 여름밤 멀리 떨어진 헌팅턴비치로 오빠랑 피서를 왔었다. 오빠의 소개로 처음만난 교회 친구들과 캠프 파이어 화덕 앞에서 노래를 불렀다. 오빠랑첫 나들이였던 기억이 꺼져가는 등불인 양 희미하다.

초등학교에 입학한 내가 커다란 가방을 질질 끌고 다니니 안쓰럽게 여겨 오빠가 책가방을 교실까지 늘 들어다 주었다. 비가 내리거나눈이 내린 날에는 나를 업어 학교에 데려다주기도 했다. 오빠 아래로세 명의 여동생이 있었지만, 특별히 나를 더 챙겨주었다.

오빠가 고등학교 3학년일 때 나는 중학교 일학년에 입학했다. 오가는 버스 속에서 나를 보호하고 좌석에 앉혀 주기도 했다. 175센티의 키에 반듯한 코, 도톰한 입술, 깨끗한 피부의 미남 청년이었다.

1964년 고등학교를 졸업한 오빠가 유학을 떠나는 날이었다. 나는 방과 후에 여러 번 버스를 갈아타면서 부랴부랴 김포공항에 도착했지만, 오빠는 벌써 항공기 트랩을 오르면서 손을 흔들고 있었다. 잡았던 손을 놓친 것같이 허무했다. 오빠를 매일 볼 수 없다는 생각에 하염없이 눈물이 흘렀다. 그 후 오빠의 소식은 아버지한테 오는 편지로 간간이 전해 들을 뿐이었다. 오빠에 대한 기대가 부모님은 무척 컸고, 오빠 역시 미국에서 과거 급제를 하든지 암행어사가 되어서 돌아와야 할 것 같은 부담을 가졌던 것 같다.

시카고에서 자리를 잡은 오빠는 서툰 영어와 가지고 간 돈도 없었으니 유학 생활이 얼마나 고생스러웠을까. 눈 오는 날 대형 쇼핑몰에 으리으리하게 장식한 크리스마스트리 밑에서 찍은 예쁜 사진을 보내왔다. 그것은 사진뿐이었고 실제로 그가 얼마나 고생하고 살았는지는 나중에야 알았다. 낮에는 공부하고 저녁에는 식당에서 설거지로 알바를 했다고 한다. 영주권도 없는 가난한 유학생이 할 수 있는 일은 제한되었을 것이었다. 오빠가 식사 팁을 남달리 많이 주는 이유가 고생할 때 생각나서라는 말이 생각난다. 오빠는 드디어 학부를 마치고 네브래스카에 있는 크레이튼 약학대학을 졸업했다.

유학 온 지 10년 만에 영주권과 한국 사람이 많은 남가주에 와서 약사면허증도 취득하였다. 그리고 미국에서 태어난 한국인 3세와 결혼했는데 우리 가족은 아무도 그 결혼식에 참석하지 못했다. 1973년 아버지가 갑자기 선거유세 중에 심장마비로 돌아가셨기 때문이었다.

이듬해 오빠가 한국에 왔는데 아버지를 잃은 오빠의 슬픔은 이루 말할 수 없었다. 온 가족이 모처럼 모여 즐거운 3박4일의 여행을 제주도로 다녀왔다.

오빠의 휴가를 마치고 미국으로 돌아갈 즈음, 나도 미국이민 수속을 마친 상태였다. 오빠와 새언니가 미국에 같이 가자고 권했는데 미국에는 간호사가 부족하여 간호사 이민이 한창일 때였다. 오빠는 내가 대학교 입학원서 넣을 때부터 간호과에 들어가라고 했다.

나는 오빠 말대로 E여대 간호학과를 졸업하고 대학 보건소에서 근무 중이었다. 주로 신입생들 신체검사를 맡았는데 재미도 있었고 수입도 좋았다. 여기저기서 결혼하라고 소개도 받고 내 인생에서 최고로 좋은 때이기도 했다.

그런데도 꼭 한 번은 가고 싶었던 미국이어서 1974년 5월 25일 오빠를 따라나섰다. 조그마한 가방에 간단히 챙긴 옷가지와 생필품, 미국 간호사 시험 볼 교과서 몇 권을 넣어서 이민 여행길에 올랐다.

혼자되신 엄마를 두고 떠나는 것은 쉬운 일이 아니었다. 떠나기 전날 엄마는 힘들면 언제든 돌아오라고 하셨는데 나도 그러겠노라고 약속했다. 미국을 몇 번 다녀오셨던 엄마는 미국 생활이 얼마나 힘든지 이미 알고 계셨다. 처녀의 몸으로 조국의 둥지를 떠나 올라 이민을 떠나는 딸이 불안했던 것이다. 엘에이에는 둘째 언니와 오빠 가족이 있었기에 그나마 위안으로 삼으시고 허락해 주셨다.

그런데 내가 미국에 도착한 지 1주일 만에 둘째 언니는 한국에서 직장 제의를 받고 한국으로 역이민을 했다. 언니 가족이 떠나고 오빠도 그해 11월 의과대학에 학사 편입이 허락되었다는 소식에 한국으로 다시 나갔다. 대학 편입 수속을 마치고 미국으로 돌아오기 이틀 전, 오빠의 고등학교 동창 절친 여섯 명이 대왕코너 나이트클럽에 오빠를 초대했다. 그 날밤 청천벽력 같은 일이 일어났다. 대형화재가 났다. 그런데 손님들에게 계산하고 나가라면서 업주 측에서 문을 잠가서 오빠를 비롯한 친구들이 유명을 달리했다.

거짓말 같은 이 엄청난 비보에 나는 기절했다. 이렇게 어이없게도 서른 살 오빠는 운명했다. 29세에 혼자된 새언니는 얼마나 허망하고 하늘이 무너지는 심정이었을까. 평생의 꿈인 의사가 되어 날개를 펼쳐 보려고 그렇게 열심히 산 오빠, 그때 오빠와 함께한 친구 중에는 이제 막 결혼해서 딸이 하나 있었고, 의사가 된 인턴도 있었다. 오빠가 친구들과 함께 가는 하늘나라여서 조금은 덜 외로웠을까, 그랬기를 바랄 뿐이었다.

이민 오자마자 갑자기 외톨이가 되어버렸다. 오빠도, 언니도 없이 시작한 이민 48년이 흘렀다. 생경한 문화에 당황하며 황무지 같은 곳에서 개척하고 사느라 힘든 나날이었다. 그래도 내 마음속에는 기쁠 때나 어려울 때 항상 오빠가 있었기에 견뎌낼 수 있었다.

멀리 보이는 파도가 평온해 보이는 날이다. 오빠 생각으로 잠시 더위도 잊고 손자 손녀들과 행복하게 지난 하루였다.

**김규련**
〈그린에세이〉로 등단. 엘에이 거주
이화여대 제1회 '동문글짓기대회' 우수상. 가든수필문학회 회원

# 검은머리방울새

정인순

----------------------------

늦가을부터인가. 베란다에 반가운 손님이 찾아온다. 방울새다. 추위가 오기 전에 미리 분갈이를 하여 쓸 만한 꽃들은 집안으로 들여놓고 나니 커다란 빈 화분만이 베란다의 주인이 되어 덩그러니 놓여 있었다. 이 화분을 무거워서 방치한 것뿐인데, 그 화분 위에 이리도 예쁜 친구가 찾아와 주다니, 잿빛이 도는 연한 녹색을 띠고 배만 하얀 검은머리방울새. 조그만 꼬리를 까닥까닥하면서 부리로 뭔가를 콕콕 쪼는 이 녀석의 하는 짓을 가소로워 흥미롭게 지켜보았는데 "방울새야 방울새야 쪼로롱 방울새야…." 나도 모르게 동요까지 흥얼거렸다.

이른 아침부터 찾아와 아기처럼 종알대듯 지저귀면서 화분 속의 흙을 쪼아대는 방울새가 보고 싶어 나는 자주 창밖을 내다보게 된다. 그런데 가만히 살펴보니 녀석이 모이를 찾고 있는 듯했다. 뭘 주어야 하나, 좁쌀과 참깨를 살짝 뿌려 주었더니 처음에는 경계의 눈초리를 늦추지 않더니 앙증맞은 부리로 콕콕 찍어 먹는다.

이 녀석은 날마다 몇 번씩 우리 집 베란다를 찾아왔고 나는 한두 번씩 모이를 뿌려 주곤 했다.

나는 녀석과 나눠 먹는다는 생각으로 빠뜨리지 않고 모이를 주고 했다. 녀석은 주는 대로 참 잘도 먹어 치웠다. 배가 고파서 나를 찾아오는 걸까, 가족은 없는 걸까, 괜스레 방울새에 대한 측은지심이 내 마음을 짠하게 하여 모이를 계속 주게 된다.

그럭저럭 지난겨울은 방울새와 주거니 받거니 교감을 나누다 보니 덜 외롭고 차츰 정이 들어 한겨울을 마음 따뜻하게 보낸 듯하다.

어느새 봄이 되었다. 겨우내 들락대던 방울새가 보이지 않은 지 꽤 되었다. 이따금 녀석의 안부가 궁금하긴 했지만, 시나브로 잊고 말았다.

어느 날 방울새가 겨우내 놀다간 빈 화분에, 아기 젖니 같은 연둣빛 떡잎 두 개가 쏘옥 올라와 유난히 싱싱함을 자랑하고 있었다. 평범한 잡초 같긴 해도 뽑아버리기에는 방울새가 놀던 자리에 난 싹이어서 얼마간 그냥 지켜보기로 했다.

봄날의 긴 햇살이 집안 가득 들어오던 날, 거실에 있던 화분들을 모두 제자리를 찾아 베란다에 옮겨놓을 때도 선뜻 큰 화분에 난 잡초를 뽑아버리지 못했다. 그것이 어느 정도 자라고 보니 까마중이 아닌가. 까마중은 하루하루 날이 갈수록 쑥쑥 잘 자랐다. 나는 그 화분에 다른 화초를 심지 않고, 까마중 한 그루만 그대로 두기로 했다.

그 후 내 아침 첫 일과는 까마중을 찾는 일이 되었다. 마치도 방울새를 다시 만나는 기분으로. "잘 잤니?" 인사를 하고 물을 주며 정성을 쏟는다. 그렇게 물만 주었을 뿐인데도 내 정성이 거름이 됐는지 무럭무럭 잘도 자랐다. 잎이 무성해지고 물주는 일에 조금만 늑장을 부려도 잎사귀가 축축 늘어지는 것이다. 더위에 약하고 물을 많이 필요로 하는 것 같았다.

어느 날 보니 까마중이 열매를 주렁주렁 달고 있었다. 뿌리가 튼튼해야 나무가 튼튼하듯, 좀 보탠다면 정자나무 한 그루만큼 실하게 자랐고 열매 또한 푸짐했다. 푸른 잎 사이사이로 열매들이 나를 보며 방긋방긋 웃는 것 같았다.

주말농장에서 군데군데 자라는 까마중 열매를 따 먹어보았기에, 열매 따 먹는 재미는 이미 알고 있던 터다. 더구나 유년 시절 고향마을 들판에도 흔했던 까마중이 아닌가. 그 열매에는 몸에 좋은 성분이 많다는 걸 TV를 통해 알게 되었다.

우리 집 까마중은 쭉쭉 커서 햇빛 가리개가 되고 울타리 역할까지 해 주었다. 해 질 녘에는 햇살이 눈 부셔 꼭 커튼을 쳐야 하는데 그럴 필요가 없어졌다. 이웃들이 무슨 나무가 저렇게 멋지냐고 물을 정도로 밖에서 보면 우리 집 베란다를 까마중이 아름답게 꾸며주고 있다.

우리 집에서 100m도 안 되는 곳에 산자락이 늘어져 있다. 커다란 참나무와 때죽나무 오리나무 등이 빽빽하게 늘어서서 푸름을 선사한다. 검은머리방울새는 아마 그곳에 둥지를 틀고 살고 있었던 것 같다. 늦가을 텅 빈 들녘에서 모이를 찾아 이리저리 헤매다가 우연히 우리 집 빈 화분을 발견하고 그곳에서 먹이를 찾다가 내 눈에 띈 것일 것이다. 녀석은 흥부에게 박씨를 주고 간 제비처럼, 내게 까마중 씨앗을 고마움의 선물로 주고 간 게 아닐까. 생각해보면 내게 친구가 되어준 것만으로도 충분히 보상한 것이련만.

요즘은 산책을 핑계로 방울새를 찾아 나서곤 한다. 녀석이 많이 보고 싶다. 그러나 아무리 찾아봐도 흔적이 없다. 비스름한 새가 보여 얼른 쫓아가 봐도 아니다. 요즘은 먹이가 많아서 산속에서 살고 있을 게다. 겨울이 되면 또 찾아와 줄까. 기다리는 내 마음을 알고 방울새가 찾아올 거라고 믿어 본다.

오늘은 까마중 열매가 까맣게 익어 한 줌 첫 수확을 했다. 방울새가 내게 준 선물이다. 접시에 담아 놓고 사진을 찍었다. 마음이 뿌듯하다. 송이를 대충 세어보니 한 500개는 족히 될 듯하다. 나는 오늘도, 내일도, 검은머리방울새를 기다리고 또 기다릴 것이다. 고마움을 아는 그 사랑스러운 내 친구 방울새를.

제7호 [2015년 1·2월]

# 산

커다란 나무 한 그루가 나이테를 더해가고 만산홍엽이 기염을 토해내는 가을이다. 물감으로도 어찌 저렇게 물들일 수 있을까 싶게 오묘한 색깔을 만들어 내고 있는 산, 그 산을 보며 깊은 가을의 정취를 느낀다. 할 수만 있다면 일상적인 시간의 추이 속에서 잠시나마 벗어나 그 산에 오르고 싶다. 그러나 생각과 달리 산에 오르기도 전에 욕망은 여지없이 무너지고 만다. 시원찮은 다리와 가쁜 숨 때문에 겁부터 덜컥 난다. 젊은 시절 산에 오르며 느꼈던 가슴 속의 환희가 흔적도 없이 사라진 것일까.

둥근 땅의 둥근 산을 좋아하여 곧잘 오르내렸던, 산도 아니고 숲도 아닌 자그마한 고향 동네 그 산에서, 나는 얼마나 다부졌던가. 두려움과 거침이 없었고 불가능도 없었다. 신나게 산에 오르며 동무들과 깔깔거렸던 날들, 연분홍빛처럼 고왔던 여고 시절의 꿈들, 어떤 것도 가능치 않은 게 없을 거라는 신념으로 삶을 엮어가던 젊은 날들, 다부진 몸처럼 삶 또한 다부지게 살았다.

시간이 흘렀다. 계절이 변하고 문득 바라본 지금 내 위의 가을 하늘은 그때 보았던 하늘과 또 다르다. 나이를 잊어버린 채 소녀가 되어 본다. 작은 것까지 가슴에 품고 사는 여인네의 단조로운 생활이 나를 허전하게 만들고, 나의 마음속에는 오를 수 없는 산만 자꾸 높아져 간다. 작은 것에 울고 웃으며 보람과 행복을 찾아서 꾸려온 둥지 속에 있으면서도, 마음은 썰렁하기만 하다. 가을바람이 분다. 정원 잔디 위에 깔린 낙엽과 마당 한쪽에 피어 있는 한 송이 국화를 가을바람이 휩싸고 돈다.

어느 해 봄날이었다. 산불방지 캠페인을 위하여 지인들과 청계산에 올랐었다. 파릇파릇 봄의 연한 색조가 대지를 뒤덮고 순한 공기의 산뜻함이 온통 몸을 휘감아, 감춰졌던 마음에 작은 파문이 일었다. 살아 있음이 참으로 파릇했다. 사회의 일원이 되어 갇힌 것 같은 공간, 시간에서 탈출한 듯한 기분, 나를 들뜨게 했다. 그날 청계산 정상에는 오르지 못했다. 중턱 어디쯤 발을 멈추고 서 있었다. 산을 정복한 기분도 좋겠지만 훗날 내가 묻힐 풋풋한 흙과 그 흙 속의 내 양분으로 꿋꿋이 피어날 나무 한 그루 풀 한 포기 사이에, 그렇게 서 있는 것만으로 참 좋았다. 그런 기분은 산이 주는 특별한 것이었다.

때로는 사람이기에, 사람으로 인하여 아픈 마음을 가져야 했고, 가식과 허위 속에서 물질적인 사람이 되어가야 했다. 새로운 것을 배우고 익히려 하기보다, 옛것만, 익숙하고 편한 것만, 가지려 했다. 편치 않은 것을 거부했다. 그리고 그것이 삶의 방식을 지혜롭게 터득해가는 거라며 의기양양하기도 했다. 자연스레 고향의 산을 오르내리며 키웠던 호연지기나 꿈도 변질하였다. 그랬다는 걸 그때 그 산에서 깨달았다.

그날 청계산 중턱에서, 단 한 번도 거짓을 보이지 않으며 그렇게 정직하기만 한 산의 우직함, 영원한 침묵 속에서 시공의 질서를 보여 주는 자연의 순리, 풀 한 포기 벌레 한 마리까지 새 생명의 야릇한 창조를 보았다. 그리고 다짐했다. 배우는 거다, 누구에게든 무엇이든 배우는 거다. 저 산, 묵묵히 할 일을 하는 산을 보며 배우는 거다, 라고. 그 후로 나는 산을 정신적인 지주로 생각하여 사랑하게 되었다. 비록 지금처럼 산에 오르지 못할지라도.

가을 산은 여류 시인이다. 조금은 쓸쓸해 보이고 고독해 보이지만 세월의 연륜 속에서 그들의 아픈 언어처럼 삶의 충만함이 그곳에 있다. 한 줄의 글도, 진실도, 생활의 망각 속에 묻혀 제대로 쓸 수 없어, 가을 산을 동경할 수밖에 없어도. 가을 산은 내 의식의 틈바구니에서 아스라한 충격을 주곤 한다. 그래서 나는 산을 좋아한다.

가을 산에 나뭇잎들은 벌거벗은 채 드러누워 있다. 차가운 바람 속에서 나뭇가지들은 제 모습을 드러내 보이고 만다. 나 역시 그러한 진실한 마음으로 언제쯤 서 볼 수 있을까. 일체의 허영을 벗어 던진 채 조금 초라하고 추워도 그들의 가지처럼 당당할 수 있을까. 지친 가지, 벗겨진 가지 위에, 자연은 또 하나의 약속을 이행한다. 순백의 결정체로 그들을 포근하게 감싸니, 사람 역시 인생의 가을에서 겨울의 포근함을 믿어 보는 거다.

우뚝 선 정기로, 넓은 관용으로 작은 아낙네를 졸지에 포부 큰 장부로도 만드는 산 앞에서 삶을 돌이켜 본다. 그리고 다짐해 본다. 남은 시간만이라도 굳센 의지를 가진 저 산을 닮아 가야겠다고.

# 은행나무

　방배동에서 염곡동 새집으로 이사를 했을 때 일이다. 아홉 폭 병
풍처럼 둘러싸인 구룡산, 아홉 마리의 용이 놀다 승천하였다는 그
전설의 산을 등진 아담한 마을에 자리한 정남향의 집은, 나를 포근히
감싸주었다. 무엇보다도 마당이 있어서 참 좋았다. 마당 있는 집을
항상 꿈꾸었기 때문이다. 이사가 마무리되어 갈 무렵, 그렇게도 소
원했던 정원 공사를 시작했다. 마당 가장자리에 삥 둘러 감나무, 앵
두나무, 대추나무를 심고 은행나무는 암수 두 그루를 심기로 했다.
유실수 사이사이에는 향나무를 심고 가운데에는 잔디를 심었다. 은
행나무는 병치레가 없고 공기정화가 뛰어나며 옛날부터 장수를 돕는
식물로서 여러 가지 병에 효과가 있다고 했다. 무엇보다 우리 가족이
구운 은행을 좋아해서 더욱더 애정이 갔다.
　어느 세월에 구운 은행알을 맛볼 수 있을까. 사계절의 혹독한 기
후 변화를 겪고 나면 나무는 나이테를 더했다. 해빙기가 되어 봄의
햇살이 마당으로 쏟아지면 가지마다 청순한 생명이 움트고 젖빛 솜
털을 피우기 시작했다. 나이테가 열 개가 되던 해 연록의 잎은 짙은

녹색으로 변하고 가지마다 열매가 맺기 시작했다. 그때부터 나에게 는 하늘을 보는 습관이 생겼다. 은행이 많이 열렸는지 또 잘 크고 있는지 살피는 것이다. 은행은 해거리를 해서 많이 열고 적게 열고를 되풀이했다.

은행나무 나이테가 스무 개나 되었을 때, 은행알은 정부미 자루 두 자루를 가득 채웠다. 푸르던 잎은 노란 단풍잎으로 변하고 알찬 열매를 준 다음, 내년 봄을 기약했다. 마당에 수북이 쌓인 노란 은행 잎을 예쁜 바구니에 가득 담아 집 안 구석구석을 장식하면 마음이 흐뭇하여 저절로 콧노래가 흘러나왔다. 우리 아이들 네 남매는 옹기 종기 모여 앉아 고운 은행잎을 골라 책갈피에 꽂아놓고 서로 견주며 자랑했다. 제일 잘한 사람은 좋아하는 선물을 아빠에게서 받기도 했 다.

은행은 냄새가 고약하다. 힘들게 손질하여 항아리에 가득 담아 시 원한 광속에 저장해 놓고 일 년 내내 은행 파티를 했다. 아이들이 어릴 적, 한 사람당 은행알 배분이 일곱 개씩이었는데, 막둥이가 왜 항상 아빠는 열 알이냐며 따지곤 했다. 조금이라도 더 먹으려고 몰래 은행알을 훔쳐 먹고 배탈이 난 적도 있었다.

그 무렵 우리 집은 사시사철 손님이 끊이질 않았다. 은행으로 맛 난 요리를 하여 나누어 먹고 손님들이 돌아갈 때는 은행알을 가득 담은 봉투를 손님 손에 들려 보내니 모두 좋아했다. 하지만 은행나무 가 이웃에게 주는 피해도 적지 않았다. 쭉 뻗은 가지들은 옆집 채소 밭에 그늘을 만들어 채소들이 자라지 못 하게 하였다. 또, 가을이면 앞집 마당에 낙엽이 쌓여 처치 곤란이 되니 마음 한구석이 늘 편치 않았다. 그래서 미안한 마음에 은행 한 바구니씩을 선물하기도 했다. 은행나무가 주는 즐거움이 우리를 행복하게 했지만, 주변에 민폐를 끼치는 것 같아 어느새 몸통이 어른 두 명이 손을 잡아도 닿지 않을 정도의 거목이 된 은행나무에 특별한 조처를 하기로 했다. 새벽녘 삼층 옥탑방에서 창밖을 내다보면 뽀얀 은행알이 송알송알 이슬을 가득 이고 있던, 창문을 열고 손을 내밀면 잡힐 듯 아름다웠던 그 은행나무에게.

정원사를 불러 가지치기와 함께 수컷 나무만 베어달라고 부탁했다. 밖에 나가 새참 거리를 사서 대문을 들어서는 순간, 나는 그만 비명을 지르고 말았다. 정원사가, 그토록 야무지게 열매를 맺던 그 소중한 암컷 나무를 싹둑 잘라버리고 몸통만 남은 나무 위에 앉아 씩씩하게 땀을 닦고 있는 게 아닌가. 자르라는 수컷 나무는 손도 대지 않은 정원사를 원망하기보다 지켜보지 못한 자신이 너무 미웠다. 내 고함 때문인지 잘못 잘랐다는 미안함에서인지 마당에 수북이 쌓인 가지를 그대로 두고 정원사는 도망을 가버렸다. 하늘이 무너지는 듯한 허전함 때문에 한동안 그쪽을 바라볼 수가 없었다. 그토록 야무진 열매를 맺어대던 암컷 나무는 사라지고 가지만 무성하던 수컷 나무만 우뚝 선 채 서 있는 마당은, 내게 쓸쓸함과 허망의 상징이 되어버렸다.

그 아픈 기억이 두고두고 마음을 괴롭혔다. 세월이 흘러 이제 그 집을 떠나 분당에 산 지 여러 해가 되었고, 옛날 무성했던 그 은행나무는 내 마음에 뿌리를 내리고 자라고 있다. 눈을 감으면 언제라도 볼 수 있는 은행나무. 이제 담장 너머 옆집 할머니의 싫은 소리 들을 일도 없고 미안해할 일도 없어졌다. 열매가 주는 행복은 영원히 내 곁을 떠났지만 말이다.

　오후에 시장에 가면 은행알을 많이 사 와야겠다. 가족들이 모이는 날, 맛나게 구워 먹으며 아이들에게 은행나무 이야기를 들려주고 싶다. 그리고 은행나무처럼 올 한 해가 가기 전 누군가에게 위로와 기쁨을 줄 수 있기를 기대해 본다. 더 늦기 전에 나도 내 인생의 열매를 맺으리라 생각하니 기운이 솟는 것은, 주는 것이 받는 것보다 행복하기 때문일 것이다.

**정인순**
〈그린에세이〉로 등단
바르게살기 서울시협의회 주부백일장, 서울 주부백일장,
서초구청 개청 1주년 기념 주부백일장 장원
별뜰문학회 동인

# 바람아, 내게 등을

이봉희

---

　남가주의 겨울은 몇 번의 Santa Ana 강풍이 불은 뒤에 시작된다. 그저께 한밤중에 창문을 흔들어대는 바람 소리에 선잠이 깨서 커튼을 조금 젖히고 창밖을 내다봤다. 바람은 나뭇가지를 휘감고 나무둥치까지도 뽑아내려는 듯 마구 휘돌고 있었는데 황소바람이 그렁거리며 우리 집 창틀을 이리저리 흔들어서 나를 움츠리게 했다. 바람은 제 실체는 보여 주지 않으면서 행적만 보란 말인가. 어쩌자고 이리도 집요하게 나를 뒤쫓고 있는지 모르겠다.

　그랬다. 바람이 마구잡이로 나를 휘감았던 때가 있었다. 바람은 내가 역마살을 타고난 사람인 양 숨 돌릴 틈도 주지 않고 나를 지구의 동서 반구를 돌게 해서까지 난파시키려 했다. 누가 시베리아 눈얼음 벌판에서 불어대는 바람이 매서운 칼바람이라고 했는가? 바람은 그때 아무도 내 손을 잡아줄 사람이 없는 외진 곳으로 나를 떠밀어 붙였다.

내 인생의 첫 바람은 스페인에서 불어왔다. 그곳에서 사업을 하는 형부가 함께 일해보자며 손을 내밀었다. 남편은 그 손을 잡고 싶어 했지만, 돌다리도 두들겨보고 건너는 성격이어서 찬성하지 않았다. 그런데도 어떤 일이 있어도 식구들은 안 굶긴다는 남편의 결연한 말에 한국을 떠나기로 했다. 우선 아이들이 하루라도 빨리 그곳에서 적응하는 게 나을 것 같아서 남편과 함께 딸려 보냈다. 나는 우리와 함께 사셨던 어머니의 거처를 정해드리고 집과 그 외 모든 것을 정리하고 합류하기로 하였다.

두 달 뒤 남편과 아이들에게로 가고 있었다. 비행기 안에서 '내가 왜 이 바람에 휩쓸려가고 있지.' 하는 생각이 문득 들었다. 보이지 않는 손길이 강팍한 나를 꺾으려 밀어내는 것 같아 무조건 믿으리라 다짐했다. 가족을 만난 기쁨은 잠시, 그곳에서 우리 가족은 헤어날 수 없는 어려움에 빠져들고 있었다. 아침이 되어 식구들이 나간 뒤 시멘트 바닥에서 올라오는 냉기와 무서운 소라로 엄습해 오는 바닷바람 소리가 시베리아의 칼바람보다 더 음산하게 내 온몸을 감싸며 바다가 보이는 18층 아파트 창문을 바람이 두드려댔다. '그리 힘들면 눈 딱 감고 뛰어내리려무나.' 어둠의 소리가 나를 유혹하며 흔들었다.

막다른 골목에 몰린 듯 힘든 시간의 연속, 아무 대책도 없이 친정 부모가 계신 미국으로 가려고 했으나, 가족 모두가 비자 받기가 힘든 여건에서 남편은 용케도 우리를 이곳으로 데려왔다. 명문대를 나와 일류 기업체에서 일했던 남편은 자존심마저 묻어버렸다. 찬밥 더운 밥 가릴 처지가 아니니 무슨 일이든 몸으로 때우는 일을 마다하지 않았다.

또다시 매서운 바람이 내게 불어 닥쳤다. 미국 생활에 채 적응도 못 했는데 나는 큰 수술을 받아야 했다. 일 년을 버티며 지냈는데 어느 날 쓰러졌다. 병원에 실려 가서 곧장 수술을 받아야 했지만, 몸이 너무 쇠약해져 3개월간 몸을 보한 후에야 수술할 수 있었다.

이제는 바람의 긴 터널을 빠져나왔나 싶었다. 수술한 몸을 겨우 회복한 어느 날, 밤늦게 일을 하러 간다는 남편을 따라나섰는데 강도 3명과 맞닥뜨렸다. 권총을 눈앞에 보면서도 한국말로 소리치며 강도를 쫓아간 남편, 사람을 불러오겠다며 충계를 건너뛸 때 강도의 손에 잡힐 듯 몇 번을 스쳤던 나, 우리는 그렇게 죽음을 넘나든 사투 끝에 간신히 목숨을 건졌다.

얼마나 내 인생의 거센 바람을 맞아야 하는 걸까? 내게 '바람 분 뒷날'은 볼 수 있는 걸까. 나는 많은 것을 잃어버린 듯한 허전함에 힘든 나날을 보내야만 했다. 메인에서의 근무를 마치고 워싱턴주로 옮기는 아들의 이사를 도우려 집을 떠난 지 한 달 뒤, 아들이 항공모함을 타고 한 달 동안 먼바다에 나간다며 내가 집으로 가는 비행기 표를 산다고 했다. 나는 아는 곳도, 아는 사람도 없는 그곳에서 한 달을 지내겠다고 했다. 낯선 곳에 엄마 혼자 어떻게 있느냐는 아들의 걱정을 뒤로 하고 단호히 휴가를 선언한 것이다.

바다가 보이는 거실 통유리 창문 밖으로 바람이 거세게 불었다. 스페인에서 들었던 그 바람 소리보다 더 내 마음을 흔들어댔다. 얼마나 나뭇가지들이 바람에 늘어졌는지 이리저리 흔들거릴 때마다 마치

머리 풀은 귀신이 나를 잡아채는 것 같아 움찔거렸다.

잠시 햇살이 비추는 오후, 창밖을 보니 진녹색 잔디밭에 샛노란 꽃이 여기저기 목을 내밀고 있었다. 어찌나 앙증맞고 귀엽던지 힘들고 지친 마음이 민들레꽃 속에 풀어지고 있었다. 그다음 날 민들레는 새 바람개비인 양 목을 길게 뽑아 솜털 씨방을 이고 바람을 기다리고 있지 않은가. 바람을 운반체로 삼고 분초를 미루지 않는 바람 타기 무드라니! 나는 여태 바람을 피하려고만 했지, 바람과 친할 줄을 몰라서 그리도 힘들게 살았구나. 바람과 조우 때 어찌하면 좋을지 작은 민들레를 지켜보면서 깨달았다. 얼마 전까지 이골이 나도록 내 곁에서 떠나지 않고 내 인생을 뒤죽박죽으로 휘감던 바람이 꼬리를 거둬들인 걸까. '바람 분 뒷날'임을 알려 주듯 포근한 한나절로 시치미를 뗐다.

철새는 멀리 이동할 때 공중에서 날갯짓하는 게 아니라 그냥 바람을 탄다고 한다. 노련한 뱃사공은 순풍이 불 때는 동력선처럼 빠른 항해를 하고 역풍이 불어도 걱정 안 한다. 돛을 바람 받는 방향으로 조금씩 각도를 맞춰 지그재그 항해술로 갈 곳을 향해 나간다고 한다.

이제 나도 내 삶의 갈 길을 따라 바람 타기 무드로 전환, 바람을 타보련다. 바람아, 내게 등을 내다오. 사람을 태워 올릴 때 무릎 꿇은 낙타처럼, 나를 태워 내 가자는 데로 가보자꾸나. 우리네 일생도 한 줄기 바람일 터인데, 바람잡이란 소리 좀 들으며 살고 싶다. 그래야 전화위복 기회도 만날 수 있겠기에. 우리의 삶과 이웃해서 불어대는 바람아. 바람아.

제8호 [2015년 3·4월]

# 연양갱을 한입 물고 맺힌 눈물

여자의 삶을 생각해본다. 부모 곁을 떠나 가정을 이루고 아이가 생기며 나는 행복했다. 누군가의 아내로서 살아가는 존재감과는 다르다. 첫아이를 임신했을 때는 참 기뻤다. 남편에게 한밤중에 먹고 싶은 것이 있다며 애정을 확인하듯 등을 밀어 사 오게 했던 추억이 많다. 너무 늦은 시간이니 내일 사 오면 안 되겠냐는 그에게 난 말했다. "내가 먹고 싶어서가 아니라 당신 아들이 지금 먹고 싶대" 그때는 몰랐다. 그 아이가 딸인지 모르면서도 나는 당당하게 요구했다.

몇 년 전 워싱턴 주로 근무지를 옮기는 아들의 이사를 위해 메인으로 갔다. 그곳에서 나는 한 달 동안 오직 아들만을 위해 지냈다. 새벽에 집을 나가는 아이에게 아침을 차려주며 행복했다. 해군으로 근무하며 멀리 떨어져 혼자 지내는 아들이기에 언제나 그리운 아이다. 장성하면 집을 떠나 혼자 사는 것이 당연한데 난 유달리 애를 태우고 있다. 이삿짐을 정리하여 부치고 내일은 메인을 떠나는 날이다. 아들과 둘이 저녁노을이 아름다운 오솔길을 걸으며 많은 이야기를 나누었다. 온 가족이 가을 단풍에 물든 아름다운 아케디아 공원을 다녀온 얘기도, 바다를 끼고 서 있는 크고 작은 등대를 찾아다닌 메인에서의 추억을 새기며 한참을 거닐었다.

다음 날 아침 2년을 보냈던 집을 뒤로 하고 우리는 공항으로 갔다. 그곳에서 우리는 캘리포니아에서 오는 딸을 기다렸다. 딸은 동쪽 끝에서 서쪽 끝 워싱턴 주에 자동차로 가는 대륙횡단 여행에 함께 하려고 오는 길이다. 비행기에서 내리는 딸을 만나 자동차로 낯선 곳을 향해 설레는 마음으로 떠났다. 열흘이 넘는 긴 시간 동안 서로 머리를 맞대고 계획하며 구석구석 아름다운 곳을 구경하며 많은 추억을 남길 수 있었다. 아이들이 성장한 뒤 처음으로 하는 긴 여행이다. 온 가족이 함께 다니던 여행을 아들의 입대로 하지 못한 지 오래다. 서로의 생각이 부딪치기도 하였지만 조금씩 맞춰가며 하나가 되는 과정이 있어 여행이 더 뜻깊었다.

아들의 새 정착지 워싱턴 주 Everett에 도착하였다. 거실의 통유리로 멀리 바다가 보이는 아파트를 구하였다. 직장 때문에 더 이상 시간을 함께 보낼 수 없는 딸은 집으로 돌아갔다. 나는 이삿짐을 기다려 정리하고 그렇게 열흘을 더 머물렀다. 일주일 뒤 아들은 항공모함을 타고 한 달을 바다에 나가 머물러야 한다며 캘리포니아로 돌아갈 내 비행기 표를 산다고 했다. 당연히 내가 집으로 돌아가려니 했다. 아들도 없고, 아는 이도, 아는 곳도 없는 낯선 곳에 머물리라고 생각조차 못 한 식구들이다. 눈앞에 보이는 바다의 유혹이었을까, 한 달 후 돌아올 아들을 맞아주고 싶어서였을까. 나는 그곳에서 아들을 기다리겠다며 단호히 휴가를 선언했다. 집을 떠난 지 두 달이 지났는데 또 한 달이라니 분명 큰 반란이다.

그랬다. 나는 나를 위해 휴식이 필요했다. 당신이 없으면 안 되겠다며 한평생 운전기사로 살고 싶다던 남편과의 삶에 조금씩 지쳐가고 있었다. 남편을 행복하게 해주고 싶은 나는 그를 위해 살아가는 것이 내 행복인 양 살아왔다. 가족을 위해 자신의 모든 것을 희생하며 사는 남편의 힘들어하는 모습이 나를 혼란하게 하고 있다. 텅 비인 가슴이 시려 오며 나를 아프게 한다. 무언가를 찾아 나를 채워야겠다는 마음이 나를 아무도 없는 그곳에 머물게 한 것이다.

아들이 떠나고 며칠 후 결혼기념일이다. 또 며칠 후는 어머니 날이다. 나는 결혼기념일과 어머니날, 내 생일은 나의 날이라며 꼭 챙겼다. 하지만 지금은 처음으로 낯선 곳에서 혼자 보내는 어머니날이다. 왠지 쓸쓸한 마음에 예쁜 잔에 커피를 내리고 좋아하는 쿠키를 담았다. 나는 거울을 보며 눈을 동그랗게 뜨고 살짝 미소를 지었다. "바보야, 오늘은 네 삶의 하루뿐인 새날이잖아. 힘내야 하는 거야." 라고 속삭일 때 누군가 벨을 눌렀다. 머리에 터번을 두른 우체부 아저씨가 작은 상자를 건네준다. 딸의 이름이 적힌 것을 보며 서둘러 열어 보았다. 그 속에는 열흘 치 신문과 초콜릿 한 상자, 땅콩 한 봉지, see's candy 한 상자와 연양갱 두 개가 들어 있었다. 딸이 어머니 날을 맞아 엄마가 좋아하는 것을 담아 보내 준 것이었다. "사랑하는 엄마께, 혼자 있지만, 우리랑 아빠가 영혼으로 함께 하고 있어요. 낳아 주셔서 고마워요. 하나님께서 엄마에게 더 많은 은혜를 내려주셔서 그 안에서 만족할 수 있기를 기도드려요. 엄마는 참 좋은 엄마야. I Love you!"라며 예쁜 카드에 마음을 담아 보냈다.

그 아이는 무언가 허전했던 내 마음을 가득 채워주었다. 살아오며 내 지난날이 보람되고 행복했음을 고백할 수 있게 하는 내 딸! 그 아이가 어머니 날에 멀리 있는 나에게 사랑을 듬뿍 담아 보내 주었다. 딸은 나를 위해 기도하고 있단다. 엄마가 믿음 안에서 참으로 자유로워져서 가슴 속 아픔을 씻고 마음껏 혼자만의 시간을 행복하게 보내라고 한다. 영혼이 기쁨으로 가득하기를. 엄마는 도피하고 있는 것이 아니라 하나님이 엄마에게 특별히 주신 시간이니 감사히 받으라며 하나님은 엄마 그대로를 사랑하신다는 말도 잊지 않고 해 주었다.

넘치도록 많은 것을 지니고 있으면서도 이렇게 가슴 속으로 혼자 힘들어하고 있는 나는 어쩌면 나 자신을 온전히 버리지 못했는가 보다. 아직도 이렇게 나누고픈 마음이 많은데 방황하다니… 무엇보다 이 시간에도 나를 사랑해주고 기도해주는 귀한 딸이 있는데 "그만 힘들어하렴" 하고 자신에게 속삭였다. 아픈 흔적을 한 꺼풀 한 꺼풀 벗어 버리고 맑은 영혼으로 사랑하는 가족 곁으로 돌아가 못다 한 사랑을 하리라며 연양갱을 한입 무니 눈물이 맺힌다.

어쩌면 남편을 나 자신보다 더 사랑하며 살았던 삶이 무언가 채워지지 않는 허전함으로 다가옴에 이리도 아파했나 보다. 사랑은 하면 할수록 샘솟는 것이니 지금 사랑하자며 사는 나였지만 그 사랑에 목마르다 투정을 부렸나 보다. 텅 비인 듯 허전한 마음에 무언가를 채우겠다고 혼자 있는 나였다. 딸의 사랑이 듬뿍 담긴 연양갱을 입에 물고 느껴보았다. 딸이 너무 보고 싶어서였을까? 그 연양갱이 내 마음을 녹이고 눈물 되어 굳었던 마음을 포근하게 감싸준다. 이 세상 어디에 이보다 더 달콤한 맛이 있을까. 딸의 사랑은 비인 가슴을 가득 채워주며 어머니 날을 함께 하여 준다.

나의 빈 자리를 대신하여 애쓰는 남편과 딸이 고맙고 보고 싶다. 일주일 뒤 아들이 돌아오면 남편과 딸이 있는 집으로 간다. 무엇에 홀린 듯 텅 비었던 마음이 가족의 사랑으로 채워지니 그리움이 샘솟는다. 나의 사랑이 부족하였음을 깨달았다. 최선을 다해 사랑하며 살아왔다고 하였던 나의 교만이었다. 가족의 의미를 다시 생각해보며 돌아보게 하는 딸의 사랑이 준 선물이다. 가슴 가득 따뜻한 행복으로 채워진 어머니 날, 입 안 가득 퍼지는 향기를 눈을 감고 음미해본다.

# 그해 겨울

미국의 동북 끝자락. 퀘벡 밑에 있는 메인에서의 겨울은 우리 가족에게 따뜻한 추억이 담긴 곳이다. 십여 년 전 겨울 딸과 나는 음식을 가득 준비하여 아들이 있는 메인으로 떠났다. 폭설로 중간에 갈아타는 비행기가 이미 떠나 공항 안에서 밤을 보내야 했다. 우리는 이것도 추억이라며 잠시 뒤 만날 기쁨에 힘든지도 몰랐다.

바다를 끼고 있는 메인은 등대가 많다. 작은 시골 마을인데도 조금만 벗어나면 어김없이 등대가 있다. 특히 포틀랜드 주의 등대는 크고 아름다워 많은 관광객이 찾아서인지 관리가 잘 되어 있다. 넓고 푸른 잔디와 멋진 건물들은 절벽 위에 세워진 등대를 돋보이게 했다. 영국과의 전쟁 때 바다를 향해 대포를 쏘아대던 곳은 그 모습도 그대로 보존되어 있다.

그해 겨울 메인의 작은 마을은 온통 눈으로 덮였다. 딸과 함께 도착한 다음 날, 호두까기 인형극을 보고 나오니 함박눈이 쏟아져 내리며 우리를 반겼다. 아들은 오랜만에 만나는 누나를 위해 많은 준비를 하였다. 셋이 뉴욕으로의 여행을 떠나 많은 추억도 남겼다. 특히 어느 식당 앞 높은 망루 위에 알을 품고 있는 독수리의 부화 과정을 컴퓨터 화면으로 볼 수 있었던 것은 행운이었다. 하루 종일 켜져 있는 화면은 독수리가 알을 품기 시작해 새끼가 날아갈 때까지의 과정을 보여 주고 있었다. 바다를 낀 작은 마을 길들을 차를 타고 수잔 보일드의 노래를 들으며 아이들과 많은 추억을 남겼다. 눈 덮인 시골 길은 그림처럼 아름다웠다.

열흘 후 딸은 오랜만에 동생과 함께 나누었던 시간을 뒤로 하고 집으로 돌아갔다. 그리고 며칠 후 남편이 긴 여정에 피곤한 모습으로 아들을 보러 메인으로 왔다. 그렇게 우리는 아들과 함께 지내지 못함에 목말라 추운 겨울에 눈 덮인 메인으로 모였다. 아들이 자주 가는 식당도 극장도 함께 가고 때로는 따뜻하게 집밥을 해서 먹이며 그곳에서 크리스마스를 함께 맞았다.

마치 동화 속의 작은 마을처럼 아기자기하게 상점들도 거리도 장식되어 있었다. 크리스마스 날 아침, 그날도 근무한다는 아들을 배웅하고 들어온 지 얼마 뒤. 엄마가 보고 싶어 일찍 왔다며 아들이 돌아왔다. 혼자 있을 딸 생각을 하고 있는데 전화벨이 울렸다. 딸이었다. 몇 마디 주고받는데 창밖으로 딸이 지나갔다. 내가 잘못 보았나 하며 문을 여니 거짓말처럼 딸이 서 있었다.

믿기지 않아 하는 나에게 아이들은 크리스마스의 깜짝 선물이라며 다가와 안겼다. 메인에서 집으로 돌아간 지 열흘이 조금 넘었는데 또 오다니 믿을 수가 없었다. 딸은 온 가족이 함께할 생각에 비행기 표를 구하는 돈이 아깝지 않았단다. 동생에게 가져올 음식을 준비하여 거의 50파운드를 들고 왔으니 일 다니며 얼마나 힘들었을까. 딸의 마음과 사랑이 대견했다.

오랜만에 모인 네 식구는 몇 시간을 차를 타고 눈 덮인 등대를 함께 보러 갔다. 역사를 좋아하는 아빠를 위해 그곳의 역사적 건물들도 찾아다녔다. 눈 쌓인 호숫가를 산책하며 속마음도 나눌 수 있었다. 눈꽃이 활짝 핀 아케이다 공원도 또 겨울 산을 오르며 얼음도 탔다. 그동안 함께 하지 못해 아쉬웠던 마음들을 채우며 행복한 시간을 함께했다. 이제는 어른이 되어 부모를 챙겨가며 섬기는 아들의 모습에 더 좋았다. 매일 저녁 동네에서 하는 연극도 오페라도 보러 다니며 시골 마을에서만 볼 수 있는 아기자기한 맛을 마음껏 느꼈다.

크리스마스 저녁, 일찍 저녁을 먹은 우리는 아들이 이끄는 대로 따라나섰다. 마을 중심부에 가니 삼삼오오 많은 사람이 모여 환담을 하며 반겨주었다. 잠시 후, 마을버스 한 대가 우리 앞에 섰다. 메리 크리스마스! 머리가 하얀 할아버지가 빨간 모자를 쓰고 활짝 웃으며 문을 열고 타라며 손짓을 했다. 해마다 크리스마스 저녁에 동네를 돌며 트리 구경을 시켜주는 거란다. 26명이 좀 넘었나. 어린 꼬마부터 할머니까지 여러 가정이 마치 한 가족처럼 어울리는 모습에 추웠던 몸이 따뜻해지는 듯했다. 참으로 정겨웠다.

차가 떠나자 한 사람이 입을 열어 캐럴을 불렀다. 한 사람 두 사람 작은 소리로 따라 부르기 시작했다. 어느새 하나 되어 합창하며 캐럴을 부르는 모습이라니. 중간중간 운전하는 할아버지가 딸랑딸랑 끈을 당기며 호 호 호 하면 모두가 노래를 멈추고 창밖을 내다보았다.

크리스마스트리를 보라고 신호하는 거란다. 헌데 캘리포니아에서 멋지게 장식한 트리에 익숙했던 나는 어린아이 장난 같아 웃고 말았다. 전구 몇 개 나무에 감싸놓은 것이 전부인데도 모두 아름답다며 탄성을 지르고 있었다. 삼십 분이 조금 넘게 캐럴을 부르며 한마음으로 행복해하는 그들 속에서 난 어느새 어린 시절로 돌아가고 있었다. 소박한 행복을 그들에게서 느낄 수 있었던 아름다운 밤이었다. 시골에서만 느낄 수 있는 정겹고 아름다운 모습이었다.

새해 아침 창밖을 보니 밤새 내린 눈이 온 세상을 덮은 듯 아름다웠다. 눈이 쌓여 문을 열 수가 없었다. 남편과 아들은 집 앞의 눈을 치우고 차 유리의 얼음을 긁어내느라 손을 호호 불며 추위와 맞서고 우리는 따뜻한 떡국을 준비했다. 얼마나 그리던 일상이었나. 우리는 그렇게 온 가족이 함께 공유할 수 있는 겨울의 추억을 그곳에서 행복한 가족 앨범에 담아 놓았다. 아무도 밟지 않은 눈밭에 들어가 발자국을 남기고, 손에 손을 맞잡고 추위에 혼자 남을 아들을 위해 기도하며 감사했던 그 겨울. 메인의 겨울 날씨는 살을 에듯 추웠지만 서로를 온몸으로 감싸주며 함께 했던 추억은 우리의 가슴에 따뜻한 행복으로 깊이 남았다.

딸이 집으로 떠나고 며칠 후. 아들은 부모를 위해 보스턴으로 여행을 계획해 눈길을 달리었다. 역사의 현장도, 기록을 자세히 볼 수 있는 박물관도 아빠와 어깨를 나란히 하며 토론하는 모습이 대견스럽고 든든했다. 비싼 호텔비를 지불하고도 주차료를 따로 내야 했던 것만 빼고 멋진 여행이었다.

그해 겨울은 유난히 눈이 많이 내렸다. 눈 속에서 아들과 함께 지낸 나에게는 눈보다 더 포근하고 아름다운 겨울이었다. 누나를 위해 뉴욕으로, 부모를 위해 보스턴으로 여행하며 추운 겨울 가족들을 위해 애를 쓴 아들과 두 배나 비싼 비행기 표를 사서 열흘 만에 메인으로 다시 돌아온 딸에게도 가족의 사랑으로 모인 그 겨울은 잊을 수 없는 추억일 것이다.

　누구나 삶 속에서 행복한 추억들을 가슴에 품고 살아간다. 우리 가족에게는 메인에서의 추억이 어제 일처럼 기억되어 삶의 기쁨이 되어주고 있다. 곱디고운 단풍이 나를 유혹하는 가을이 오고 흰 눈이 하얗게 산을 덮으면 나는 가족의 손을 잡고 행복이 가득한 메인으로 떠난다. 유난히 많은 이벤트가 많았던 그해 겨울은 온 가족이 하나가 되어 보냈던 잊지 못할 추억을 담은 행복의 꿀단지다. 지금도 생각하면 눈에 선한 아름다운 한 폭의 그림이다.

**이봉희**
〈그린에세로〉로 등단. 엘에이 거주
가든수필문학회 회원

# 신세계

독고윤옥

작은 소포가 집 앞에 놓여 있었다.

누가 무엇을 보냈을까 궁금해서 앞뒤로 찾아보았으나 발신인이 명기되어 있지 않았다.

열어 보니 CD와 DVD가 있었고 연말연시에 스트레스 덜 받고 잘 지내라는 노트가 들어 있었다. 생색내기 바쁜 요즘 시대인데 누구인지 내세우지 않고 떠벌리지 않는 그의 은근한 성품에 고마울 뿐이다.

설레는 마음으로 음반을 걸었다. CD 뒷부분에 녹음된 신세계 교향곡 2악장에 가사를 부친 "꿈속에 그려라 그리운 고향"이었다. 귀에 익은 곡이지만 애절하고 향수 어린 음성이 어찌나 청아하던지 마치 맑은 물이 흐르는 시냇가의 아침 같은 상쾌한 기분을 가져다주었다.

몇 소절의 노래로 이처럼 듣는 이의 마음을 정화해 놓으니 음률이나 곡에 내재하는 음악성이라고 할까, 수학 공식으로는 서술할 수 없는 변수 알파가 되어 마음을 움직인다. 소량의 이스트로 밀가루 반죽을 부풀려 먹음직한 빵 한 덩어리로 식탁에 오르듯 일상에 작은 마음이나 정성이 증폭되어 우리에게 기쁨을 주니 고마운 일이다.

우리는 미국 속의 한국인, 코메리칸으로 이곳에서 살고 있다. 왜 우리는 이곳에 왔는가? 미국은 문자 그대로 아름다운 땅, 그리고 드넓은 땅이다. 오래전 미국 영화에서 가끔 보았던 장면들에서 3대가 함께 교회에 나가 나란히 앉아 예배드리며 온 가족이 손을 잡고 식사 기도하는 모습, 벽난로 주위에 앉아서 하루 동안에 있었던 일들을 이야기하는 화기애애한 분위기, 이런 것들이 마음을 끌어당겨 주었다. 거시적이고 원대한 꿈은 아니지만, 마음을 부풀게 하기엔 충분했다.

초등학교 사회 교과서에서 처음으로 본 자유의 여신상. 그 여인이 들고 있는 횃불이 여상하게 보이지는 않았었다. 종교의 자유를 찾아 메이플라워호를 타고 온 청교도들의 기독교 정신을 건국이념으로 세운 나라가 아메리카 합중국이다. 누구에게나 기회가 주어지는 땅이라고 생각하고 짐을 꾸리고 이곳에 당도하는 곳 아닌가? Land of opportunity! 멋진 구호이다.

신세계를 향하여 처음으로 타본 여객기, 기내에서 내려다본 뭉게구름, 마치 목화밭에 앉아 있는 나비처럼 마음이 평온해졌으나 그것도 잠깐이었다. 눈시울을 적시며 배웅 나오셨던 어머니의 모습이 갑자기 생각나며 펑펑 눈물이 쏟아지기 시작했다. 한동안 울다가 마음을 진정하고 눈물을 닦을 때 마주쳤던 파란 눈 승무원의 표정에서 느끼게 되었던 이질감, 뉘엿뉘엿 해가 저물어 갈 때 하와이 공항에서 잠시 내려서 본 야자수, 영화 남태평양에서나 본 나무들! 이국에 와 있는 것을 실감하게 되었다. 입국 절차를 밟고, 비행기를 바꿔 타고, 그때부터 언어 장벽에 부딪치며 진땀을 흘리는 시간을 보냈다.

로스앤젤레스 공항이 가까워져 온다는 기내 방송을 들으며 내려다본 L.A.의 야경! 바둑판처럼 나누어진 구획들에 촘촘히 보석을 달아 놓은 듯 현란하게 반짝이는 불빛들, 70년대 초 남산에서 내려다보던 야경과는 너무나 달랐다. 에디슨은 이런 광경을 상상도 하지 못했을 것이고, 라이트 형제들도 이렇게 큰 비행기가 날아다닐 줄은 꿈에도 몰랐을 것이다. 우리들의 꿈도 어떤 형태로 이루어질지 알 수 없으나 유형이든 무형이든 후세대에 아름다운 유산을 남기고 싶은 것은 누구나의 바람이 아니겠는가?

1970년대 한국에서는 귀했던 오렌지와 레몬이 뒤뜰에 가지가 휘어지도록 달려 있고, 바나나를 낱개가 아니고 덩어리로 진열하고 있던 슈퍼마켓들, 31가지의 맛과 색이 다양한 아이스크림 종류, 맥도날드의 후한 커피 인심, 이웃 간의 낮거나 아예 없는 담, 철조망이나 깨진 병을 박아 만든 시멘트벽들은 전혀 볼 수가 없었다. 남대문 도깨비시장에서 보던 미제 물건들이 집대성해 있는 것을 보며 "다 미국 제품이네그려" 혼자 당연한 말을 하기도 했다. 이유를 불문하고 영수증만 있으면 교환 또는 환불해 주는 상거래 도덕, 자기 돈 내며 물건 사면서 땡큐 땡큐 하는 인사법, 어디서나 둘만 있어도 줄을 서는 질서 있는 문화, 금발의 여인이 노란색 대형 학교 버스를 언덕

위아래로 운전해 다니는 사회, 운동화에 청바지만 입고, 교수가 누구인지, 학생이 누구인지 구별이 안 되는 면학 분위기. 이런 것들 모두가 신세계에 발 디디며 겪었던 문화 충격들이었다.

미지의 세계에 당도하여 그때부터 밟게 되는 땅이 타향이라는 것을 인지하면서 조금씩 지경을 넓히며 살아온 시간들… 이제는 살아온 날만큼 익숙해져 가고 있다. 뿌리가 옮겨질 때 겪는 증후군들이 누구에게나 있게 마련이다. 그러나 저 나름대로 깊숙이 뿌리를 내리며 이제는 2세들에게, 3세들에게 우리의 날들을 이야기해주면서 살고 있다. 우리들의 꿈의 원형이 조금씩 드러나지만 어떤 것은 지금도 가리어져 있고, 어떤 것은 사그라져 유형을 찾을 길이 없다.

새해가 되면 한복을 꺼내 입고 세배한 후 떡국도 먹고, 로즈 퍼레이드(Rose Parade) 길가에 나가 겨울철임에도 각양각색의 생화로 장식한 꽃차 행렬을 보며 감탄하기도 했다. 여름에는 할리우드 보울이나 다저스 구장을 찾기도 하고, 고향 친구가 생각이 나면 "넓은 벌 동쪽 끝으로 … " 정지용의 "향수"를 듣기도 하고, "그리운 금강산"을 들으며 동서양을 오가고 있다.

동트는 새벽에 해를 향해 달려가고, 석양을 보며 흥겨운 춤을 추면서 하루의 시작과 끝을 맺는다는 어느 인디언 부족처럼 우리가 모두 공평하게 부여받은 오늘 24시간, 참으로 고마운 시간이 아닌가? 새로운 가사를 붙여가며 신세계를 노래하면서 살고 싶다.

창가에서 푸른 나무들과 하늘을 우러르며 기도하기를 좋아했다는 드보르자크의 〈신세계 교향곡〉을 감상하며 이런저런 상념으로 이

하루가 훌쩍 지나갔다.

신세계란 문자 그대로 새로운 세계를 말한다. 수년 전만 하더라도 누가 스마트폰이 나와서 지금처럼 지구상 어느 곳에 있더라도 즉시 화상 통화가 되리라고 생각했던 것인가?

크리스천들에게는 진정 신세계가 기다리고 있다. 그곳은 얼마나 좋은 곳일까? 12가지 보석이 벽을 이루고 정금으로 된 길을 밟고 다닌다니 과연 상상을 초월하는 곳이다.

제10호 [2015년 7·8월]

# 청동에 불어넣은 예술의 혼

몇 해 전 스탠퍼드대학에 있는 박물관에 갔다. 그 안에는 어떤 미술품을 소장하고 있는지 아들에게 묻자 지금껏 전시관 관람을 하지 못했다고 했다. 강의실 오가기도 시간이 바빴을 텐데 한가한 질문을 한 것 같아 미안한 마음이 들었다. 아들은 건물 밖에 있는 "지옥의 문"부터 감상하라며 휑하니 떠났다.

그림으로만 보았던 로댕의 지옥문은 높이 넓이 두께의 크기에 압도된다. 한마디로 아비규환의 장소, 절망의 늪에서 180여 명의 크고 작은 군상이 집합된 지옥의 축소판이다.

로댕의 지옥문은 처음에는 로렌조 기베르티의 천국의 문에서 아이디어를 얻었으나 후에 미켈란젤로의 최후의 심판을 보고 구상이 바뀌었다고 한다. 단테의 신곡, 지옥 편에서 영감을 받아 만든 청동 주조물이다.

지옥문 맨 위에 세 그림자 혹은 세 망령이라고도 하는 조각이 서 있다. 땅을 향해 고개를 떨구며 머리를 맞대고 손을 잡고 있는 세 그림자는 하나의 아담 동상을 만든 후 각도가 다르게 셋으로 배치된 것이다. 인류 원죄의 장본인임을 깨달은 후 머리를 들지 못하고 되돌릴 수 없는 운명을 한탄하는 듯 보인다.

> "나를 거쳐서 길은 황량한 도시로,
> 나를 거쳐서 길은 영원한 슬픔으로,
> 나를 거쳐서 길은 버림받은 자들 사이로." (신곡 지옥 중 3곡)

세 그림자 아래 문설주 중앙 위에 지옥문의 아이콘 "생각하는 사람"이 있다. 되돌아갈 수 없는 종착역에 다다른 군상을 내려다보고 있다. 물 한 모금 찍어 건넬 수 없는 무기력함을 인지하며 고뇌에 빠진 단테의 눈으로 본 것이다.

삼손을 연상시키게 할 정도의 팔의 근육은 있으나 오른팔을 왼 다리 위로 얹어놓은 지극히 거북한 자세다. 턱을 괴고 하늘의 것이 아닌 땅의 것을 생각하려니 고충이다. 누가 보아도 번민하는 표정이다. "여기 들어오는 자, 일체의 희망을 버려라" (지옥의 3곡)

로댕의 생각하는 사람만이 아니라 지상에 발붙이고 숨 쉬고 있는 한 인류는 생각한다. 무엇을 어떻게 생각하느냐로 역사는 쓰여지고 있다.

오욕칠정에 서려 있는 지옥문의 또 다른 저명인사들, 비극의 연인 파울로와 프란체스카의 얘기, 집안끼리의 잘못된 정략결혼으로 생긴 슬픈 운명의 주인공, 불구의 남편을 저버리고 다른 사람도 아닌 시동생과의 불륜을 저지른 후 둘이 다 제 명을 다하지 못하고 지옥문에 떨어진 육신들이다. 그들의 "입맞춤 (kiss)"은 전체 분위기와 동떨어진 감이 있어 독립 작품으로 완성해 유명세를 받는 조각품이다. 차디찬 대리석과 청동에 예술의 혼을 불어넣어 빚은 대작이건만 내면에 담긴 비극적 이야기와는 다른 감성을 불러일으킨다. 불꽃 연정만이 드러나는 생동감에 탄성을 하며 조각상 주위에서 발을 떼지 못하는 관람객들로 붐빈다.

지옥문 앞 양옆에 아담과 하와의 청동상은 창조주께서 아담을 지으시고 하와를 지으셨듯이 로댕도 아담을 먼저 만들고 하와를 만들었다. 청동 조각에서 보는 하와는 아담을 거짓으로 꾀어낸 후 공범죄로 에덴에서 쫓겨난 책임을 아는 듯 얼굴을 못 들고 두 팔로 가슴을 부여잡고 있다. 불순종의 생각이 머리로부터 가슴에까지 이어지며 저지른 죗값이다. 보암직도 먹음직도 했던 과실을 먹고 낙원에서 쫓겨난 인류의 어머니!

아담이 "뼈 중의 뼈요 살 중의 살"이라고 부른 하와와 함께 죄를 지은 후 그 역시 처절한 자세로 지옥문 곁에 서 있다. 흥미로운 것은 아담이 다시는 하와의 꾐에 빠지지 않겠다는 비장한 마음으로 귀를 막고 싶었는지 한 쪽 귀를 어깨에 대려고 하는 모습이다. 아담의 손은 땅을 향해 있을 뿐 천상을 향할 수는 없었다. 200명도 안 되는 지옥문 앞의 군상을 잠시 보는 것만으로도 팔다리의 힘이 빠지는데 그곳에서 영원을 보낸다는 것은 가히 상상하기조차도 힘든 일이다.

지옥문 앞에 서보니 일상에서 예사로 말하는 교통지옥, 입시지옥, 무슨 지옥하며 지옥이 수식어로 사용되는 것은 지옥의 참상을 과소

평가하는 일로 생각된다.

　박물관 관람을 끝낸 후 건물에서 나오는데 중국어로 표기된 대형 관광버스가 지옥문 앞에 주차하며 사십여 명쯤 되어 보이는 관광객이 앞다투어 내린다. 시간이 바투어 그런지 인증 사진만 찍고 감상할 틈 없이 다음 행선지로 떠난다. 다만 몇 명이라도 작품 앞에서 지옥에 대하여 생각할 좋은 기회를 놓치는 것 같아 아쉬운 생각이 든다.

　중국인 관광객뿐이겠는가? 우리도 천국 지옥에 관한 사전 조사를 못 하고 지낸다. 디지털 시대에서 지옥 이야기는 인기가 별로 없는 주제로 하향선에 머문다. 기독교 안에서도 설마 지옥이? 그런 곳이 어디 있을까? 가상의 장소로 치부되기 쉽다. 추세에 밀려 지옥 얘기를 듣기 원치 않는 사람들에게 일부 인본주의 교직자들은 임의대로 추상화를 그린다. 계속 덧칠을 하기에 그 진상을 구별하기 어렵다. 그네들이 듣고 싶어 하는 솔깃한 감동의 메시지로 가려운 귀만을 긁어주고 있는 안타까운 현실이다.

　"사랑은 생명의 씨앗이자 모든 창조의 근원이다."라고 멋지게 말했던 로댕은 현대 조각의 대부로 탁월한 예술가의 자취를 남기고 떠났다. 지옥문을 구상하는데 30여 년의 시간을 보냈다고 한다. 그 장구한 시간을 지옥 대신 그가 천국을 주제로 택하였다면 어떤 작품을 만들었을까? 아름다움의 극치가 되었을 것 같은 환상을 떠올려본다.

　"내 마음이 보물로 간직한 하늘의 거룩하고 성스러운 영역을 내 노래의 줄거리가 될 것이다." (신곡 천국 1) 하루에도 몇 번을 천국과 지옥을 오가는 우리네들.

지옥의 참상을 예술화한 그의 작품을 보고 수많은 이들이 천국 지옥에 관한 사유를 하게 된다. 지옥문 앞에서 서성이는 영혼들을 위해 눈에 잘 띄게 대형 전광판을 설치해 놓고 싶다. "Detour Please!" 잘못 오셨어요, 되돌아가십시오.

돌아오는 차 안에서 박물관 구경 잘했느냐고 아들이 묻는다.

"한 마디로 충격이네."

"왜요?"

"지옥 예고편 같구나."

"사실은 더 비참할 텐데요."

때마침 자동차 FM에서 오르페오와 유리디체 아리아가 들린다. 사랑하는 아내가 음부에서 살아나오기를 사랑의 신, 아모르에게 간청하는 노래다. 언제 들어도 애절하다. 그곳의 참상을 알기에 청원을 올리지 않을 수 없던 오르페오. 그의 애달픈 마음이 멜로디를 타고 전해 온다.

지옥문 아니면 천국문, 누구나 한번은 지나가게 될 문이 아닌가?

# 가방 연대기(年代記)

생일 선물로 명품 핸드백을 받았다. 가방 중앙에 로고가 번쩍이고 있는 모양이 낯설어 옷장에 넣어 두었다. 선뜻 그 가방을 들지 않음을 알아차린 딸이 해결방안을 제시해 주었다. 로고를 떼고 사용하라고. 명품을 선호하지 않음을 알면서도 하나쯤은 제 엄마의 어깨에서 빛날 가방을 꿈꾸었던 것 같다.

요즘 들고 다니는 가방은 헝겊으로 만든 수제품이다. 오십견을 앓고 난 후인지라 가벼워서 좋다. 세척이 가능하여 실용적인 면에서 손색이 없다. 깨끗이 빨아 건조기에서 꺼낼 때 보송보송한 감촉은 유년 시절 비에 젖은 운동화를 연탄불에 말려 신을 때와 유사한 상쾌하고 안온한 기분이 든다.

무궁화꽃을 보며 불현듯 가방 속에 담겨 있었던 지난날의 회상들을 떠올린다.

초등학교 입학 후 메고 다니던 무궁화 문양의 가방. 가죽 냄새가 빠지지 않아 대청에 놓아두라고 당부하셨건만, 살짝 갖고 들어와 연필과 지우개가 나란히 담겨진 필통과 공책을 넣었다 빼었다 하며 상상의 나래를 펴곤 했다.

눈만 뜨면 툇마루 댓돌에 가지런히 놓인 빨간 운동화를 신고, 가방을 메고 뜨락을 몇 번씩 돌며 입학 예행 연습을 했다. 어떤 계집아이가 짝꿍이 될까? 선생님은 어떤 분일까? 기다림으로 차 있던 봄날. 사물에 대한 동경의 눈빛으로 가득했던 1학년 4반 교실 풍경은 지금도 가끔 나의 창가에서 어른거린다.

교정이 아름다운 중학교에 왔다. 소녀들의 마음도, 개나리 숲도, 봄바람에 살랑이며 온통 노란빛이다. 그때 책가방은 짐가방이다. 두꺼워진 교과서, 미술, 수예, 재봉, 체육, 그리고 붓글씨가 있는 날에는 먹과 벼루까지 챙겨야 했지만, 다른 것은 빌려 써도, 돌아가면서 읽던 책 "빨간 머리 앤"은 반드시 지참해야 했다. 비 오는 날에는 우산까지 받쳐 들어야 하니 어느새 우리 어깨 한쪽이 기울어져 있었다.

고등학교 때에 가끔 남산 도서관에 다녔다. 참고서로 가방은 더 무게가 가중된다. 외국에선 대학 입학시험도 없고 교과서는 학교에 두고 다닌다고 들었다. 하루속히 문교 정책이 바뀌어야 하며 입시 제도를 혁신해야 한다면서. 공부가 잘 안되는 날에는 휴게실에 나와 성토대회를 연다. 잡담하는 시간이 공부 시간보다 더 많았다. 정류소 근처 분식집에서 따끈한 우동을 먹으면서 하루 종일 씨름했던 수학 공식도, 세계사 연도도, 그리고 시국 선언까지도 다 잊어버린다. "내일 일을 염려하지 말기"로 다짐하며 헤어진다.

울타리에서 풀려나온 새내기들의 발걸음으로 대학가는 활기로 가득 차 있다. 대학 축전 서곡을 들으면서 진정한 자유가 무엇인가를 고뇌하며 우리들의 전성시대를 걷고 있었다. 여대생들의 가방은 다양했으나 그 안에는 얇은 영어 사전, 그리고 자잘한 소지품 정도다. 책은 주로 팔에 끼고 다녔다. 추운 날에도 짧은 치마에 굽 높은 구두를 신고 까치발로 육교를 오르내렸다. 그러한 각고의 정신이 지금 한국의 번영에 기여했을지 모르겠다. 그때 만난 미국 평화 봉사단원들의 소탈한 차림새와는 격차가 있었다.

가끔 휴교령이 내려졌다. 최루탄의 매연으로 꽉 찬 캠퍼스 주변은 살벌했다. 데모 학생들의 무기는 돌팔매 정도. 돌을 모아주던 여학생들. 다윗과 골리앗을 연상케 하나 결과는 다르다. 더러는 부상 당하여 피범벅으로 응급실로 실려 갔고 주인 없는 가방들이 흩어져 있었다.

보리밭, 선구자, 침묵의 소리, 꽃들은 다 어디로, 그 당시 유행했던 노래를 들으며 우리는 커피 한 잔으로 좌절을 달랬다.

"가장 높이 나는 갈매기가 가장 멀리 본다." 암울한 잿빛 하늘 아래서 창공을 비상하는 꿈을 꾼다. 어느 날 갈매기 조나단과 함께 태평양을 건넌다. 그때 가방 속에는 활명수, 반창고 등의 구급 용품과 전공 책 몇 권, 윤동주 시집. 소용도 없었던 구두와 맞춤옷들이 있었다.

결혼 후 새로 지은 학생 아파트로 옮겼다. 월세는 140불. 학교에서 주는 공동 채마 밭이 있다고 해서 밤새 꽃향기만 쫓아다니다가 잠이 들곤 했다. 어느 날 저녁 밥상을 차려놓고 "우리 꽃을 심어요"

느닷없는 얘기에 반응이 어설펐다. "꽃은 무슨 꽃을? 차라리 파를 심지." 반문했던 그 사람. (겨울엔 콩나물, 파, 두부들이 시장에서 오면서 얼던 시절이긴 했으나)

갑자기 멍해지면서 승강기를 처음 탔을 때처럼 가슴이 쏵 내려앉는다. 베개를 꺼안고 나와 공부방으로 옮겼다. 한복 등 혼수품들이 있는 샘소나이트 가방이 눈에 띄며 왜 그리 짐스러워 보였던지? 앞으로 어떻게 할 것인가? 뜬눈으로 밤을 지새웠다.

학생 때보다 숫자적으로 몇 배 되는 봉급을 받게 된다고 하여 가방 두 개만 챙겨 서부 개척이 시작되었다. 팜 트리 밑의 낭만에 젖어 스모그를 안개 낀 것으로 착각했다. 시간이 지나며 소낙비를 그리워하게 되었다. 도시 생활이 만만치 않았다. 부양가족 2순위로 첫아들이 태어났고 책가방이 자연스럽게 기저귀 가방으로 둔갑했다….

집주인의 식솔이 둘, 셋, 넷, 다섯. 더해가면서 휴가철이면 주로 캠핑을 했다. 그때는 몇 개의 배낭을 챙겨야 한다. 떠나기도 전에 타이레놀을 먹곤 했다. 침구 위에 누워서 밤하늘의 은하수, 별똥별을 보며 북극성을 먼저 찾으려 했던 아이들. 그 맛에 다시 짐을 싸는 것이다. 한국에서는 스팸을 가지고 다닌다는데 여기서는 김치병을 들고 다닌다.

동서남북으로 제각기 떠나버린 아들딸의 임자 없는 방에서 야구, 축구, 테니스 등의 운동 가방을 보면서 시간이 건너뛰는 것을 절감한다.

양로 기관에서 봉사하는 친구를 만났다. 그의 담당은 치매 기운이 있는 어르신들을 돌보아 드리는 일이다. 매일같이 웃을 수 없는 해프닝들이 있는데 대강은 식사를 하고도 안 하셨다는 것과 당신들의 가방 속 물건이 없어졌다는 난감한 얘기들이다. 어느 할머니는 빨간 가방을 들고 오시는데 혹 그 가방이 안 보이면 굉장한 스트레스를 받으신다는 것이다. 가방 속에 무엇이 있는지 궁금해하던 중 할머니와 함께 가방을 열어 보았더니, 그 안에는 신분증명서도, 지폐도, 패물도 아닌 대나무로 만든 등 긁는 "효자손" 단 하나였단다. 그분들의 젊은 시절 그때의 가방끈이 길었든지 짧았든지 지금은 문제가 되지 않는다. 다만 남아있는 것은 실체를 알 수 없는 정오의 그림자뿐이다. 명문대를 졸업한 자식들과 늘 함께 있을 수 없다. 할머니 할아버지 그분들의 가려운 데를 긁어 드릴 수 있는 것은 효자손뿐이다. 그 딱딱하고 차가운 대나무 손!

언제가 될지 모르나 아무 가방도 소용이 없는 여행이 남아있다. 여권도, 항공권도, 구찌 백도, 빨간 가방도 필요 없는 특별한 여행이다. 바라기는 전송 나온 친지들과 함께 "내 영혼이 은총 입어 중한 죄 짐 벗고 보니…" 그 찬송의 후렴까지 함께 부른 후 홀가분히 탑승하게 되는 것이 황혼을 마주한 노년의 바람이다.

**독고윤옥**
〈그린에세이〉 등단. 엘에이 거주
작품집(공저) 《작은꽃》, 시전 동인지 《나드의 향유》 《아가무》
수향문인회 회원

2부

보물찾기

# 색깔에 쌓아둔 성(城)

박영진

------------------------

크레용 상자의 뚜껑을 열면 똑같은 크기와 모양이지만 얼굴빛이 각기 다른 녀석들이 나란히 누워있다. 알롱알롱 아름다운 색깔을 바라보면서 냄새를 맡고 있으면 나도 모르게 크레용 속으로 빠져든다. 순수하고 깨끗한 하양, 상쾌하고 찬란한 느낌을 주는 노랑, 애정과 부드러움을 연상시키는 분홍, 용기와 열정을 나타내는 빨강, 맑고 시원하게 느껴지는 파랑, 성장과 생명을 상징하는 초록, 우아하면서 고귀한 분위기를 연출하는 보라, 세련되고 강한 힘을 느낄 수 있는 검정….

양치질하면서 나는 쾌감을 느끼곤 한다. 치약의 부드러운 몸통을 가볍게 누르면 하얗고 파란 나비들이 사뿐히 칫솔 위에 내려앉고 손을 움직이면 구름이 뭉게뭉게 피어오르듯 서서히 하얀 거품과 함께 입안 가득 퍼지는 페퍼민트 향이 기분까지 좋게 만들기 때문이다. 그런데 어느 날 아침, 세면대 앞에서 새로 꺼낸 치약의 튜브를 누르다가 깜짝 놀랐다. 통통한 튜브를 누르자마자 시커먼 치약이 꼬물꼬물 기어 나오는 것이었다. 윤기가 흐르는 것으로 보아 치약이 변질한 것은 아닌 것 같았다. 그래도 미심쩍어서 냄새를 맡아보고, 유통기간이 지나지는 않았는지 확인해보았으나 출고된 지 그리 오래되지는 않았다.

그런데 새하얀 이를 검정 치약으로 닦는다? 내키지는 않았으나 이 것밖에 없으니 별도리가 없었다. 검정 치약으로 뽀얀 이가 까맣게 물들지는 않을까 내심 걱정하면서 천천히 칫솔을 움직였다. 빨간 비누나 샛노란 보디클렌저를 사용해도 흰 거품이 만들어지는 것처럼 입속에 있는 검정 치약에서도 하얗게 거품이 피어올랐다. 서둘러 양치질을 끝낸 후 잇새와 잇몸을 꼼꼼하게 살펴보았으나 검은빛은 남아있지 않았다. 그러나 전에 양치 후에 느끼던 상쾌한 기분은 느낄 수가 없었다. 치약회사의 상식을 뛰어넘는 아이디어로 까만 치약을 개발했겠으나, 나의 두뇌에 입력된 치약은 하얀색이거나 파랑이여야만 쾌적한 양치질을 할 수 있었다.

우리 집 가까이에 대학 캠퍼스가 있다는 것은 축복받은 삶이라고 말할 수 있다. 넓은 캠퍼스는 사계절 내내 좋은 휴식처가 되고, 젊은 이들의 활기찬 모습은 바라보기만 해도 절로 힘이 솟는다. 그래서 휴일이면 오후 시간에 가끔 캠퍼스를 산책한다. 잘 가꾸어 놓은 캠퍼스 화단에는 계절마다 하양과 분홍, 빨강과 노랑 등 각양각색의 예쁜 꽃들이 다투어 피면서 지나는 사람들의 눈길을 사로잡는다. 그 사이로 벌과 나비들도 분주히 날아와 꽃잎에 입을 맞추면서 저들끼리 행복한 대화를 나눈다. 그런데 벌과 나비들은 하얀 꽃이든 빨간 꽃이든 편애하지도 차별하지도 않는다. 분주히 이 꽃 저 꽃 날아다니며 골고루 사랑을 나눈다.

대학 캠퍼스에 들어서면 우리가 글로벌시대에 살고 있음을 확연히 느낄 수 있게 된다. 이제는 낯선 이방인들이 자주 눈에 띤다. 모두 영어를 사용하기에 어느 나라에서 온 사람들인지 알 수가 없고 피부색도 제각기 다르다. 새까만 피부에 곱슬머리, 검은빛이 도는 얼굴에 검정 머리, 하얀 피부에 금발이거나 주황색 얼굴에 노란 머리칼을 휘날리는 젊은이들이 캠퍼스를 활보한다.

그동안 우리는 크레파스의 연한 주황색을 살색이라고 불렀다. 살색은 문자 그대로 살갗의 빛깔을 가리키는 이름이다. 그런데 사람들의 피부색은 지역에 따라 다양하며 흑인, 백인, 황색인으로 구분하지 않던가. 아프리카나 남미 등 열대지역 사람들은 검다고 흑인, 서양 사람들은 흰색에 가까워서 백인, 동양인들은 대체로 누런 황색인이다. 그러므로 연주황을 살색이라고 부르는 것은 올바른 명칭일 수 없고, 인종차별을 담고 있는 표현이다. 지금 우리나라에서는 다문화가정이 점차 늘어가고 있어서 이제는 단일민족이라는 말을 사용하지 말아야 하는 시대에 살고 있다. 뒤늦은 감은 있으나 살색이라 지칭하던 크레파스 이름을 연주황이라고 바꾼 것은 다행한 일이다.

이뿐만이 아니다. 과일의 색도 이제는 고정관념을 뛰어넘었다. 속이 빨간 수박, 붉은 토마토, 녹색 키위, 예복은 검정과 흰색 옷, 치약은 희거나 푸른색이어야 한다는 관념도 무너졌다. 속이 샛노란 수박과 키위, 노란 토마토가 과일가게에 수북이 쌓여 있어 손님들을 유혹한다. 그런데 다양한 피부색을 가진 외국인들과 마주칠 때면 하얀 얼굴의 서양인이나 주황색 동양 사람에게는 친근감이 가지만, 검은 진줏빛 젊은이들에게는 왠지 모르게 거리감을 느낀다. 더구나 늦은 시간에 가까운 거리에서 다가올 때면 멀찍이 돌아가기도 한다.

　이런 일을 생각해보면 나는 벌과 나비에게서 배워야 할 게 있다. 아직도 고정관념을 갖고서 색깔에 성(城)을 쌓아둔 채 살아가고 있기 때문이다.

제12호 [2015년 11·12월]

# 감나무가 부른다

우리 집에는 감나무가 네 그루 있다. 넓은 집은 아니지만 70평의 대지 위에 지은 슬라브형 양옥이다. 집 가장자리로 단감나무가 한 그루 그리고 나머지 세 그루는 곶감을 켜는 떫은 감이다.

봄부터 가을까지 감나무는 우리를 자주 불러낸다. 이른 봄이면 감나무 잎이 피어나기 전에 소독해야 한다. 애벌레나 나무껍질 속에 든 알이 살아나지 못하도록 약을 친다. 물론 농약을 사다가 내가 밀짚모자를 쓰고 분무기 통을 둘러멘 채, 감나무 가지마다 흠뻑 약을 뿌린다. 일찍 뿌려야 벌레들이 나무를 괴롭히지 못하고 병충해에 잘 견딘다.

감잎이 무성하게 되고, 감꽃이 피기 시작하면 하얀 꽃이 떨어진다. 그러면 이때부터 어머니와 아내는 빗자루와 쓰레받기를 들고 마당과 골목을 쓸기에 바쁘다. 하얀 감꽃을 주워서 실에 꿰어 목걸이를 만들어서 놀던 어린 시절은 이제 추억 속으로 사라졌고, 많이 떨어지는 감꽃이 지저분해서 쓸어야 한다.

유월이 되면 아이들이 갖고 노는 구슬같이 작은 감이 떨어지기 시작하면서, 아침저녁으로 잎사귀와 감을 쓸어 모으면 며칠 만에 자루로 하나 가득 찬다. 감이 떨어지고 난 뒤에는 열매를 감싸 안고 있던 감꼭지도 바닥에 뒹군다. 감꼭지는 모양이 무척 신기하다. 정사각형의 틀 속에 넉 장의 이파리가 기하학적으로 잘 배치된 것이 훌륭한 예술작품이다. 어렸을 때 어머니가 만드신 조각 밥상보의 문양과 같이 크기와 모양이 똑같은 것이 규칙적인 배열로 보기에 여간 아름답지 않다.

한여름인 칠팔월이 되면 비바람과 태풍으로 감잎이 제법 많이 떨어지고, 어린아이 주먹만 한 감이 뚝뚝 떨어질 때는 마당에 '쿵, 쿵' 울리는 소리가 제법 요란하다. 온실 함석지붕 위로 감이 떨어지는 소리는 자다가 깰 정도로 커다랗다. 떨어져 깨진 커다란 감을 쓸어 담을 때는 안타깝기만 하다. 왜 그렇게 감이 잘 떨어지는지 농약사에서 일러주는 대로 약을 쓰고 비료도 뿌려보지만, 별다른 방법이 없는 것 같다.

가을로 접어들면서 누르스름하게 단풍이 드는 잎새 사이로 수줍은 듯이 발그레한 볼을 내민 홍시가 보기에도 시골 새색시처럼 예쁘다. 시간이 흐르면서 파란 하늘 밑으로, 붉은 색깔이 점점 짙게 물드는 감나무의 열매와 잎새가 볼 때마다 얼굴 가득 웃음을 머금게 만든다. 빨간 감이 매달려 있는 모습은 그렇게 풍요로울 수가 없다. 감나무 잎새가 짙붉게 물들면서 낙엽의 양이 늘어나기 시작한다. 그러면 우리 식구들은 하루에도 몇 번씩 감나무 밑으로 달려가 떨어진 감잎을 쓴다. 어쩌다가 바람이라도 휙 불고 지나가면 놓았던 빗자루를 이내 다시 집어 들게 마련이다.

감이 땅에 떨어져 깨진 것을 치우지 않으면 골목길이 지저분하게 되고, 홍시가 된 놈이 바닥에 떨어져서 뭉개진 것을 바로 물을 뿌리고 닦아내지 않으면, 말라붙어서 보기가 흉하게 변한다. 까치들도 날아와 앉아서 즐기다가 좋은 것을 골라 파먹고, 버려둔 채 날아가 버리면 찍히고 일그러진 모습이 보기에도 흉물스럽다. 그래서 서리가 내리기 전에 감나무에 올라가서 감을 따 내린다. 감을 딴 뒤에도 초겨울까지 낙엽을 흩어 뿌리면서 감나무는 우리를 자기 곁으로 불러낸다.

감을 딸 때는 감 전지를 사용한다. 나는 지난해에 쓰던 전지를 꺼내 다시 손질했다. 대나무 장대에 양파 자루로 쓰는 망을 잘라서 감이 너더댓 개씩 들어가기에 알맞게 꿰맨 뒤에 철사로 단단히 묶어, 2m짜리 작은 장대와 5m짜리 기다란 장대 두 개를 만들어 옥상에 올라가 감을 따서 밑으로 내리면, 아내는 나무 아래에서 받으며 홍시와 날감을 구분해서 그릇에 따로 담는다. 올해는 해거리 탓인지 예년보다 감이 많이 달리지 않았지만, 그래도 수확할 때의 기쁨과 풍요로움은 견줄 데가 없다. 감을 따다가 낯익은 얼굴이라도 지나가면 금방 먹을 수 있는 단감 몇 알씩 들려 보내기도 한다. 그리고 높이 달려서 따기가 힘들고 어려운 것은 까치밥으로 남겨 둔다. 아마 이런 풍습은 자연과 더불어 살아가던 넉넉한 마음을 가진 조상들의 지혜가 아닌가 생각한다.

올해도 우리 집 아이들과 함께 감을 따고 싶었으나, 자기 방에 들어앉아 공부하고 있으니 방해하고 싶지 않아서 아내와 둘이서 감을 따기 시작했다. 해마다 아이들을 부르지 않고 우리끼리 감을 따지만, 그래도 기쁨은 나눌수록 커진다고 녀석들이 나무 밑에서 떨어져 굴러가는 것을 줍기만 해도 가족 모두가 즐거울 것인데….

내가 어렸을 때, 우리 집 장독대 뒤에 커다란 감나무가 한 그루 있었다. 여름이 지나고 가을로 접어들면서부터는 아침에 일어나 눈을 비비면서 감나무 밑으로 달려가곤 했다. 이리저리 뒤져 떨어진 땡감을 주운 뒤에 부뚜막에 작은 단지를 올려놓고, 소금을 풀어서 먹기 좋게 우려내어 수시로 드나들며 꺼내 먹었던 기억이 있다. 먹을 것이 없던 궁핍한 시절이었으니 맛이 있을 수밖에 없다. 그리고 곱게 단풍 든 감나무 잎새가 떨어지기 시작할 때면, 붉은빛을 띠는 홍시를 골라 장대로 따서 껍질을 터뜨려 말랑거리는 속살을 한입에 들이키고, 기뻐하던 모습은 지금 생각해도 웃음이 난다. 동생과 함께 입 주변과 볼때기에 묻은 감을 바라보면서 서로 웃고 놀리던 기억도 새삼스레 떠오른다. 또 늦가을로 접어들면서부터는 어머니께서 깎아 매달아 놓은 곶감을 하나둘 꺼내먹다 야단맞은 추억도 안고 있다.

그러나 요즈음 아이들은 간편식에 길든 탓인지 곶감이나 홍시 따위는 잘 먹지 않는다. 먹을 것이 많은 탓이기도 하겠지만, 자기들이 힘들여 따내거나 얻어낸 것이 아니니 애착이 가지도 않을 것이다. 감나무에 올라서서 감을 따는 나도 어린 시절만큼 신나고 재미가 있지는 않다. 감나무 밑에서 우리 아이들이라도 떠들어대면서, 홍시를 입어 가득 물고 두 뺨에 묻힌 채 깔깔대면서 좋아한다면 신이 나련만, 도대체 이놈들은 어떤 소중하고 아름다운 추억을 안고 살아가려는지 모르겠다.

# 하얀 거짓말

　주말이나 공휴일에는 가끔 외손주들이 제 엄마 손을 잡고 집으로 찾아온다. 아이들이 오는 날이면 나는 집 안팎 청소하고, 아내는 어린것들이 즐겨 먹는 음식을 준비하면서 그들을 맞는다. 초등학교 2학년과 유치원에 다니는 두 아이가 집에 들어서면 인사를 마치기가 무섭게 이 방 저 방 쑤시고 다니면서 집안을 마구 어질러 놓는다. 나는 그 뒤를 졸졸 따라다니며 흩어놓은 물건을 정돈하기에 바쁘다. 이런 나를 바라보시는 어머님은 "그래도 사람 사는 집이 좋지. 아이들이 없으면 무슨 재미냐?"고 하시는 말씀에 아이들을 꾸짖지는 못하고 함께 친구가 되어 놀아준다.

　여자아이는 만들기와 인형 놀이를 즐기고, 사내아이는 사방으로 뛰어다니기 좋아한다. 그러다가 시간이 지나면 함께 텔레비전도 시청하고 그림책도 보면서 지낸다. 아이들이 만들기를 하거나 그림을 그릴 때, 종이와 크레파스를 이리저리 흩어놓는다. 나는 흩어진 물건을 가지런히 놓으며 아이들을 향해 "최고", "따봉" 하면서 양쪽 엄지손가락을 치켜세우곤 한다. 그리기나 만들기를 하던 아이들이

"할아버지 나 잘했지."하고 자기 작품을 가져오면 "그럼."하고는 머리를 쓰다듬을 때 아이들은 내 무릎에 앉기도 한다. 물론 잘 만들고 그린 것은 아니지만, 언제나 '최고'라는 칭찬을 아끼지 않는다. 나의 이런 행동은 아이들의 기를 살려주면서, 자기가 하고 싶은 일에 더욱 열정을 쏟게 하려는 교육적인 의도를 담고 있다.

외손녀딸이 구구단을 외우면, 동생도 따라서 흥얼거린다. 누나가 책을 펴들고 읽으면 자기도 글 읽는 흉내를 내며, 글씨를 쓰고, 그림을 그릴 때도 누나 곁에서 낙서라도 한다. 아이들의 이런 모습을 바라보면서 잘한다고 엉덩이라도 가볍게 두들겨주면, 정말로 자기가 잘하는 줄 알고 더 신이 난다. 이런 일을 보면서 형이나 누나, 언니와 함께 사는 아이들은 그렇지 못한 또래들보다 학업 진도가 빠를 것이라는 생각이 들었다.

백내장 수술을 받았을 때 일이다. 한쪽 눈을 안대로 가리고 사물을 보니 원근과 초점이 잘 맞지 않았다. 일주일 동안 얼굴을 가볍게 닦고 지내다가 다른 쪽 눈을 수술하고 이튿날 병원에서 안대를 떼어냈다. 그리고서 눈 안에 들어오는 바깥세상을 바라보니 말 그대로 '신천지'였다. 창밖으로 보이는 푸른 하늘의 새털구름은 가볍게 날고, 단풍이 물들어가는 가로수 잎새의 천연색은 영롱하고 선명하며 아름다웠다. 곁에 있는 간호사가 어떠냐고 묻는다. "안 선생 얼굴이 어제보다 훨씬 예뻐요." 이렇게 말하자 간호사는 고맙다면서 양쪽 입꼬리가 귀밑에 걸렸다.

영국 속담에 거짓말엔 새빨간 거짓말과 하얀 거짓말이 있다고 한다. 새빨간 거짓말은 나쁜 마음을 가지고 다른 사람을 속이려는 불순한 의도가 숨어 있단다. 그러나 하얀 거짓말은 상대방에게 희망과 위안을 주며, 그 사람을 살리려는 좋은 뜻을 가진 거짓말이란다. 둘 다 분명히 거짓말이지만, 말하는 사람의 마음이 선과 악으로 갈리는 극과 극의 거짓말이다. 그러므로 우리는 살아가면서 하얀 거짓말을 자주 하여 듣는 사람에게 기쁨과 희망을 안겨 주기도 하고, 그들을 살려내기라도 할 수 있으면 좋겠다.

우리가 살아가면서 자신의 이익을 위해 남을 해치려고 거짓말하는 것은 나쁜 짓이다. 그렇지만 그 사람을 위하고, 용기를 불어넣어 주며, 기쁨을 얻게 하여 자기 일을 더 열심히 하도록 만들거나, 집단의 안정과 발전을 꾀할 수 있다면, 그런 거짓말은 얼마든지 필요하다고 나는 생각한다.

모임에 참석했다가 어머님이 아직도 건강하시냐고 묻는 친구가 있었다. 그러자 다른 친구가 오래전에 EBS 방송국의 '장수의 비밀'이란 프로그램에 '준숙 할머니의 아흔 번째 여름나기'란 제목으로 어머니를 촬영하여 방영한 것을 다시 들춰낸다. 그리고는 그 프로그램에서 돋보인 것은 너의 집식구였다면서 나의 옆구리를 찌른다. 나의 아내가 예쁘다는 이야기이기에 나도 입이 벌어졌다. 집으로 돌아와 아내에게 오늘 모임에서 '장수의 비밀'을 시청한 친구가 당신은 탤런트 수준의 미모를 지닌 사람이라고 말했다고 전했다. 이야기가 떨어지자마자 아내는 웃음을 흘리면서 그래도 알아주는 사람이 있어서 기쁘다며 좋아한다.

요즈음 나는 알고 지내는 젊은이들을 만나면 "무슨 좋은 일이 있는가 보네요?"라고 묻는다. 그러면 "왜요?"라고 궁금해하는 그들에게 "얼굴에 씌어 있어요."라고 대답하면 상대방은 입이 벌어지면서 함박웃음을 띤다. 그리고 연세가 드신 어른들을 뵐 때면 "예전보다 건강해 보이시는데 무슨 비결이라도 있으셔요?"하고 묻는다 그러면 어른들도 헤어질 때 "잘 가요."라는 인사말에 힘이 들어간다. 그래서 자주자주 하얀 거짓말을 하면서 지낸다.

**박영진**
〈그린에세이〉로 등단. 그린에세이작가회 회장
대전대신고등학교 교사·교감·교장 정년퇴임. 배재대학교 입학사정관 역임
산문집 ≪나만의 은신처에서 누리는 행복≫ 외 다수

# 비 오는 날에도

안선자

검은 구름이 몰려오더니 비가 주룩주룩 내리고 있다. 이런 날 집을 나서려니 마음은 영 내키지 않는다.

"꼭 가고 싶으냐"는 물음에 딸애는 꼭 가고 싶단다. 딸애가 원하는 일이니 아무리 비가 내려도 길을 나서야 한다.

그래 가자. 비를 맞으면 어떠랴. 오늘은 구리시의 유채꽃 축제장에 함께 가기로 딸애와 약속한 날이다. 비는 오지만 딸애와 함께하니 행복하다. 버스에 앉아서 생각에 잠긴다.

어둡고 긴 터널을 어렵게 지나 어떻게 여기까지 왔을까. 엄마라는 이름으로 죽기 아니면 살기로 버틴 세월이었다. 오랜 세월 태풍처럼 닥쳐온 우리 집에 찾아온 고난을 잘 견디어온 나 자신에게 칭찬해주고 싶다.

딸애가 조현병이라는 진단을 받기까지 1년이라는 세월을 병명도 모른 채 종합병원 온갖 과를 두루 거쳐야 했다. 정신과에서 최종적으로 딸애의 병명을 들었을 때 나는 둔기로 뒤통수를 호되게 얻어맞은 것 같았다. 그저 멍하니 의사 선생님의 말씀만 듣고 있었다.

딸애의 증상은 심각했다. 갑자기 폭발하는 분노, 듣기 싫어도 들리는 환청으로 끊임없이 누군가와 대화를 하는 중얼거림, 엉뚱한 관계망상, 대인기피증, 무기력감, 허공만 바라보는 멍한 표정, 그 애 앞에서 엄마인 내가 대신해줄 수 있는 것은 하나도 없었다.

누구에게도 도움을 청할 수 없는 막막함, 어떻게 해야 하나 머릿속은 텅 비어 버린 듯했다. 그때까지 나는 주위에서 그런 환자는 본 적도 없었다. 이 고통이 차라리 엄마인 나의 고통이길 바랬다. 그 애 밑으로 한창 학업 중인 어린 두 딸을 뒷바라지해 주어야 하는데 대책이 없었다.

그 무렵 셋째딸이 교통사고까지 당했다. 불행은 연거푸 닥쳐온다고 남편은 퇴직금을 주식에 투자하여 완전히 깡통 계좌로 만들어 놓았으니 우리 가족은 더 깊고 깊은 나락으로 떨어진 것이었다.

어떻게 살아야 하나? 참으로 그때 우리의 처지는 출구가 없는 사방이 막힌 벽 앞에 갇힌 듯한 절망뿐이었다. 그러나 이대로 주저앉을 수는 없었다. '나는 아이들의 엄마가 아니던가. 그래, 난 해낼 거야. 어떤 일이 있더라도 두 딸의 학업을 마쳐 주고 아픈 딸을 잘 치료해서 정상인으로 만들어 보리라.'

우선 일자리를 구했다. 사는데 눈을 떴으니 사는 거였다. 밤새 환자를 간병하고 집에 돌아오면 몸을 추스를 기력조차 없을 정도로 간병일은 힘든 일이었다.

정상이 아닌 사람과 한집에서 산다는 건 지옥이나 다름없어서 가족 간의 갈등은 하루하루 깊어만 갔다. 겪어보지 않고서는 아무도 알 수 없는, 정말 소름이 돋는 전율을 고통을 날마다 감내해야 했다.

어느 날 딸애는 자살을 시도하였다. 제발 살아만 달라고 얼마나 간절히 눈물로 기도하였던가. 깨어난 딸애가 떨리는 목소리로 "엄마!"하고 나를 불렀을 때, 기쁨으로 가슴이 터질 것만 같았다.

나는 틈틈이 아픈 딸을 데리고 외출을 감행하곤 했다. 딸을 데리고 집 밖으로 나가려면 그 애는 순순히 받아주지를 않았다. 또 손을 꼭 잡고 다녀야만 했는데 언제 어디로 달아날지 모르는 일이어서 늘 긴장을 풀 수 없었다.

나는 그런 딸과 함께 산과 들에서 냉이도 캐고 쑥도 뜯고, 장날이면 양평장, 용문장을 찾아서 딸애가 새로운 환경에 적응하는 연습을 시키곤 했다.

어느 날 지하철을 타고 용문사에 갔을 때다. 냇가 바위에 걸터앉아 준비해 온 도시락을 함께 먹고 있는데 "엄마, 냇물이 맑고 깨끗해서 너무 기분이 좋아요"라고 하는 게 아닌가. 그리고는 "엄마, 나 여기까지 데리고 와주셔서 감사합니다."라고 했다. 몇 년 만에 들어보는 정상적인 언어인가! 순간 눈물이 왈칵 쏟아지면서 가슴에 뜨거운 감동이 솟구쳐 올라왔다.

"나도 참 행복하다. 너와 함께 이곳에 와서 기분 좋게 점심 먹으니, 너무 좋구나. 사랑한다." 딸애의 손을 꼭 잡아주며 다정히 말하는 내 말에 딸도 환하게 웃었는데 정말 행복한 표정이었다.

그날 이후 딸은 아주 조금씩 병세가 호전되었다.

엄마라는 이름으로 딸과 함께 온몸과 마음으로 겪어냈던 20여 년의 투병 생활, 그 많은 세월 동안 아픔을 껴안은 채 살아왔지만, 나는 지금도 너를 위해서라면 이 끝없는 사랑은 계속할 것이다.

희망이라는 아름다운 꿈을 한 아름 안고 오늘도 걸어간다. 아주 천천히, 느리게, 비 오는 날에도.

제16호 [2016년 7·8월]

# 소나무와 아버지

　우리 집 마당에는 소나무 한 그루가 있다. 키는 내 키보다 작지만 아담하면서 늘 푸르름을 잃지 않고 해마다 봄이면 새순이 나오면서 아주 조금씩 자라는 모습을 보면 참 대견스럽기도 하다. 솔 향기가 얼마나 진하게 느껴지는지 산에 온 느낌이 들 정도로 착각이 들 때도 있다. 봄이면 노란 송화 꽃이 핀다. 노랑 송화 꽃가루가 마당에 휘날릴 때 '비'라도 오면 마당은 예쁜 물감을 풀어놓은 듯하다. 노란 빗물이 흘러내려 가는 모습을 바라보면 22년 전에 돌아가신 친정아버지 생각에 마음이 아련해진다.

　이 소나무는 친정아버지가 돌아가신 1990년도 4월 100일 제사를 지내러 갔다가 돌아올 때 남편이 고향 예산. 뒷산에서 한 그루를 가져와 땅이 아닌 고무통에다 옮겨 심은 친정아버지와 같은 존재의 소나무다. 난 이 소나무에 늘 미안한 마음을 지니고 있었다. 땅에 심지 못하고 고무통에 심어졌으니 얼마나 답답할까 땅속에 뿌리를 마음껏 힘차게 뻗고 싶을까. 생각만 하면 마음이 아팠다.

　그러던 어느 날 난 미안함을 떨쳐보려고 분재에 비유하며 마음을 정리하기로 하니 한결 가벼움을 느꼈다. 난 자주 소나무를 만져 주면서 물도 주고 소나무 위에 걸쳐 있는 거미줄을 걷어 내면서 친정아버지를 대하듯 이 소나무와 사랑의 대화를 나눈다. 이번 겨울 추위는 어떻게 견딜 수 있을지 염려가 되었다. "아버지 뵙고 싶어요. 늘 아버지를 그리워하고 있어요."

아버지는 풍류를 즐길 줄 아는 멋쟁이셨다. 자상하고 깔끔하면서 곱상한 외모에 시조를 창으로 부르시는데 수준급은 아니어도 잘 부르신다고 사람들은 아버지에게 칭찬을 아끼지 않으시곤 했다. 언젠가 아버지께서 시조를 가르쳐달라고 아버지께 말씀드리니 "그래 가르쳐주마." 약속했는데 약속도 지키지 못한 채 그해 암 발병 후 2개월 만에 74세로 생을 마감하셨다. 좀 더 일찍 배울 생각을 했더라면 배웠을 텐데 지금도 후회가 된다.

나는 소나무를 바라보며 대화를 나눈다. "하지만 겨울이 염려만 되는 건 아니에요. 하얀 함박눈이 소나무 위에 소복이 내리는 날이면 탄성이 저절로 나옵니다. 하얀 눈꽃 송이를 보노라면 트리를 장식한 것보다 더 멋지고 환상적인 모습이 산수화를 그린 듯합니다." 눈이 자주 내리면 소나무는 춥고 견디기 힘들겠지만, 소나무를 바라보는 아버지를 향한 나의 그리움은 깊이 스며들 것이다.

앞으로도 내 건강이 허락하는 날까지 친정아버지 분신처럼 이 소나무와 대화를 나누며 무한정 사랑을 주고 싶다.

# 청태산 다람쥐

　숲체원으로 떠나는 날은 날씨도 유난히 좋았다. 드높은 맑은 가을 하늘은 여행을 떠나는 나를 마음껏 축복해 주는 듯했다. 서울에서 출발하여 국도를 따라가는 길목마다 예쁜 들꽃들과 산에 울긋불긋 단풍이 너무 멋있어서 눈길을 창밖에서 뗄 수가 없었다. 누런 들판의 벼는 고개를 떨군 채 가을걷이해주기를 기다리며 묵묵히 서 있는 모습이 참 대견스러워 보인다. "잘 견디어주었구나." 그토록 거칠게 불던 비바람에 견디느라 얼마나 고통스러운 날이 많았을까 그 가뭄에 목말라 얼마나 물이 그리웠을까 생각하니 한 톨의 쌀이라도 소중한 마음으로 감사하며 먹어야겠다는 생각이 들었다. 가로수에는 유난히 빨간 단풍나무 색상이 선명하여 저토록 '예쁜 단풍나무가 있었다니!' 감탄사가 저절로 나온다. 참으로 오랜만에 마음속 깊이 간직했던 아픔을 확 털어 버리고 오리라는 다짐하며 떠나온 여행이다. 이 소중한 여행을 어떻게 즐기면서 마음속에 한 보따리의 선물을 안고 갈 수 있을까! 마음이 벅차오르면서 두둥실 뜬 기분은 정말 오랜만에 느껴보는 묘한 감동이다.

청태산에 도착하여 가을 정취에 취해 자연의 위대함에 감사함을 느꼈다. 울긋불긋하지만 질서 정연히 서 있는 먼 산의 나무를 바라보며 어쩌면 저토록 많은 것을 인간에게 아낌없이 보여 주며 맑은 공기와 행복감을 안겨줄까? 나는 지금까지 살아오면서 누구에게나 행복감을 안겨주면서 살아왔는가? 앞으로 어떻게 살아야 이처럼 행복한 마음을 줄 수 있을까? 라는 생각을 하며 산책을 하니 마음은 평온하며 한 보따리 선물을 받은 것처럼 행복하다.

어디선가 갑자기 다람쥐 한 마리가 자기 집으로 줄달음친다. 예쁜 새끼 다람쥐를 보고 나니 친정 고향 집이 생각난다. 뒤뜰은 돌담으로 쌓아 올린 헤아릴 수 없을 정도로 많은 돌로 예술성 가치가 충분할 만큼 아주 멋진 돌담이다. 이 돌담의 멋을 느낄 수 있도록 가꾸어 놓으신 분은 할아버지다. 근면하시면서도 항상 부족한듯하면서도 행복을 추구하시던 할아버지의 절제된 철저히 자기관리를 하시던 분이었다. 꽃을 유난히 좋아하셔서 돌담에 능소화를 심어놓으셨다. 해마다 주황색 능소화가 만발할 때면 돌담이 더 운치 있게 보였다.

주변에 밤나무가 많던 우리 집 돌담에는 여러 마리의 다람쥐가 돌담에 앉아 주운 밤을 발로 꼭 붙잡고 껍질을 까먹는 모습이 너무도 깜찍하고 귀여운 다람쥐가 가끔은 쫑쫑 소리도 냈다. 그 모습을 바라보고 있노라면 그 소리가 얼마나 맑고 청아한 소리인지 한참 동안 넋을 잃고 바라보았다.

지금 생각해보면 한 장의 멋진 예술작품의 포즈다. 그 시절에는 카메라가 우리 집에 없었으니 내 마음의 보물창고에 간직되어 소중하게 여겨진다. 생각지도 못했던 다람쥐를 이 청태산에서 만나고 보니 오랫동안 잊었던 친구를 만난 것처럼 반갑고 추운 겨울날 따뜻한 안방 아랫목에서 푸근한 이불을 덮고 푹 쉰 느낌이다. 청태산은 푸근하고 몸과 마음을 편히 쉬게 해 준 아주 멋있는 산이다.

**안선자**
〈그린에세로〉로 등단

# 점과 함께 살아가기

## 엄영아

그 점은 나를 확인하는 아이덴티티다. 관심이 없을 때는 보일락 말락 했는데 보일 듯 말듯 사람들 눈에 잘 띄지 않는 것이 오히려 좋다.

점이란 어휘는 참 많으면서도 묘하다. 그 중엔 태어날 때부터 있는 점. 나이 들어 생기는 점. 햇볕에 그을려 관리 소홀로 생긴 주근깨 점. 중요한 것 하나는 인간관계를 맺는 점도 있다.

내 왼손 등에는 작은 점 하나가 있다. 반세기를 지나온 손이 뭐 그리 예쁘고 고우랴 마는 손 등 부위 작은 점을 예뻐해 주고 있다. 기분이 우울하거나 쑥스러운 일이 생길 때면 눈길이 피난처처럼 점 위에 머문다. 그러다 보면 어느새 긴장감이 풀어지고 평안해진다. 내 몸 작은 부위, 하찮아 보이던 점이 특별한 의미가 있게 된 것은 아마 소녀 시절의 감성을 그대로 간직했기 때문일 것이다.

중학생이었을 때, 가사 과목을 가르치셨던 선생님이 계셨다. 하얀 피부에 다소곳한 성품이 순백의 백합꽃을 연상케 하는 그런 분이셨다. 어느 날 수업 시간에 문득 손등 위에 있는 까만 점이 눈에 띄었다. 글씨를 쓰느라 왔다 갔다 하던 손목의 움직임을 따라 보일 듯 말듯 눈앞에 아른거렸던 그 점이 앙증스러워 보였다. 하얗고 고운 손 위의 까만 점이 어찌 그리 사랑스럽게 보였던지. 그 이후로는 가사 시간마다 선생님의 점을 훔쳐봤다. 열세 살 어린 소녀가 내게도 저런 점 하나가 있다면 선생님처럼 아름다운 사람이 될 수도 있을 거라는 터무니없는 상상도 해 보곤 했다. 가사 선생님의 모든 것을 닮고 싶었다. 고상한 품위와 귀태가 흐르는 아름다운 분위기도. 선생님을 향한 짝사랑도 선생님의 전근으로 종지부를 찍게 됐다.

선생님에 관한 기억이 희미해질 만큼 세월이 흘러갔다. 결혼과 함께 미국으로 이주했다. 아이들의 엄마로, 교회와 지역 사회를 섬기는 사역자로 바쁜 일상을 살았다. 앞만 보고 달리다 보니 선생님의 추억은 잠시 수면 아래 가라앉은 듯했다. 그런 어느 날, 문득 내 손을 만져보다 손등에 까만 점 하나가 있지 않은가. 놀라웠다. 기억의 저편 잊고 지냈던 옛일들이 밀물처럼 밀려와 그리움에 흠뻑 젖어 들었다. 내가 그렇게 좋아하며 닮고 싶어 했던 가사 선생님의 그 점. 내 손등 비슷한 위치에 닮은 모양으로 있었다니! 내게도 있었던 것을, 있는지도 모르고 여태 선생님의 점을 부러워했던 시절이 기억나 별별 생각이 떠올랐다. 점은 인생의 후반기까지 살아온 사람들에게 없던 것이 생길 수도 있겠지만 뒤늦게 발견된 것이 신기하다. 내 앞날에 좋은 일이 있을 것 같은 예감에 마음이 부풀었다.

나의 생애도 수많은 점과 점으로 얽혀 있음을 최근에야 느끼게 되었다. 삶의 관계성을 확장해서 생각해보면 이웃과의 관계 점도 있다. 이런 점은 나와 불가분이 아닐까.

  그렇다. 주변 사람들에게도 내가 미처 발견해 내지 못한 귀하고 훌륭한 점들이 얼마든지 있겠다. 지난 세월 속에서 그런 것엔 큰 관심을 기울이지 못했던 것이 후회스럽다. 나의 눈높이 훈련이 미흡해 존재를 제대로 인정해주지 못했던 것들이 수없이 많았을 것이다. 귀하고 값진 것일수록 내 가까이에 있다는 평범한 이치를 스쳐 지나갔다. 지금은 눈엔 들어오지 않아도 언젠가 알게 될 저들의 보물들까지.

  내 손등의 까맣고 작은 점은 반사 빛을 내지 않는 나의 별이다. 오늘도 내 가슴에 따뜻한 생기를 전해줘서 마음속 주름살을 맑은 미소로 바꿔내 보리라.

제17호 [2016년 9·10월]

# 미국 엄마

방송에서 '윤 스테이' 프로그램을 보며 문득 호프 여사가 생각났다. 서툰 영어로 외국 손님을 맞이하는 윤여정과 스태프들, 한식을 맛있게 먹으며 한국 문화에 호기심을 보이는 외국인을 보니 50년 전 그때가 파노라마처럼 펼쳐진다.

지나온 나의 삶에서 큰 선물이 무엇이었느냐고 묻는다면 단연 1970년에 만난 호프 화이팅(Hope C. Whiting) 여사라고 말하겠다.

미국에 처음 온 내게 영어뿐만 아니라 미국의 생활 예절을 가르쳐 준 화이팅 여사. 크리스마스가 되면 트리에 불이 켜지듯 기억난다.

1970년 7월, 미국에 처음 도착한 나는 만사에 서툴러 겁이 많았다. 미니스커트에 갈래머리를 땋고 편지를 가지러 우체통 앞으로 나올 때면 혹여 집배원이 말을 걸까 봐 우편함 뒤에 몸을 숨길 정도였다. 서툰 신접살림과 생소한 미국 생활로 쉽지 않은 나날을 보냈다.

103호에 사는 화이팅 여사는 휠체어를 타고 있었다. 나이도 우리 엄마쯤 되어 보이고 잘생긴 얼굴에 몸은 여느 여자들보다 컸다. 나는 101호에 살았는데 외출하려면 반드시 103호 앞을 통과해야만 했다.

그날도 남편을 마중하러 나가는데 화이팅 여사가 나를 불러 세웠다. 이름이 뭐냐, 어디서 왔느냐 자세히 물었다. 짧은 영어로 진땀을 흘리며 한 나의 대답을 그녀는 다 알아듣기는 했을까.

그녀는 뱅크 오브 아메리카(Bank of America)의 올림픽 지점장이라고 했다. 교통사고로 다리를 다쳐 병가를 내서 가료 중이었다. 나는 그녀와 대화를 나눈 것이 무슨 큰 자랑이라도 되는 양 그녀가 회복하면 다시 은행으로 복귀할 거라고 남편이 현관으로 들어서자마자 재잘대었다.

그녀가 다리를 다쳐 집에서 가료 중이던 그 몇 달이 나에게는 축복이었다는 걸 나중에 깨달았다. 나는 남편이 출근하면 매일 103호로 갔다. 어느 날은 재봉 얘기를 하고 어떤 날은 음식 얘기를 하면서 단어와 회화를 동시에 배웠다. 옷감, 가위, 바늘, 실 같은 단어의 정확한 발음을 배우는 데 꽤 시간이 걸렸다. 쌀(rice)과 이(lice) 발음 때문에 곤욕을 치르기도 했다. 나는 분명 밥을 먹었다고 했는데 그분이 놀라던 모습을 생각하면 지금도 부끄럽고 웃음이 난다. R발음과 L발음 때문에 한동안 머리에 쥐가 날 정도로 긴장했다.

어느 날은 헝겊으로 식탁보를 만드는데 이븐(even)이라는 말뜻을 도저히 알 수 없어 숨이 막힐 것 같았다. 똑바로 박음질하라는 뜻인 줄 나중에야 알았다. 음식을 가르칠 때도 생강과 파슬리 발음이 어려웠는데 그녀의 정확한 발음이 큰 도움이 되었다.

시간이 지나며 어느새 화이팅 여사는 내 영어 가정교사가 되어 있었고 우리는 점점 가까워졌다. 집으로 돌아갈 때는 숙제도 내어 주었다. 앞치마에 주머니 두 개를 만들어 열 개의 단어를 적어 넣고 다 외우면 다른 주머니로 옮기고 또 다른 단어를 외웠다.

어느덧 그해 12월 크리스마스가 다가왔다. 그녀의 집 창가에 세워진 크리스마스트리 밑에는 부모, 형제, 친구에게 줄 선물이 멋지게 포장되어 있었다. 잡지나 영화에서 보았지만 실제로는 처음 보는 광경이라 놀랍고 감동스러웠다. 그 풍성함이라니. 트리 밑에는 선물이 많았는데 내 이름을 붙인 선물도 있었다. 받고 보니 유리그릇이었다. 그냥 예쁜 게 아니라 정말 예뻤다.

시어머님께 요리를 배운 후론 잡채, 불고기, 갈비, 만두를 한 가지씩 해가서 음식 만드는 과정을 설명하면 잘못된 발음과 말을 고쳐주었다. 그때 서양 음식 만드는 것도 배웠다. 스파게티, 미트로프, 라자니아…….

새해가 되었고 화이팅 여사의 다리도 완치되었다. 나는 2월에 첫 아이를 임신하고 힘들어했다. 그럴 때도 중단하지 않고 자기 차에 태우고 운전하고 가면서 간판을 보고 읽으라고 했다. 그때마다 한 단어 한 단어를 정확한 발음으로 주었다. '랄프' 마켓이라고 하면 '랠프스'라고 고쳐주고 '버몬트'라고 하면 '뷀만트'라고 고쳐주었다. 정말 친절하고 고마우신 분이었다. 아직도 발음이 잘 안 되는 몽고메리(Montgomery)는 여전히 숙제로 남아있지만.

1971년 11월 첫 딸 패티가 태어났고 다음 해 2월에 친정엄마가 한국에서 오셨다. 갑자기 네 식구가 된 우리는 근처의 방 2개짜리 아파트로 이사했다.

1972년 11월 딸 돌잔치에 화이팅 여사도 왔다. 그 후 한 번 더 거리가 좀 떨어진 넓은 집으로 이사했다. 그녀도 어딘가로 이사를 갔다. 우리는 더 이상 만나지 못했다. 엄마랑 나이가 같아서 미국 엄마라고 생각했는데 우리의 인연은 1970년 7월에 만나 1973년 초에 끝이 났다. 더는 만나지 못했으니 30개월의 추억으로 끝났다. 반백 년이 지난 지금도 내 마음의 뜰에서 화이팅 여사는 시들지 않는 꽃으로 향기롭게 피어있다.

지금도 큰딸 돌 사진 속에 있는 화이팅 여사를 보면 어려운 미국 생활을 지혜롭게 헤쳐나가도록 미국 예절을 가르쳐주고 삶의 태도를 보여 주며 친구 겸 영어 선생이 되어준 그녀를 잊을 수가 없다.

그때의 선한 영향력이 훗날 "푸른 초장의 집"이라는 가정폭력 여성 쉘터 사역에 많은 도움이 되었다. 도움이 필요한 자에게 사랑을 전하는 동기가 되기도 했다. 뒤돌아보면 좋은 사람과의 '만남'은 좋은 인간관계의 '만나'였다.

# 엄마!

어릴 때 기억에 남은 엄마의 모습은 정갈한 밥상, 고운 얼굴, 단정한 맵시다. 새벽에 제일 먼저 일어나 하얀 적삼에 흰 속치마 차림으로 거울 앞에 앉아 머리를 손질하고 얼굴에 분을 바르셨다. 참 예쁘고 정말 고우셨다.

열여섯에 시집와 2년 터울로 오빠 둘을 낳고 스물한 살에 나를 낳으셨다. 아빠는 시청 호적계에서 일하시다 내가 초등학교 1학년이 되던 해부터 엄마와 함께 일본을 오가며 사업을 하셨다. 일본에서 사다 주시던 초콜릿과 사탕은 입술을 녹일 듯 맛있었고 구두와 스웨터는 너무 예쁘고 따뜻했다.

친할머니는 친척들이 오시면 엄마의 음식 솜씨가 뛰어나다고 칭찬하셨다. 하얀 얼굴의 아버지는 고기반찬을 싫어하셨다. 정갈한 밥상 위의 호박오가리 된장찌개를 좋아하셨다. 아버지는 좋아하는 음식을 잡수시면 눈빛으로 잘 먹었다며 마음을 나누셨다. 엄마는 상차림에도 흐트러짐 하나 없었다. 잘 닦인 아버지의 은수저는 은은한 빛이 감돌았고 겨울엔 은수저를 더운물에 담가 따뜻하게 하여 상에 올리니 집안에서 현모양처라는 칭찬이 자자했다.

어느 겨울날 월동준비로 장작을 트럭으로 실어 왔다. 다섯 살 되던 해 겨울이었다. 트럭 운전사 아저씨가 장작을 내려놓고 엄마에게 조용히 뭐라고 얘기한 후 떠났다. 잠시 생각하던 엄마는 나를 데리고 골목을 돌아 어느 집으로 갔다. 그 집 댓돌 위에는 아버지의 구두와 하얀 고무신이 나란히 놓여 있었다. 마당에는 물이 가득 담긴 물 대야가 있었다. 어머니는 방문을 열어젖히고 대야를 번쩍 들어 점심을 먹고 있던 두 사람에게 물을 쏟아부었다. 순식간에 벌어진 사건이었다. 엄마는 내 손을 꼭 붙들고 집으로 돌아왔다. 그렇게 무서운 괴력과 엄청난 분노의 얼굴을 처음 보았다.

엄마는 밤늦게까지 잠들지 않고 하얀 적삼에 흰 속치마 차림으로 앉아 아버지를 기다리셨다. 늦은 밤 대문을 흔드는 소리에 일하는 아이가 문을 열었다. 엄마는 삼단 장롱을 열고 그 속에 든 돈을 모두 꺼내 속치마 가득히 담고 마당으로 나갔다. 대문으로 들어서는 아버지 앞에서 속치마에 담은 돈을 마당에 쏟아붓고 성냥으로 불을 질렀다. "돈이 있어 가정이 깨진다면 돈은 없는 것이 차라리 낫지요." 돈을 불태우며 비장(悲壯)하게 말씀하시던 엄마의 분노와 거침없는 말에 그 후로 아버지의 외도는 종지부를 찍었다.

나를 시집보내면서 엄마는 당부하셨다. "부부는 아무리 싸워도 각방을 쓰면 안 된다." "남편 말에 순종해라." 나는 어머니의 당부를 마음을 다해 지켜 왔다.

이제 구순이 훨씬 넘으신 엄마에게서 그 씩씩하고 자신감이 넘쳤던 모습은 사라졌다. 미국에 이민 오셔서 팔순까지 운전하셨고 얼마 전까지도 갈비 몇 대를 너끈히 잡수셨던 식성도 예전 같지 않다. 이제는 직접 반찬을 만들고 외출을 좋아하시던 때로 돌아갈 수 없어 안쓰럽고 슬프다.

내가 소장하고 있는 유화 중에 고인이 되신 조희도 화백의 "집으로 돌아가는 길"이 있다. 아낙들이 아기를 업고, 걸리고 머리 위에 광주리와 대바구니를 이고 들판을 걸어가는 그림이다. 아낙들은 들판을 가로질러 걸어가며 삶의 고달픔을 생각했을까 아니면 허기진 품꾼들을 먹일 새참 생각에 그저 발걸음을 재촉했을까.

엄마는 이제 힘겨운 노구(老軀)로 귀로를 걷고 있다. 남편과 자식, 식솔들을 그렇게도 헌신적으로 돌봐주셨던 엄마의 귀로, 마음이 애잔하다.

**엄영아(Patricia Uhm)**
〈그린에세이〉로 등단. 엘에이 거주
푸른초장의 집 여성쉼터 원장 역임, 가정전문 상담가. 가든수필문학회 회원
에세이집 《수를 놓듯, 연서를 쓰듯》 《사랑이었다》

# 차(茶) 덖는 남자

이지희

스삭 스삭… 남편이 차를 덖는다. 언제부터인가 그에게 차 덖는 일은 하나의 일상이 되었다. 주말이면 농장에서 찻잎을 따다가 정성스럽게 덖을 때면 온 집안 가득 차향이 스민다. 나는 고소한 듯 매콤하게 번지는 차향이 좋다.

서른 살을 훌쩍 넘긴 우리는 부모님 성화에 못 견디어 선을 보았다. 선을 본 인상이 그리 나쁘지 않아 망설이는 동안 양가 부모님들은 결혼을 서둘렀다. 상대방 성품도 제대로 파악하지도 못한 상태에서 나이에 떠밀려 가정을 이루게 되었던 것이다. 남편과 나는 고작 팔 개월 차이로 태어난 동갑내기이다.

동갑내기들끼리 결혼을 하면 경험으로 보아선 기 싸움이 잦았다. 서로 자존심 때문에 아무것도 아닌 것을 문제 삼아 확대시켜 열을 올리다 냉전 상태가 며칠씩 가기도 했다. "급수는 딱지치기해서 얻은 것이 아니다." 일찍 결혼한 친구의 우정 어린 충고는 틀리지 않았다.

그러나 시간은 우리에게 서로를 이해하는 방법을 터득시켜 주었다. 고운 정 미운 정 들이는 사이에 아빠와 엄마가 되었던 것이다. 첫아이가 태어나면서 서로의 존재에 대해 고마운 마음이 들기 시작했다. 마음이란 이상한 것이 한번 밉다 여기면 하는 짓거리마다 미워 보인다. 하지만 괜찮은 사람이라 여기면 그다음부터는 무사통과다. 아들을 낳고 뒤늦게 딸을 낳았다. 그러는 동안 우리는 사십 중반으로 들어섰다. 그러곤 지금은 누구보다도 서로 잘 알고 이해하는 좋은 친구 같은 부부가 되었다.

차를 닦는 남편의 넓은 등을 바라본다. 한 남자가 가장이 되어 자리를 잡기까지 걸어온 노정은 만만치가 않다. 시어머님 위암 수술은 효심이 가득한 남편이 직장을 내놓으며 간병을 해야 하는 상황을 만들었다. 뒤늦게 직장을 다시 구해 보지만 쉽지 않았다. 직장이 마땅치 않아 사업을 시작했으나 수입보다 지출이 많았다. 빚을 지지 않으려면 문을 닫는 것이 피해를 줄이는 결과 앞에 그는 좌절했다.

그는 말수가 적어졌다. 밖에서 들어올 땐 늘 피곤한 기색이었고, 화를 낼 일도 아닌 일에 언성을 높였다. 점점 신경질적인 사람으로 변해가고 있었다. 이런 사람을 지켜보는 나 역시 힘들기는 마찬가지였다.

우리는 시간이 필요했다. 나는 그이에게 대학원에 들어갈 것을 권유했다. 이 나이에 젊은 사람도 어려워하는 공부를 다시 시작할 수 있냐며 처음엔 펄쩍 뛰던 그가 간절한 나의 권유에 인문대학원 입학을 결정했다. 그러나 나이 40에 무얼 시작한다는 것은 쉬운 일이 아니었다. 암기력이 떨어져 외우는 족족 머리에서 사라진다며 젊은 애들을 따라갈 수 없다고 머리를 설레설레 흔들었다.

그는 서재로 들어가면 나오지 않았다. 몸은 책상 앞에 앉아 있으나 허수아비나 다름없었다. 마음이 갈피를 잡지 못해 떠돌고 있었던 것이다. 때론 세상과 등진 사람처럼 허탈해 보였고, 친구들 만나는 것도 기피 하며 혼자 서재에서 우두커니 창밖을 바라보는 시간이 늘어갔다.

남편의 이런 모습은 나에게도 치명적이었다. 내가 공연히 대학원에 들어가게 했는가 싶어서였다. 어느 날, 물을 먹고 싶다고 주방으로 들어오자 나는 살갑게 말을 걸었다.

"공부하기 힘들지요?"

"……."

직장생활을 할 땐 퇴근해서 현관문만 열면 환하게 웃으며 직장에서 있었던 일들을 신바람 나게 들려주던 그가 한참 만에 입을 열었다.

"이 나이에 내가 뭐 하고 있나 싶어서……." 말꼬리를 흐리며 돌아서는 그의 뒷모습이 작아 보였다. 나는 그의 등에 대고

"그럼 시골 노는 땅에 블루베리라도 심을까? 요즘 그게 대세라는데."

"생각해 보구."

동굴에 갇혀 연약한 인내심을 누르고 또 누르는 가여운 한 남자를 생각하자 울컥 슬픔이 솟구쳤다.

나는 그릇을 정리하기 시작했다. 가슴이 답답할 땐 무엇이라도 손에 잡아야 할 것 같아 그릇을 꺼내어 정리하기 시작했던 것이다. 필요하지 않아 뒤에 처박힌 자질구레한 것들을 꺼내어 버리고 구석구석에 낀 기름때와 먼지를 닦아내는 동안 답답하고 불안하던 마음이 서서히 안정되었다.

일주일 후였다. 식탁에 앉은 남편이 무겁게 입을 열며 비어 있는 땅에 차나무와 베리나무를 심고 싶다고 말했다. 꽉 막혔던 벽이 허물어지고 빛이 환하게 들어오는 것 같았다. 그날로부터 인터넷 서핑을 통하여 여러 곳의 농장을 돌아보기 시작했다. 블루베리는 2년 된 묘목을 심어야만 한해는 꽃을 따고 그다음 해부터 알찬 열매가 달려 딸 수 있다고 했다. 그는 몇 년 자란 나무를 심으면 좋을지, 수익은 얼마나 얻을 수 있을지에 대한 시장성까지 조사한 끝에 나무를 사들여 심기 시작했다.

그런데 세상 물정에 어두운 남편은 사람들이 잘 사 먹지 않는 베리나무를 심었다. 나무를 다 심어놓고 스스로도 대견한 듯 자랑스러워하는 남편과는 달리 나는 내심 걱정스러웠다. 적어도 제대로 수확을 보려면 3~4년간은 투자만 해야 결실을 볼 수 있기 때문이었다.

나의 이런 우려와 달리 그는 주말이면 밭으로 나가 묘목에 거름을 주고 보살피는 일에 매달렸다. 마치 새장에서 탈출한 새처럼 맑은 공기와 부드러운 흙을 밟으면서 그의 생활은 탄력이 붙었다. 밤이면 책상으로 다가앉아 석사과정에 필요한 과목에도 매달렸다. 나는 비로소 마음이 놓였다.

이듬해 봄, 베리나무 가지마다 아주 작고 새하얀 꽃이 피었다. 꽃을 다 따기는 아까워서 드문드문 남겨 두었더니 그곳에서 연둣빛의 작은 열매가 맺혔다.

태양이 이글거리는 팔월이 오자 남겨 두었던 열매가 흑진주 빛으로 익어갔다. 우린 이른 새벽과 저물녘에 베리 열매를 땄지만 첫 수확이라 양은 많지 않았다. 그래도 뿌듯함이 밀려왔다.

베리나무와 차나무를 가꾸면서 대학원 석사논문을 무사히 통과했다. 이어 전공과목을 살려 좋은 직장을 얻게 되자 그는 차 덖는 여유를 즐기는 남자가 되었다. 남편은 잘 덖은 차를 차 통에 담는다. 곧 찻물을 끓여 잘 우러난 차 한 잔을 들고 내게로 다가올 것이다.

제25호 [2018년 1·2월]

# 아버지의 새끼손가락

시월인데 기온이 영하 일 도로 떨어졌다.

아직 월동준비도 하지 않은 무방비 상태인 나는 서둘러 옷장 깊숙이 자리한 겨울옷을 꺼내어 아이들에게 입힌다. 물론 월동준비라고 해야 고작 시어머니께서 해 주시는 김장김치와 겨울을 따뜻하게 날 겨울옷 몇 벌뿐이니 거창한 겨울 준비라고 할 것도 없다.

딸아이의 바지가 딸림하다. 물도 주지 않는데 콩나물처럼 쑥쑥 자란다. 우리는 주말이 오면 바지를 사러 가자며 남은 일주일을 보내기로 한다. 바쁜 일상은 금방 주말이 되었고 주말이 가까워지니 예년 기온을 찾기 시작하면서 단풍이 내려앉기 시작했다.

약속은 약속인지라 딸아이와 쇼핑을 하러 갔다. 집에 돌아오는 길이 아쉬워 핸들을 괴산 쪽으로 돌린다. 어린 시절 아버지와 버스를 타고 가던 외갓집 길이다.

대여섯 살쯤 된 꼬마 아이는 커다란 아버지의 손가락 중 새끼손가락과 손이 딱 맞았다. 형제가 많은데도 아버지는 새끼손가락을 마다하지 않고 내어 주었고 우리는 짝꿍처럼 늘 붙어 다녔다. 검은 피부

의 시골 아이들 중에 흰 피부를 가진 나를 사람들은 예쁜 아이라고
했다.

서로 안아 보려고 하는 동네 사람들이 부담스러워 늘 아버지 뒤에
숨었다. 못생기고 까무잡잡한 옆집 희라는 활개를 치고 다녀도 아무
도 신경을 쓰지 않는다. 그래서 희라가 무척이나 부러웠다.

그날은 성품이 남달랐던 외할아버지 생신날이었다. 아버지도 어
려워하시는 분이라 이날이 되면 긴장하셨는지도 모르겠다. 다른 형
제들은 어머니와 함께 먼저 외갓집으로 떠났고 짝꿍인 아버지와 나
는 나중에 출발했다.

버스가 도착하고 나를 번쩍 안은 두 팔은 버스 안 깊숙한 곳으로
향하고 있었다. 한 시간은 가야 하니 아버지의 생각이 옳았다. 우리
를 태운 버스는 정류장마다 섰다. 지금은 승용차로 이동을 하니 수월
했지만 그때는 대중교통을 이용하는 사람이 대부분이어서 버스는 이
내 사람들로 가득 찼다. 팔이 아픈지 나를 바닥에 내려놓으시며 아버
지는 창밖에서 불어오는 바람을 쐬고 계셨다. 길이 좋지 않은지 버스
는 덜컹거렸고 공기가 무척이나 좋지 않았다.

무채색의 다리들이 버스가 움직이는 방향으로 쏠리고 있었다. 다
들 운동신경이 좋은지 넘어지는 사람은 아무도 없었지만 지쳐가고
있었다. 새끼손가락을 잡은 손에 점점 힘이 들어갔다. 나에게도 밖
이 보이는 창이 필요했다. 바람이 불어와 준다면 더더욱 행복할 거라
는 생각이 들었다.

새끼손가락을 놓칠세라 꼭 잡는다. 아버지도 힘이 느껴졌는지 내

작은 손을 커다란 손으로 감싼다. 아버지는 창밖을 보여 줄 생각은 없으신지 힘주어 작은 손만 놓칠세라 안간힘을 쓰신다. 지금에 생각해 보니 아버지도 멀미가 나셨던 것이다.

갑자기 어지러워지며 토하고 말았다. 그제야 창밖을 볼 수 있는 자리에 앉을 수 있었다. 나를 안고 앉은 아버지의 얼굴도 안도의 한숨을 쉬고 계셨다. 창밖 풍경은 외할아버지 한복 색처럼 희뿌연 색이었다.

어린 시절 아버지가 그랬던 것처럼 딸아이 손을 잡아본다. 내 모습과 남편 모습이 곳곳마다 보였다. 아버지도 나를 바라보시며 당신과 닮은 구석을 찾고 계셨겠구나 하는 생각이 드니 사무치게 그립다.

# 한살이

봄이 문턱을 넘은 지 얼마 되지도 않았는데 창밖에서 스산한 바람이 불며 풀벌레가 운다. 이상기온으로 여름이 일찍 찾아오곤 했는데 이번 여름은 어린 시절 여름처럼 더디게 오고 있다. 여름이 오기도 전에 가을이 마음에 자리 잡았나 보다

'더디다'

내가 좋아하는 단어이다. 아이가 더디게 자랐으면 좋겠다고 생각했고, 친정엄마가 더디게 늙어 갔으면 좋겠다고 생각했으며 나이를 더디게 먹었으면 좋겠다고 생각했다. 모든 것이 너무 빠르다. 하루가 빠르고 아이들이 빠르게 성장하고 있다.

시어머니는 천주교 신자이셨다. 내가 결혼을 하고 한 집에 종교가 두 개면 좋지 않다며 당신의 종교를 포기하고 같이 절엘 가주시는 아량이 많으신 분이시다. 그리고 해마다 봄이 되면 강아지를 사 오셨다. 개는 태어나서 6주에서 8주가 되면 이빨이 나고 9개월에서 10개월이 되면서 새끼를 가질 수 있다.

작년 봄에는 묘한 녀석이 시댁에 들어왔다. 얼굴은 족보 있는 서

양개인데 몸은 누렁이가 온 것이다. 이걸 애완견이라고 해야 할지 마당견이라 해야 할지 의문이 가는 묘한 녀석. 아들아이는 올여름에는 네가 개소주가 되겠다며 불쌍한 눈으로 녀석을 바라보기도 했다. 그랬다. 시어머니께서는 해마다 여름이면 개소주를 내려 어디론가 보내고 있었다. 눈을 바라보며 밥을 주던 녀석을 개소주를 내리다니 정이 가지 않는 행동이었다.

그런데 어쩌랴 내 개가 아닌 것을…….

개소주를 내릴 개에게는 우리는 이름을 지어주지 않았다. 왜냐하면 해마다 시어머니는 개 이름을 해피라고 불렀기 때문이다.

짧은 생이지만 극락은 해피하게 가라는 의미였는지 그냥 해피가 좋아서인지는 물어보지 않았다.

아들이 태어난 지도 여러 해가 지나 16살이 되었다. 인간의 한살이는 길다. 16년이라는 시간이 지났는데 덩치는 성인인데 정신은 아이와 성인의 틈바구니에서 혼란을 겪고 있는 질풍노도의 시기를 겪고 있다. 영어를 아빠랑 공부하는 아들이 남편이랑 실랑이 끝에 크게 다툰 적이 있었다. 아들은 한밤중에 집을 나갔고 세 시간 만에 돌아왔다. 안전하게 돌아온 것만도 고마워 아무것도 묻지 않았다.

가끔은 사색에 잠기기도 하고 때론 애기처럼 떼를 쓰기도 하는 사춘기.

이 시기를 잘 겪어야 멋진 성인이 될 터인데 지켜보는 어미는 힘겹다.

작년에 온 해피는 표정이 평온하고 해피하다. 얼굴이 웃는 상인 개는 우리도 처음이라 정이 저절로 가는 녀석이었다. 여름이 되어도 해피는 웃는 표정으로 꼬리를 흔들며 우리를 반기고 있다. 개소주 내리는 것을 잊으신 건지 아님 생명에게 죄짓는 것을 포기하신 건지 의문이다.

의문은 이내 풀렸다. 개소주를 즐기시던 시고모부께서 95세의 연세로 돌아가신 것이다. 해피는 알고 있었을까? 자신이 개소주가 되지 않을 운명이라는 것을.

평온한 표정으로 해피는 햇살이 따뜻한 날 새끼를 낳았다. 그것도 여덟 마리씩이나.

시어머니는 해피에게 미역국을 끓여 주었다. 미역국을 먹고 난 후 평온하게 새끼들을 핥고 있다. 개의 한살이는 이렇듯 빠르게 흘러가고 있었다.

그런데 인간의 한살이는 아직도 갱년기에 머물러 있다. 과거를 회상하며 정리하는 갱년기는 한살이를 끝내려는 마지막 관문처럼 좀처럼 해방시켜 주지 않는다. 사춘기를 겪고 있는 아들과 갱년기에 힘겨워하는 어미는 언제쯤 한살이를 평온하면서 해피하게 끝낼 수 있을지.

인간의 뇌는 크기보다는 주름이 많아야 두뇌가 좋다고 한다. 고뇌를 하며 살아가는 것도 뇌의 주름이 생기는 과정이라고 했다.

그리고 인간과 다른 동물에게는 뇌에 주름이 없다고 한다.

**이지희**
본명 이희순. 〈그린에세이〉로 등단. 그린에세이작가회 사무국장
문향회, 한국문인협회 충주지회 회원. 방과 후 한국사 교사
수필집 《페르소나》

# 값비싼 칼국수

김카니

---

하늘에 먹구름이 잔뜩 끼었다. 비가 오려는 걸까. 이런 날은 김이 모락모락 올라오는 따끈한 칼국수가 생각난다. 시간이 흐르면 지나온 기억이 하나하나 사라지는데 칼국수에 얽힌 S와의 기억은 아직도 선명하다.

S는 우리 부부에게 아픈 추억이다. 벌써 20년의 세월이 흘렀나 보다. 그때 한국에서는 해외 브랜드 옷이 잘 팔렸다. 나는 엘에이와 뉴욕에 쇼룸을 두고 아동복 사업을 하고 있었고, 우연히 인연이 닿아 서울 모 백화점에 아동복을 수출하고 있다. 서울을 오가며 바쁘게 일할 때, 어느 날 그 백화점 본부장과 구매과 직원이 회사로 나를 찾아왔다. 그리고는 우리 사무실 일부를 사용하게 해달라고 하면서, 의류 수입에 더하여 다른 상품도 수입하려 한다고 했다.

그때부터 S는 나와 함께 일을 하게 되었다. 그는 맡은 일을 소신 껏 하는, 나름대로 비즈니스 경험도 많고 부지런한 사람이었다. 나는 맡은 일도 열심히 하고 성실한 사람으로 그를 인정하고 친하게 지냈다. 몇 달 후, 좋은 물건이 나와서 꼭 사야 하는데 자금이 부족하다며 급하게 돈을 빌려달라고 했다.

적은 액수가 아니어서 망설인 것은 전에도 S는 종종 빌려 간 돈을 제때 갚지 못했기 때문이었다. 속지 말자 다짐하면서도 그의 딱한 사정을 외면할 수가 없었다. 아니, 그를 믿고 싶었다. 그런데 S가 큰돈을 빌려 간 후로 일주일이 지났는데도 연락이 되지 않았다. 그날부터 속앓이가 시작되었고 잠조차 자지 못했다. 잃은 돈보다도 믿었던 사람에게 배신당했다는 것과 사람을 보는 나의 안목에 대한 실망이 더 컸다.

엎친 데 덮친 격으로 한국에서 IMF가 터졌다. 백화점에서는 달러가 올라가니 더 이상 수입을 할 수 없다는 연락을 해왔다. 그동안 벌여놓은 일에 대한 손해가 컸다.

내 인생에 고비가 닥친 것이었다. 식욕도 없어지고 몸은 말라갔다. 자기 일을 하느라 나의 사업에 무관심하던 남편이 어느 날 S에게 돈을 받으러 가자며 앞장섰다. S의 집을 수소문 끝에 찾아내어 새벽 두 시에 습격했다. 무심한 가을바람이 싸늘하게 가슴속을 휘저으며 지나갔다. 이게 무슨 짓인가, 돈 받겠다고 남편까지 데려온 나 자신에게 부끄럽고 한심했다.

S는 집에 있었다. 식구들이 깰까 봐 조용히 나와서 인근에 있는 그의 창고로 우리를 데리고 갔다. 너무 죄송해서 연락을 못 했다며 고개를 힘없이 아래로 떨어뜨렸다. 그도 속은 것이었다. 물건을 만

져보지도 못하고 사기를 당하여 돈만 날리고 브로커를 찾으러 다니느라고 정신이 없었다고 했다. 수척해진 얼굴이 그동안의 고통을 말해주었다. 딱한 그의 사정에 우리 부부는 아무 말도 못하고 돌아왔다. 남편이 깨끗이 잊으라고 나를 다독였다. 비록 돈을 돌려받을 수는 없었지만, S의 좋은 점을 기억하면서 그가 잘되기를 바랐다.

몇 달 후 나의 통장에 낯선 돈 $2,000이 입금되었다. S가 떠올랐다. 그 후로 매달 $1,000과 $1,500 등 금액은 달랐지만 몇 년 동안 꾸준히 돈이 들어오더니, 어느 날부터 더 입금은 없었다. 원금을 모두 채운 모양이다. 그에게 수고했다는 인사를 하려고 전화를 해도 받지 않았다. 돈을 되돌려 받은 것보다는 S에 대한 나의 믿음이 헛되지 않았다는 사실이 더 기뻤다. 살아오면서 사람에게 실망도 많이 했지만 내가 그를 좋은 사람으로 인정하여 의심 없이 돈을 빌려줄 때를 다시 생각해보았다.

아직도 주변에는 염치를 잃어버리고 사는 사람들이 종종 있지 않던가. 자기가 실수한 일을 해결하려고 노력한 그가 고맙고 대견했다. 우리는 살면서 가끔은 우울하기도 하지만 통쾌한 날도 있지 않던가. S를 보면서 사람 사는 일이 그렇게 각박하지만은 않은 것 같다. 우리가 살아가는 세상은 동행하는 사람에 따라 느끼는 감정이 풍요로워지기도 한다. 기쁨과 고통, 모두 내 삶의 일부분이고 그것을 자신과 잘 조화하면서 살면 행복해질 수 있지 않을까.

오랫동안 연락이 없던 그에게서 연락이 왔다. 한인타운에 있는 칼국수 집에서 우리 부부에게 점심을 사겠다고 했다. 포기했던 돈을 받은 것보다는 다달이 액수와 상관없이 월급날처럼 설레며 기다리게 해준 것이 더 좋았다. 오히려 우리가 감사의 인사를 하고 싶었다.

활짝 웃으며 우리 부부를 맞이한 그의 얼굴은 한결 야위고 주름이 많아졌다. 그동안 고생하고 살아온 세월을 느낄 수 있었다. 그는 나뿐만이 아니고 여러 사람의 돈을 빌렸다고 했다. 그중 형편이 어려운 사람의 순서대로 갚았다고 했다. 첫 번째는 교회의 연세가 많으신 권사님, 두 번째는 목사님 사모님, 세 번째로 내 돈을 갚은 것이다. 그동안 실망하게 한 것에 대한 사과와 기다려 준 감사의 인사로 식사를 대접한다는 말에 남편은 그의 두 손을 덥석 움켜잡았다. 나도 모르게 눈물이 고였다. S와 떳떳하게 얼굴을 마주하며 칼국수를 먹을 수 있어서 다행이었다. 칼국수 한 그릇이 값으로 따지면 얼마 안 되지만, 감동이 함께해서일까, 그날 우리 셋은 그 어떤 값비싼 요리보다 더 값진 칼국수를 먹은 것 같은 기분이었다.

몇 년 뒤, 우연히 공항에서 그를 만났다. 한결 단정해진 차림으로 사업차 중국에 간다고 웃으면서 말했다. 만약 돈을 갚지 못했다면 나를 피하고 숨었겠지, 생각하니 그가 무척 당당해 보였다. 돌아서는 그의 뒷모습을 보며 '잘 될 거야, 잘 되어야지,' 혼잣말로 중얼거리며 멀어져가는 그를 다정한 눈빛으로 바라보았다.

28호 (2018년 7·8월)

# 마이타이 한 잔

구름 위를 날고 있다. 하와이를 다녀오는 기내에서 스튜어디스가 식사 전 음료를 주문받고 있다. "I'd like a Maitai, please."라는 내 말에 그녀는 놀라는 눈치였다. 혼자서 이른 아침에 술을 주문하니 예사롭게 보이지 않았나 보다. 시킨 나도 속으론 웃었다. 살면서 한 번쯤은 마이타이를 마셔봤을 텐데 어떤 맛인지 궁금했다.

일주일 전 하와이로 향하는 기내에서 옆자리에 앉은 멋쟁이 백인 모녀 때문인지도 모른다. 그날 그들이 마이타이를 마시면서 즐기는 모습이 내 머릿속에서 기회를 노리고 있었나 보다. 그들은 아침부터 술을 마시면서 하와이 여행에 들뜬 기분을 냈다. 그때 나는 진하고 쓴 맛없는 커피를 시켜놓고 억지로 마시는 둥 마는 둥 했었다. 곁눈질로 슬쩍 그들을 보면서 칵테일 한 잔으로 모녀간의 사랑이 느껴져 부럽기도 했다. 어떤 맛일까. 궁금했지만, 아침부터 '웬 술?' 하면서 식어버린 커피를 슬쩍 밀어 놓고 거들떠보지 않았다.

옛말에 낮술은 부모도 몰라본다고 하지 않던가. 내 정서에는 아침부터 술을 마시면 알코홀릭으로 의심했다. 미국에 산 지 40여 년이 되는 동안 젊은 애들과 학교도 다녀봤고, 미국회사에서 일도 했었다. 나름대로 젊게 산다고 생각했으나, 내 의식은 보수적인 한국 여인인가 보다.

가끔 큰딸네 집에 가면 아침 겸 점심을 먹기 위해 브런치 레스토랑을 찾는다. 샌프란시스코만 해도 식당 안에는 백인 손님이 많다. 식당 안은 한국이나 미국이나 여자들이 대부분이다. 여인들은 '미모사'나 '샴페인'을 주문해서 함께 식사한다. 와이너리가 근처에 많아서인지 와인을 즐긴다. 식사보다 한 잔의 술과 오가는 대화가 그들의 주 메뉴인 듯싶다. 여유롭게 담소하며 삶을 즐기는 식사 문화를 부럽게 느끼곤 했다.

남편은 생전에 음식이 좋을 때 가끔 술을 찾았다. 내 앞에 한 잔 따라놓고 남편 혼자서 즐겼다. 남편이 떠난 후 마실 기회가 없어진 지금, 진즉에 "치얼스!" 하면서 기분을 맞춰주지 않았을까. 지금 후회도 된다.

아침에 술을 마신다는 게 결코 놀랄 일이 아니다. 내가 살아온 삶은 지극히 평범하다. 앞으로도 그렇게 살 것이지만, 새로운 경험은 삶의 한 부분일 뿐이다. 고정관념에서 벗어나 자신이 정한 틀 안에서의 일탈은, 때론 긍정적인 에너지를 만든다고 생각한다. 마이타이 한 잔이 행복을 느끼게 했다면 그 순간은 의미 있는 시간이 되리라 믿는다.

일과가 끝나고 하늘을 붉은빛으로 물들인 노을을 보고 있으면, 가끔 와인 한 잔이 생각날 때도 있다. 한 잔의 와인에 피로가 풀리고 위로가 된다면, 구태여 삶의 태도나 습관을 바꾸고 싶지 않다. 딸들은 잠자기 전에 레드 와인 한 잔은 수면과 혈액순환에 도움이 된다지만, 습관이 무서워서 엄두도 못 냈다.

난 오늘 술맛이 궁금했고 그녀들이 즐거워하던 일등석만의 기분을 흉내 내고 싶었는지도 모른다. 어떠한 구속과 관념에 매이지 않은 이른 아침에 커피가 아닌 마이타이 한 잔으로 멋을 부려보았다. 술맛보다 파인애플주스를 더 많이 섞어서인지 달기만 했다.

한 잔의 마이타이가 앞으로의 내 삶을 바꾸어 놓을 수 있을 것 같다. 나에게 주어진 시간은 자꾸 흘러가고 있다. 이제 시간의 여유를 가지고 내가 못 해 본 것, 안 해 본 것을 하며 소소한 행복을 느끼고 싶다.

작은 잔을 살살 흔드니 연한 무늬가 그려졌다가 가라앉는다. 내 삶의 무늬를 마이타이 잔 안에 그려 놓는다.

# 잭슨광장에 울려 퍼지는 재즈

미국 중부 인문학 기행 여정 중 마지막 날, 재즈의 고장인 뉴올리언스 프렌치쿼터에 갔다. 프랑스 통치 시절 피비린내 나는 처형장이기도 했던 이곳은 현재 재즈 뮤지션들이 모여 사는 장소다. 재즈의 고장답게 재즈로 출렁이는 곳이기도 하다. 도착하자마자 버번 스트리트에 있는 레스토랑으로 갔다. 입장료가 있는 재즈클럽과 함께 식사를 즐길 수 있는 곳이었다.

장시간 버스를 타고 왔음에도 불구하고 모두 와인을 곁들인 해산물 요리를 맛보며 행복해했다. 곧이어 신청곡인 네킹 콜의 〈언포게터블(unforgettable)〉이 나왔고 모두 환호성을 올렸다. 마치 그곳은 현재를 잊고 시간을 즐길 수 있는 곳이 아닌가 싶다. 음악에 도시답게 길거리 공연도 곳곳에 있었다.

프렌치쿼터는 뉴올리언스에서 가장 오래된 지역으로 테라스가 있는 유럽풍의 건물이 많이 보였다. 섬세하게 조각된 철제 발코니가 프랑스의 어느 도시에라도 온 것 같다. 그러나 광장 곳곳에서 들려오는 재즈가 이곳은 미국의 뉴올리언스라고 말해주고 있었다. 목화밭이 많아 노예의 역사가 시작된 곳으로 미시시피강을 통해 건너온 흑인 노예들은 백인들의 멸시와 시달림 속에서 음악에 삶의 고단함을 녹여냈기에 재즈가 왕성하게 발전할 수 있었다.

뉴올리언스는 프랑스와 스페인의 식민지였기에 다른 어느 곳보다 이국적인 풍경이 많다. 그 풍경이 주는 매력 때문에 수많은 관광객이 몰리는 것 같다. 거리에는 수많은 화가가 자기만의 독특한 감성과 화풍을 대중들에게 보여 준다. 그 거리는 온통 각자의 실력을 뽐낼 수 있는 열린 갤러리가 아닌가 싶다. 그림을 그리는 그들의 캔버스를 기웃거리며 보았다.

기대했던 것만큼 잘 그렸다는 느낌이 오지는 않았지만, 그들의 모습이 참으로 신선하고 경건해 보였다. 일부 관광객들은 그림을 사기도 했다. 이들에겐 이 공간을 통하여 얻을 수 있는 의미 있는 시간이 아닐까 한다.

다음날 우리는 욕망이라는 이름의 전차를 타러 거리로 나갔다. 전차는 향수를 자아내는 마력이 있다. 도심의 문화와 역사의 공간을 이어주는 교통수단으로 인기가 높다. 속도는 느리지만, 이동 시간 동안 즐길 수 있어서 좋았다. 이 전차는 테네시 윌리엄스의 희곡을 영화화한 〈욕망이라는 이름의 전차〉에서 비롯된 이름이다. 비비언 리와 말론 브랜도가 주연이었던 영화 속의 거리를 연상케 해 주었다. 마치 그때의 주인공인 양 우리는 그 전차를 탔다.

낭만과 음악만으로 행복한 오후에 갑자기 천둥과 번개를 동반한 소낙비가 쏟아졌다. 엘에이에선 느껴보지 못한 반갑고 시원한 폭우였다. 마치 하늘이 구멍이라도 난 듯 마구 쏟아져 내렸다. 일행 중 하나는 비를 그냥 맞으며 천진스럽게 폴짝거렸다. 폭우 속으로 가장행렬이 지나갔다. 가면 뒤에서 자신의 욕망을 숨긴 채 아무런 심각한 일도 없는 듯 그저 웃음을 퍼뜨리며 지나갔다. 사람들도 모두 그 신나는 북소리를 즐기며 빗속의 그들에게 손을 흔들어 주었다.

잭슨 광장에 울려 퍼지는 재즈에 미련을 접고 우리 일행은 그곳을 떠나왔다. 가끔 재즈의 선구자인 루이 암스트롱 노래를 들으면 내 마음은 그곳으로 달려간다. 재즈의 낭만과 예술이 넘쳐나는 곳. 자유와 욕망과 흥청거림이 골목 깊숙하게 스며있는 곳. 뉴올리언스 프렌치쿼터가 그립다.

**김카니**
〈그린에세이〉로 등단. 재미수필문학가협회 이사장
작품집 ≪구름이 붓이 되어≫

# 노란 불

**정영득**

------------------------------

　새벽녘에 습관처럼 잠이 깼다. 마침 일요일이기에 늑장을 부리고 싶어져서 다시 눈을 붙였다. 얼마나 지났을까. 전화벨 소리가 울렸다. 이른 아침에 온 전화가 그리 반갑지는 않았다. 발신자 안내 화면(caller id)을 살폈다. 아내였다. 오늘도 근무가 있다며 아침 일찍 집을 나선 터였다. 전화 속 목소리는 벌써 울음으로 시작되고 있었다.

　사고 현장으로 향하는 내 자동차는 마치 무거운 쇳덩이 하나를 뒤에 매달고 가는 듯 더디게만 움직였다. 멀리서 경찰차의 경광등이 번쩍번쩍하는 게 보였다. 점차 응급 구조차도 보이고 소방차도 보였다. 사이렌 소리는 이미 멈췄으나 내 가슴 속에는 여전히 사이렌이 울고 있었다.

　아내는 응급차 안에서 몸 상태를 점검받고 있었는데 다행히 크게 다친 데는 없어 보였다. 널따란 사거리에 아내의 자동차가 밀려 서 있고, 그 뒤로는 거의 반파되다시피 한 소형 세단이 볼썽사납게 놓여 있었다.

노란불 앞에서 정지한 아내의 자동차를 뒤따라 빠르게 달리던 차가 그냥 받아버린 것이었다. 아마도 뒤차 운전자는 앞차가 노란불을 지나가면, 쏜살같이 사거리를 빠져나가려고 했을 것이다. 휴일 아침 한산한 거리에서도 추돌 사고는 얼마든지 일어날 수 있었다. 아찔한 사고 장면이 붐비지 않는 시공간 앞에서도 운전자는 긴장을 놓지 말아야 한다는 사실을 불편하게 전해주고 있었다. 긴급 상황이 진정되고 나니 나까지 몸이 떨리고 온몸에서 힘이 빠져나가는 것 같았다. 상대방 차 사람들도 모두 많이 다치지 않아 한결 마음이 놓였다.

아내가 그렇게 노란불을 지키려던 이유는 필시 따로 있을지도 모르겠다. 몇 년 전 신호 위반으로 범칙금 스티커를 발부받았었다. 비보호 좌회전 구역에서 녹색불이 노란불로 바뀌었을 때 좌회전하다가 그리되었다. 이민 오고 나서 아니 아내의 운전 경력을 통틀어서 처음으로 받은 '딱지'였다. 딱지도 딱지려니와 집사람이 놀란 것은 난생처음 경찰관과 마주한 상황 그 자체였다. 그 후로 노란불에서는 무조건 정지해야 한다는 생각하게 되었을 거로 추측해 본다.

황색 신호는 무엇일까? 정지하라는 신호인가 가도 좋다는 신호인가? 노란빛은 빨강과 녹색 빛을 섞으면 만들어진다. 신호등이 녹색에서 적색으로 바뀌기 전에 황색으로 잠깐 변하는 데에는 빛의 삼원색 원리가 숨어 있는 듯하다. 신호등에서 노랑의 위치는 빨강과 초록의 중앙이다. 그러니 노란색은 참 애매한 색이다. 빨간색도 아니고 녹색도 아니다. 가도 되고 안 가도 되는 색이요, 가도 안 되고 안 가도 안 되는 색이다. 순간적이지만 냉철한 판단이 요구되는 선택의 색이다.

"노란 숲속에 길이 두 갈래로 나 있었습니다. 나는 두 길을 다 가지 못하는 것을 안타깝게 생각하면서…"

로버트 프로스트 (Robert Frost)의 〈가지 않은 길 (The Road Not Taken)〉은 두고두고 기억나는 명시(名詩)이다. 이 시는 내 고등학교 2학년 한 시절을 줄곧 따라다녔다. 우리는 이미 2학년 때부터 문과 이과로 나뉘어서 수업을 달리 받았다. 담임선생님의 권유에 못 이겨 나는 이과를 선택했지만, 자주 문과 주변을 서성대며 힐끔힐끔 그쪽을 기웃거렸다. 내가 가야 할 길이 그리로 나 있는 것 같기에 가슴앓이를 심하게 했다. 그래서 그때에는 〈가지 않은 길〉의 주제를 파악하는 게 그다지 어렵지 않았다. 선택의 중요성을 피부로 전해주고도 남았다고 생각했다.

그런데 두 갈래 길도 두 갈래 길이지만, 왜 하필 노란 숲이었을까?

불현듯 노란불과 노란 숲이 마주하면서 내 가슴에 고동(鼓動) 소리가 빨라졌다. 노란 숲은 벌써 처음 이 작품이 만들어졌을 그때부터, 선택을 암시하는 노란불이었을 것이라는 생각에 이르렀다. 오랜 세월이 지나고 나서야 비로소 나는 이 시인의 깊디깊은 속내를 어렴풋이나마 짐작할 수 있게 된 것일까? 갑자기 누구에게라도 이 느낌을 빨리 전하고 싶어졌다.

세상을 살다 보면 노란불에 서 있을 때가 가끔 있다. 아니 생각보다 훨씬 자주 갈림길에 멈춰 서 있는 걸 발견한다. 인생길은 선택의 연속이라는 말도 있지 않은가. 삶 자체가 노란 불이다. 어느 길을 가든 조심해야 하고 가다가 또 선택해야 한다.

나는 평소 노란색을 그다지 좋아하진 않았다. 해 질 무렵까지 동네에서 비석 치기 놀이를 하려면 그저 검은색이 최고였다. 중고등학교 교복도 검정이어서 좋았다. 노란색이나 빨간색은 굉장히 대범한 색이었다. 어른이 되어 나이 오십을 넘기고부터일까. 나도 모르게 노란색을 눈여겨보게 되었다. 그렇게 색상에 대한 선호도가 바뀌는 데에는 필연 같은 체험이 한몫 거들었을 것이다. 학창 시절에 좋아했던 노래 "일곱 송이 수선화 (Seven Daffodils)"를 어느 공연장에서 다시 듣게 되었을 때 전기가 내 몸에 통했다.

생명의 에너지를 화사하게 전해주기도 하지만 경박하고 불안한 질투의 의미를 한 몸에 담고 있는 노란색을 어떻게 할까? 양날의 칼 같은 모순이자 희망이요 도전이다. 양쪽 다 붙잡고 갈 수 없다면, 이제는 노란색을 긍정의 전초기지(前哨基地)로 삼자. 생기발랄한 노란색, 왕의 권위로 상징되기도 하며 밝은 미래를 이끌어갈 노란색, 그래서 무한 가능성을 열어 주는 노란색으로 선택하자. 형광펜이 노란 이유는 다른 색깔보다 집중을 더 잘 유도하기 때문이리라.

내 마음속에 새롭게 켜진 노란 불, 유심히 살피면서 가야 할 인생길 곳곳에서 그를 소중하게 간직하고 싶다.

29호 (2018년 9·10월)

# 한겨울에

"눈이 오니 겨울은 겨울인가 보다."

"겨울이 지나야 봄이 오지요."

아내와 주고받은 말이다. 지난 11월 말경이었으나 벌써 해묵은 대화가 되었지만, 공명(共鳴)이 크다. 그렇게 성큼 한겨울 속에 들어와 있다.

퇴근길 자동차 안 계기판이 영하 15도를 가리킨다. 스피커에서 흘러나오는 FM 음악까지 얼어붙은 듯, 바이올린 소리가 힘겹다. 바람 소리마저 차를 흔드니 체감온도는 훨씬 더 내려갔을 것이다. 문득 군 복무 시절의 동계 혹한기 적응 훈련이 떠올랐다. 그해 강원도의 철원 산골짜기는 유달리 동장군의 위세가 드셌다. 살을 에는 추위에 살갗이 차가운 건지 뜨거운 건지 분간이 안 되었다. 양극단은 결국 하나로 통하는 것인지 헤아릴 겨를도 없이 시간이 갔다. 분·소대 주야간 공방 훈련에 심신이 지쳐갔지만, 악으로 깡으로 이겨 냈다. 그걸 우리는 전우애라 불렀다. 그 엄동설한에도 누구 한 명 감기는 물론 동상에 걸리지 않은 게 신기했다. 군대에서 동상은 유난히 철저하게 관리·점검되는 질환 중의 하나였다. 젊은 신체와 강인한 정신력으로 버틸 수 있었을 것이다.

코로나시대가 끊어질 듯 이어지면서 감염병과의 전쟁을 지루하게 계속 치르고 있다. 2년여 세월이 흐르면서 무작정 인내했던 울화가 불감증으로 변하는가 하면 임계점으로 치닫기도 했다. 사람에서부터 일에 이르기까지 온 주위가 벽으로 느껴진 경우도 있었다. 물어보지 않으면 아무도 먼저 다가와 얘기하지 않는다. 이른바 사회적 거리두기 현상의 일환이다. 코로나 방역의 현주소다. 심지어 병원 방문도 미리 전화 상담 후 의사와의 대면 진료 여부가 결정된다. 비대면 세상이 현실이고 대면 세계는 다른 우주와 더 가깝게 닿아 있는 듯하다. 몸도 마음도 피로의 바다에 빠졌다. 설상가상으로 보름 전부터인가 피부 곳곳에서 이상 신호가 감지되었다. 처음에는 손바닥에서부터 시작됐다. 가려웠다. 손 세척제를 너무 자주 쓰나보다 했다. 손이 나을 무렵 조금씩 몸 전체를 돌아다니며 가려움증이 여행했다. 긁지 않으면 아무렇지도 않게 가라앉았다. 감쪽같이 환원되는 피부가 금세 반가웠다. 지인에게도 물어보고, 한의사 친구에게도 알아보고, 가정의와도 상담했다. 겨울철 건조 기후에서 스트레스를 많이 받거나 편식에서 올 수 있단다. 거기에 운동 부족도 한 몫 거들었을 것이다. 가습기 사용하고 음식 조절하며 비누를 너무 자주 쓰지 않도록 권유받았다. 나이 들면 피부 보습이 필수라는 조언도 귀에 쏙 들어왔다. 면역력 강화뿐만 아니라 체질 개선이 함께 요구되는 시점을 맞았다. 그러지 않아도 불규칙한 생활에 잠빚까지 졌으니 이번 기회에 싹 다 바꿔보는 게 필요하리라. 몸은 마음을 담는 그릇이요, 마음은 물이다. 그릇이 깨지면 물이 새듯 마음과 몸이 상한다. 몸과 마음은 하나다. 차별 없이 다뤄야 한다.

어른 세계에서도 차별이 암처럼 존재한다. 캐나다는 공식적으로는 '모자이크 사회' 운운하면서, 살기 좋은 복지 국가를 주문같이 외치지만 실상은 다르다. 빈익빈 부익부도 여느 나라와 다름없이 작용한다. 이너 그룹이 각 단체나 조직마다 있다. 입사한 지 얼마 안 됐을 무렵이다. 무턱대고 나만 보면 힘든 일을 맡기는 상사가 있었다. 인원이 모자란다는 이유를 들어 근무지에 혼자 투입될 것을 요구하기도 했다. 다른 동료들은 그 새 잡담을 하거나 빈둥빈둥 시간을 죽이고 있었다는 걸 나중에 알게 되었다. 주변머리가 없고 말수가 적다 보니 그냥 참고 넘긴 적이 많았다. 출근하는 게 괴로워 숨죽여 한숨도 많이 쉬었다. 머나먼 타국 땅에서 받는 서러움이 한심스러웠다. 시간은 약이 되지 못함을 인지하고 노동조합에 안건을 상정했다. 조합 대표는 이미 나 외에도 많은 이들로부터 유사 사례를 접수해 놓고 있던 터였다. 결국 그 상사는 자진해서 사표를 쓰고 회사를 떠났다. 앓던 이가 빠진 격이었다. 나의 힘든 어느 겨울은 그렇게 막을 내렸다.

지난주에는 우리 동네에 눈이 자그마치 60cm가량이나 내렸다. 폭설이라는 말보다 더 큰 단어가 뭐 없을까 싶은 정도였다. 출근하려고 차고를 여는 순간 한숨인지 환호인지 모를 반작용이 곧바로 나왔다. 쌓인 눈높이를 직접 눈으로 보고도 믿기 힘들었다. 제설기를 꺼내고 아들과 함께 눈 치우기에 돌입했다. 난세에 영웅이라도 난 것처럼 빠른 속도로 기계가, 눈 덮인 드라이브 웨이를 치워나가기 시작했다. 여전히 쏟아지는 눈발은 가히 도발적이었다. 너무 서두른 탓이었을까. 기계가 탈이 났다. 근육통을 못 이기고 힘줄이 끊어졌다, 그것으로 기계는 멈추었다. 쌓인 눈을 갈아서 흩뿌려주는 쇳날에 연결된 케이블이 툭 끊어진 것이었다. 무리하게 힘을 쓰다가 끝내 장렬히 전사한 주검이 백설처럼 고결했다. 애석한 마음을 뒤로한 채 눈 치우는 삽을 부리나케 거머잡고 출근 준비 작업을 마저 끝냈다.

　한겨울에 봄이 오는 소리를 미리 듣고 싶다. 이 세상 전염병이 수그러들고 만물이 생기를 되찾는 봄이 오면, 남들이 느낄지도 모를 나의 벽도 허물어질 것이다. 새봄을 위하여 나는 어느새 줄넘기 운동 기구를 손에 쥐고 있다.

# 보물찾기

　그곳에 가면 늘 나를 반겨주는 새 한 마리가 있다. 우리 동네 산길에서 만나게 되는 나무 새다. 백참나무 가지에 앉아 있는 모습이 영락없이 한 마리 새를 닮았다. 오랜 세월을 거쳐 부러지고 잘려 나간 곁가지의 잔재가 그렇게 자태를 뽐내고 있다. 처음 그를 만났을 때의 기억이 지금도 생생하다. 마치 무슨 보물을 찾기라도 한 것처럼 기뻤다. 그리고 불사조라 이름을 붙여 주었다. 모진 풍파를 견뎌내고 언제나 그 자리를 굳건히 지키는 모습에서, 그런 첫 번째 감흥을 받았기 때문이다.

　'보물찾기'는 내게 전혀 소질이 없던 놀이였다. 국민학교 소풍 때, 친구들은 반쪽으로 접힌 종이를 용케도 잘 찾아냈다. 거기에는 공책이며 크레파스, 필통 등이 적혀 있었다. 나는 어디에 보물이 숨었는지 도통 감을 잡지 못했다. 당당히 선물을 타가는 아이들을 하릴없이 부러워할 따름이었다. 어른이 돼서도 동호인 야유회에서 있었던 보물찾기에서 재주가 메주임을 여지없이 보여 주었다. 오히려 그 와중에 잃어버린 스마트폰을 지인이 찾아서 내게 전해 줄 정도였다.

언젠가부터 산에 오르내리는 걸 좋아하기 시작했다. 산이라고 해봐야 이곳, 토론토 서쪽 근방에서는 그리 높지 않은 지대에 자리 잡은 경우가 많다. 그래도 산 입구에서 조금만 들어서기라도 하면 어느새 울창한 숲을 대하거나 계곡물도 만날 수 있다. 자연을 호흡하며 거기서 마주하게 되는 나무, 돌, 그리고 다리 등이 나도 모르게 시선을 사로잡는다. 요사이는 군데군데 홍엽을 품고 있는 풍광 자체가 압권이다. 바라보기만 해도 치유가 된다. 어떨 때는 자연에서 듣는 모든 소리가 가슴 속의 응어리를 사라지게 하기도 한다. 산에 다니면서부터 새로운 보물이 보이기 시작했다. '불사조'도 그렇게 발견한 것이다. 보물을 대하는 눈은 자연스레 내 마음을 맑게 해주는 마중물로 다가왔다. 남에게는 비록 하잘것없게 보이는 물건일지라도 내게는 때때로 귀하게 울림을 주는 형상으로 찾아오는 것이다.

며칠 전 내린 비로 미끄러운 산길에 잔 나무 조각들이 뿌려져 있다. 산행하는 사람들이 넘어지지 않도록 배려한 손길이 묻어 있다. 마치 어렸을 적 동네 어귀 길목에 부서져 있던 연탄재를 보는 듯하다. 연탄재와 잔 나무 조각들 역시 보물 같은 역할을 한다. 산에서 내려와서 잠시 걷다 보면 제법 큰 저수지를 지나게 된다. 한겨울에는 꽁꽁 언 얼음 위에서 아이 어른 할 것 없이 스케이트를 탄다. 가족끼리 하키 게임을 즐기는 모습도 정겨운 곳이다. 저수지는 철새들의 서식지이자 주위의 풍경과 어울려 울긋불긋 장관을 연출하는 마술사이기도 하다. 사계절 내내 사람과 동물에게 몸과 마음의 휴식처를 제공하니 또 하나의 보물이 아닐까 싶다.

보물이라고 하니 생각나는 사람이 있다. 첫 직장에서 인연을 맺은 K선배다. 1980년대 초, 중동 건설 열풍이 한창 불 때 나도 그 대열에 참여할 수 있게 되었다. 사우디아라비아의 수도 리야드에서 자동차로 약 4시간 달려야 하는 시골 마을에 우리 회사가 토목 공사를 하고 있었다. 영문 행정 일을 맡고 있던 나의 직속 상사가 K였다. 내가 놀란 것은 그의 대단한 영어 실력도 실력이지만, 오페라에 대한 열정이었다. 어느 날 불쑥 내게 베르디의 〈라트라비아타〉 비디오테이프를 빌려주었다. 오페라의 오자도 모르던 내게 그 경험은 신선한 청량제였다. 사막 지역이지만 숲이 곳곳에 있어 숨 쉴 맛을 알려 주었던 우리 공사 현장이었다. 거기에 더해서 단비처럼 가극이 다가왔다. 목가적이면서도 화려한 오페라 화면 전개에 눈을 뗄 수가 없었다. 하지만 잘 알려진 〈축배의 노래〉를 빼놓고는 모르는 아리아가 대부분이었다. 더군다나 모두 이탈리아어로 녹화돼 있었으니 답답하였다. 며칠 뒤 그가 보여 준 종이 묶음에 우리말로 번역된 노래 가사가 깨알 같은 글씨로 적혀 있었다. 선배는 일부러 나의 호기심을 자극해 놓고 나서 작은 이벤트를 연출했던 것이다. 음악은 만국 공용 언어라고 했던가. 안개 속을 거치고 나온 듯이 그렇게 라트라비아타가 내 것이 되었다. 말을 물가에 데려갈 수는 있지만 물을 마시게 할 수는 없다는 격언이 무색하도록 나는 그때 비로소 가극의 물을 마시는 한 마리 말이 될 수 있었다. 동기 부여가 제대로 이루어진 격이었다. 푸치니의 〈라보엠〉도 그렇게 해서 알게 되었다. 신입 사원 시절의 첫 해외 근무 발령지에서 보물 같은 선배와 오페라를 만났다. K는 지금까지 가족처럼 소중한 사람으로 자리매김하고 있다.

글 세계에서도 K같은 선배를 만났다. 기교보다는 본인 성찰에 힘쓰며 독자와의 공감을 유지하려는 그의 글에 중량감이 있다. 글 쓰는 일 자체가 어쩌면 보물찾기의 연속일지 모른다. 글감을 발견하고 그를 풀어내며 다듬고 완성하는 하나하나의 단계에서 또 다른 보물을 찾는 과정을 맛보는 것은 아닐까. 내가 손꼽는 보물의 가짓수가 많아질수록 나의 삶이 풍요로워 지리라 믿는다. 나도 누군가의 보물이기를 희망한다.

살아가면서 보물 같은 나날을 만들어가는 것도 보물 찾는 일일 것이다.

**정영득**
〈그린에세이〉로 등단. 캐나다한인문인협회 회원
작품집(공저) 《수요일에 만나요》 《나에게 묻는다》

# 인간애와 법(法)의 틈바구니에서

### 김종걸

----------------------------

야간근무가 시작된다. 옷장에서 이번에 새로 받은 근무복으로 갈아입는다. 푸근하고 따사로운 정감이 전신을 휘감는다. 더 잘해야겠다는 새로운 각오가 생기면서 가슴이 뿌듯하다. 이런 기분도 잠시, 엊그제 연달아 일어났던 사건들이 회상되며 마음이 어두워진다. 갑자기 돌아가신 어머니 생각에 시야가 흐려지면서 안개가 가득하고 을씨년스러운 창밖을 바라본다.

그날 밤 열 시 삼십 분, 파출소 안은 한산했다. 그때 일반전화의 벨이 밤의 정적을 흔들었다.

"아파트 통로 앞에 매어둔 고가의 자전거가 없어졌어요!"

절도사건의 신고 전화였는데 순간 나도 모르게 탄식의 소리가 새어 나왔다. 내가 근무하는 이곳 파출소는 관할구역도 넓을 뿐 아니라, 곳곳에 크고 작은 공장들이 난립해 있고, 절도사건이 심심치 않게 발생한다. 3일 전에도 자전거 절도사건이 발생하여 처리 안 되고 미제(未濟)로 남아있는 터였다.

즉시 순찰 요원과 함께 현장으로 달려갔다. 피해자 가족을 만나서 피해를 확인하니 아파트 10층과 16층 복도에 세워둔 고가의 자전거만 골라서 가져갔다고 한다. 우리 직원들과 함께 아파트 관리실의 CC-TV를 검색하고 아파트 주변 상가를 수소문하였다. 세 명의 절도범들이 새벽 1시쯤 아파트 출입문 앞에 세워둔 고가의 자전거에 채워진 자물쇠를 뜯고서 가져가는 것이 포착되었다.

인상착의를 휴대전화로 촬영하여 전 직원에게 배포한 후 아파트 주민들을 상대로 절도범의 얼굴을 보여 주며 탐문 수사를 시작한 지 3시간 만에 세 명을 모두 체포(逮捕)할 수 있었다. 절도범들은 같은 아파트에 거주하는 청년들로 독서실에서 공부하는 취업 준비생, 편의점 아르바이트를 하는 휴학생, 무직으로 할머니와 함께 거주하는 부모가 없는 청년이었다. 그런데 갑자기 아파트 관리실에서 CC-TV를 검색하던 직원에게서 연락이 왔다. 같은 날 새벽 두 시경에도 한 남자가 1층의 자전거를 훔쳐 가는 장면이 CC-TV에 녹화되어 있는데 탐문 결과 같은 아파트에 거주하는 고등학생으로 확인되었다고 한다. 직원이 그 학생과 동행하여 파출소로 오겠다고 했다.

파출소에 도착한 학생의 얼굴은 귀여움이 가득했으며, 주위의 평판도 좋았다. 장래가 촉망되는 학생이라고 칭찬도 많았다. 잠시 후, 학생의 모친이 파출소로 달려왔는데 학생을 보자마자 벌써 눈가에는 눈물이 맺혀있다. 학생의 모친은 다시는 이런 일이 없도록 단단히 교육하겠으니 용서해 달라고 애절하게 사정했다.

학생의 모친에게서 짙은 모정(母情)을 느껴졌다. 그분을 보니 십 년 전에 돌아가신 어머니가 생각난다. 내가 경찰서로 초임 발령받았을 때 어머니께서는 내 손을 잡고 '언제나 힘없고 불쌍한 사람의 편이 돼서 일해야 한다'고 당부의 말씀을 하셨다. 지금까지도 사건을 대할 때마다 늘 어머니의 그 말씀을 되새기곤 한다. 그 이후 오랫동안 멍하니 밤하늘만 올려다보고 있었다.

한동안 파출소 한쪽 구석에서 울먹이던 학생의 모친이 한없이 가여워졌다. 갑자기 그 학생의 모친이 나에게 매달리며 또다시 애원했다.

"우리 아들 용서해 주시는 거죠? 그렇죠?"

"노력해 보겠습니다."

라는 힘없는 나의 대답에도 학생 모친의 절박함은 더 간절하게 느껴졌다. 지푸라기라도 잡으려는 모정 때문에 마음은 무겁고 아팠다. 얼마 후 학생의 부친도 파출소를 찾아왔는데 팔뚝에는 문신이 가득하고 인상을 잔뜩 쓰고 있었다. '하라는 공부는 안 하고 엉뚱한 짓을 했어'라며 씩씩대더니 주먹으로 학생을 한 방 칠 기세였다. 학생은 본능적으로 주먹을 피했다. 그런 그를 내가 자제시키려 하자 그는 대뜸 '내 아들 내가 혼내주려고 하는데 왜 막느냐'며 시비를 건다. 참 어이없다. 부모는 모름지기 아들이 어떠한 잘못을 했어도 '모든 것은 다 부모 책임이다.'라며 자식을 보호해야 하는데 어찌 더 주눅 들게 한다는 말인가. 그 학생이 처지가 더 가여워졌다.

내가 일단 학생에게 훔쳐 간 자전거에 대하여 질문하였다. 입을 다문 채 아예 고개를 숙이고 울먹이기만 했다. 그 애의 모친이 다가와서 학생을 안아주자 비로소 말문을 열었다. 그 애는 자전거를 계속 타고 싶어 아파트 옆 골목에 자전거를 숨겨 두었다고 진술하였다.

현장에 있는 직원이 아파트 옆 골목에 자전거는 그대로 놓여 있어서 회수했다는 연락을 왔다. 자전거 피해자를 만나러 갔던 직원이 돌아와서 하는 말이 피해자가 한사코 절도범인 학생의 처벌을 원치 않는다고 하면서 모든 진술을 완강히 거부한다고 어깃장을 논단다. 그렇다고 절도범으로 처벌하지 않을 수는 없다는 직원의 의견은 강경했다. 하지만 어떻게든 이 사건의 마무리는 책임자인 내가 할 수밖에 없는 일이다. 참 난감했다. 일단 학생을 귀가시키기로 했다. 다만 귀가 결정을 내리기 전, 학생과 부모에게 절도죄의 습관성에 대하여 설명했다. 절도죄는 처음엔 호기심으로 시작하지만, 무사히 넘어가면 한 번만 더 해야지 하게 되고, 그것이 두 번, 세 번으로 발전하여 습관적 범죄자가 된다고. 특히 학생에게는 아주 작은 것이라도 남의 것은 훔치는 행동을 해서는 절대 안 된다고 신신당부를 했었다.

그런 일이 있고 난 뒤 서너 달이 빠르게 지나갔다. 그 후 학생의 모친에게서 전화가 왔다. 아들이 자전거 타고 세계 일주하는 것이 꿈이라면서, 요즘 그 꿈을 향하여 열심히 운동도 하고, 한편으로는 공부도 잘하고 있다면서, 그때 아들을 방면해 주어서 고맙다는 인사의 전화였다. 그날따라 학생 모친의 목소리도 밝았지만, 나도 기분이 좋았다.

그 사건이 있던 날도 오늘처럼 안개비가 밤을 적셨다. 인간적으로는 학생을 방면하고 싶은데 자전거를 몰래 훔쳐 간 행위는 죄가 되고, 참 난처했던 밤이다. 그날 밤 문득 떠오른 어머니의 당부 말씀을 되새기면서 자식을 둔 부모의 입장으로 학생을 이해하고 방면하기로 결정했지만, 사실 인간애와 법(法)의 틈바구니에서 내 마음은 더 아팠다.

제31호 [2019년 1·2월]

# 반추(反芻)의 시간 (1)

　이른 아침, 가족과 함께 고향을 찾았다. 막 추수가 시작될 들녘을 바라본다. 평화롭기 그지없다. 여름 내내 노역의 시간을 내려놓은 들판의 고요한 안식과 가을의 잔잔한 햇볕이 쓸쓸하면서도 풍요로움이 가득하다. 곧 추수가 끝나면 비움으로 더 깊어지는 빈 들판을 볼 수 있겠지만, 삶의 흔적이란 이름으로 간직된 어린 시절의 사소한 일상이 새삼 소중하게 여겨지며, 아름다운 추억으로 남아있으리라. 또한 숙연해지는 겨울이 오면 고향에 왔던 것을 새삼 그리워하게 될 것 같다.

　객지에서 보낸 세월은 정말 먼 길이었다. 걸음도 무거워 가을 햇살이 역광으로 품고 있는 마을 입구에서 선뜻 발을 들여놓지 못하고 한참을 서 있었다. 오랫동안 무심하게 살아온 세월 앞에서 발이 저리고 가슴이 뛰었기 때문이다. 사는 것이 별것도 아닌 것을. 긴 시간이 지난 후 이제야 고향을 찾아왔으니 하나같이 낯설었다. 이 모두가 세월 때문이었다. 아버님, 어머님 살아생전에는 직장 핑계로 자주 찾아뵙지 못하였고, 34년의 경찰 생활을 잘 마무리했음에도 불구하

김종걸　181

고 무정하게 고향을 멀리했으니 말이다.

집에서 4킬로미터쯤 떨어진 곳에 중학교가 있어 매일 아침 도보로 통학하였다. 가정형편이 넉넉하면 학교 부근에서 하숙하거나 버스 또는 자전거로 통학할 수도 있었을 테지만 비가 오나 눈이 오나 걸어서 아침밥을 뜨는 둥 마는 둥 3년 동안 하루도 쉬지 않고 출석하였다.

3학년이 되자 성적이 우수한 학생들을 대상으로 소위 과외수업을 했으나 나는 그럴 처지가 못 되었다. 자전거도 없어서 도보로 학교에 가는 형편에 과외나 고등학교 진학은 내게 사치였다. 부모님은 내 앞길을 걱정하며 억장이 무너지는 한숨을 쉬셨지만 내가 할 수 있는 건 그저 책 읽고 공부만 할 뿐이었다. 그래서 나는 성적이 늘 선두였다. 신설 중학교여서 수업이 끝나고도 학생들은 학교 정화 작업에 동원되곤 했다. 담임선생님은 그걸 핑계로 공부를 소홀히 하는 꼴을 절대 못 보는 분으로 고교 진학에 대하여 열정적인 분이셨다. 작업 걱정하지 말고 공부 열심히 하라고 늘 따뜻하게 격려하셨다. 초등학교 6년, 중학교 3년을 개근했다. 나의 삶에서 9년 개근은 자부심이기도 하다.

중학교를 졸업했으나 꿈을 좇기에는 나의 현실이 가혹했다. 인문계 고교에 진학할 가정형편이 못 되었다. 당시 국립ㅇㅇ기계공고는 조국 근대화의 기수를 자처하는 학교로 3년 동안 전교생에게 기숙사 제공, 학비가 무료였다. 국내 유일의 특수 목적 고등학교여서 전국에서 가난한 수재들이 몰려들고 있었다.

드디어 중학교를 졸업했다.

내가 국립○○기계공고를 선택하자 담임선생님께서 학교 뒤뜰로 불렀다.

"종걸아, 다시 생각해봐. 너 같은 우수한 애가 왜 그곳에 진학하려고 하니? 너야말로 꼭 서울대학교에 가야 할 사람이야. 재주가 아깝잖니. 나중에 후회할 거야."

선생님께서는 시내에 있는 인문계 고등학교에 진학하라고 간곡하게 설득했다. 선생님의 그 간절한 말씀조차도 내 귀에는 들어오지 않았다. 오로지 고생하시는 부모님을 위해 빨리 돈을 벌고 싶을 뿐이었다. 인문계고등학교로 간다는 것은 대학에 간다는 것이었고, 그것은 집안 형편상 지나친 사치로밖에 느껴지지 않았다.

그때 내가 인문계로 진학하겠다고 했어도 부모님은 내 의견을 존중하셨을 것이다. 나한테 아무도 국립○○기계공고 가라는 사람은 없었으나 나 혼자 고집을 피운 것이다. 스스로 주저앉은 셈이었다.

교장 선생님께서 그런 나를 기특하게 여기셨던지 교장실로 불러서 학교 성적이 매우 우수(전교 5% 이내)하다며 더 열심히 공부하라고 격려해 주었다.

고등학교에 진학하여 나는 학교 수업보다는 철학 및 문학 공부에 더 열을 올리고 있었다. 집안 여건상 어차피 서울에 있는 대학교에 들어갈 형편은 못 되었고, 문학에의 뜻을 굳힌 이상 집중적으로 한 우물을 파고들었다. 세계 명작집과 고전, 철학 서적을 탐독했다. 휴일이나 공휴일에는 꼬박 밤을 지새우며 독서에 빠졌다.

국립○○기계공고에 입학하고 2년을 이렇듯 지냈다. 3학년이 되고 나서 입시학원을 기웃거렸는데 실업계와 인문계의 교과 내용이 너무나 달랐는데 영어 수학이 문제였다. 그래서 단과 학원에 다니면서 필사적으로 노력했으나 따라잡기에는 버거웠다. 어떻게든 해야 한다는 강박관념이 어찌나 심했던지 오랫동안 무언가에 쫓기는 꿈을 꾸곤 했는데 '몸부림을 쳤다'는 표현이 맞는 말일 것이다.

그때 나와 함께 학원에서 공부했던 친구가 인문계 고등학교에 가겠다고 자퇴를 했다. 그러나 나는 부모님께 인문계 고등학교에 다시 가겠다는 말은 차마 하지 못했으며 언젠가는 또 다른 길이 있으리라는 생각으로 체념하듯 이 학교를 졸업했다.

고교 졸업 후 동창들은 삼성, 현대, 대우그룹 등 대기업에 취업했으나 나는 책을 가까이할 수 있는 곳을 찾아 무작정 서울로 상경했다. 친구들 자취방을 전전하다가 작은 회사에 취직하였다.

서울은 그리 녹록한 곳이 아니었다. 내 주변에 지연도 학연도 아무런 연고도 없는 이 도시에 발을 붙이기란 맨땅에 박치기하는 거나 다름없었다. 결코 일류 노동자가 될 수 없었다. 차라리 중·고등학교에 다니지 않고 노동판에서 잔뼈가 굵었더라면 노련한 노동자가 되었을 텐데, 나야말로 학교에서 실습했던 배관, 용접, 판금 외에는 해 본 적이 없는 반쭉정이 노동자에 지나지 않았다.

이젠 돌아갈 곳이 없다. 꿈을 이루기 전에는 절대로 고향에 돌아갈 수 없다. 아니 고향에 돌아간다 해도 내가 할 일이라곤 아무 것도 없다. 고향을 떠나면서 이미 돌아가지 못할 강을 건넌 이상 밑바닥을 박박 기는 수밖에 없었다.

우리 고향에서는 신동이니 천재네 칭송을 다 들으며 컸는데 막상 삶의 현장으로 뛰어들었을 때는 온갖 눈꼴사나운 장벽뿐이었다. 별 것도 아닌 졸부들에게 갑질을 당하고, 학벌 자랑하며 목에 힘을 주는 아니꼬운 사람들을 대할 때면 오장 육부가 뒤틀렸다. 전생에 무슨 죄를 지었기에 이토록 혹독한 대가를 치러야 하는가. 때로는 버틸 수 없는 한계에서도 악으로 깡으로 꾹 참았다.

어렸을 때부터 유난히 부끄러움을 많이 탔던 나는 어느 사이엔가 맹수 같은 '독종'으로 변해가고 있었다. 이렇게 현실과 부딪치는 동안 실의와 좌절이 꼬리를 물고 줄기차게 찾아왔다. 여러 차례 죽을 고비를 넘겼고, 가슴에는 쓰라린 한이 응어리로 맺혔다. 하지만 남자라면 누구나 가야 할 길이 있기에 괜히 구질구질한 궁상을 떨지는 않았다. 모름지기 국립○○기계공고에서 배우고 익힌 추상같은 정신력을 바탕으로 곧바로 군에 입대하였다.

# 반추(反芻)의 시간(2)

군대를 만기 전역하고 나온 세상은 많이 변해 있었다. 서울의 거리는 온통 시위대와 경찰뿐이었다.

깜깜한 어둠 속을 걷는 심정으로 고향의 성당을 찾았다. 힘들고 어려우면 찾던 성당이다. 서신을 주고받던 신부님이 여전히 계셔 다행이었다. 그때도 본당이 없어서 공소에서 미사를 봉헌하고 있었다.

신부님께서 성당 식구들에게 "이제는 나와 마음이 온전히 통하며, 무슨 일이든지 솔선수범하는 형제가 돌아왔으니 본격적으로 본당 신축에 박차를 기하자."라며 내 손을 꼭 잡았다. 신부님 말씀에 힘을 얻은 나는 하루도 쉼 없이 성당 신축에 열정을 바쳤고, 신도들 모두 합심하여 성당 건축에 힘을 보탰다.

그런 중에서도 나에게 멀쩡한 청년이 성당에서 숙식하면서 온갖 잡일을 다하냐며 비아냥거리는 사람, 인생 낭비하지 말고 새로운 일을 하라는 사람도 있었다. '마음 수련 중이니 간섭하지 말라'며 오로지 성당 신축에만 온 정성을 바쳤다.

성당 신축을 완공하고 마지막으로 십자가 종탑을 세워지던 날 밤,

나는 신부님께 편지 한 통을 남기도 새벽길을 나섰다.

서울 친구 자취방으로 거처를 정하고 남산도서관을 찾았는데 우연히 그곳에서 지인을 만났다. 그도 취업 준비를 한다면서 함께 하자고 권유하였다. 그러나 지인의 말은 뒷전으로 흘리고 어떠한 삶이 진정한 삶인가를 고민하며, 철학 서적과 사회과학 서적을 탐독하면서 하루하루를 지내는 일상이 되었다.

어느 날 친구의 자취방으로 돌아왔는데 성당에서 급히 시골로 내려오라는 전화가 왔다고 했다. 신부님께 전화를 드리니 아버님이 찾아오셨다면서 얼른 내려오라고 해서 고향 집으로 돌아왔다. 국립ㅇㅇ기계공고의 추천으로 나를 수출자유지역의 전자 회사에서 채용하겠다는 통지문이 와 있었다. 다음날 면접 후 바로 현장으로 배치받았다. 입사 첫날 회의실에서 신입 사원으로서 인사를 하는데 상관이 동창이었다. 방위 산업체인 이 회사는 5년 근무하면 군대가 면제되기 때문에 모교에서 이곳에 졸업생들을 많이 취업시켰다. 나는 이제막 취업한 막내 처지였고, 동창생은 이미 회사의 간부였다. 게다가 후배에게서 업무지시를 받게 되니 자존심이 허락하지 않아 결국 사흘 만에 사직서를 내고 도망치듯 서울로 되돌아왔다.

친구 자취방에서 지내려니 괜히 눈치가 보여 종각 지하철공사장이나 신축건물 공사장을 찾아 노동일을 했으나 꿈만은 버리지 않았기에 시간이 날 때마다 공부를 게을리하지 않았다. 하루는 자취방에서 쉬고 있는데 집주인이 밀린 임대료와 전기 및 수도 요금을 내라고 했다. 친구가 집에 오면 해결하겠다고 둘러댔으나 친구는 오지 않았다.

독촉하는 주인에게 사정하는 심정은 막막할 뿐이었다. 수일이 지나서야 친구가 돌아왔다. 다니던 회사를 그만두고 숙식을 제공하는 회사로 옮겼는데 일이 많아서 미처 연락을 못 했다고 했다. 친구는 내가 서울에 오면 반드시 이곳으로 올 것을 알고 있어서 방을 빼지 않았다면서 밀린 임대료 및 전기 요금 등을 완납하고 내 용돈까지 챙겨주며 기숙사로 떠났다. 그런 친구가 참 고마웠다. 그날 이후 모든 것을 혼자 감당해야 한다는 중압감이 컸다. 낮에는 공사판에서 일하고, 밤에는 쉬지 않고 공부하는 생활을 이어갔다. 그때 라면으로 겨우겨우 끼니를 때우는 내 인생이 슬펐다. 당시 도서관 점심값이 저렴하여 점심은 그곳에서 해결하고, 저녁은 생략하였다.

어느 날 도서관에서 공부하고 있는데 지인이 공무원 시험을 준비하고 있다며 찾아왔다. 경찰 시험에 합격하면 숙식 제공과 월급까지 받는다면서 함께 시험공부를 하자고 했다. 엉겁결에 원서를 접수했다.

시험 한 달 남겨놓고 단기간에 공부에 집중하였는데 사실 앞으로 거처할 곳이 없었으므로 죽기 아니면 살기로 최선을 다한 덕에 필기시험과 면접, 신체검사를 거친 후 최종 합격을 통보받았다. 경찰학교 입학에 필요한 서류를 챙기러 고향을 방문했는데 부모님이 무척 반기셨다.

경찰공무원 시험에 합격했다는 말은 아무한테도 하지 않았는데 무슨 일일까 싶었다. 서울 모 대학합격통지서가 집에 도착해 있었다. 대학합격통지문을 받은 부모님께서 등록금 걱정을 하는 중인데 갑자기 아들이 왔으니 어머니는 눈물로 나를 안아주었다. 경찰공무원 시험에 합격하여 필요한 서류 등을 챙기러 왔다고 말씀드리니 부모님은 더욱 기뻐하셨다.

경찰종합학교에 입학했다. 긴 시간 동안 경찰교육과 현장실습을 마치고 드디어 경찰관으로 임용되었다. 경찰서로 첫 출근하던 날, 이른 아침부터 흥분과 설렘을 감추지 못했다. 지인의 권유로 경찰은 되었지만, 지난 시간의 사무친 설움과 몸부림을 치면서 헤쳐나온 날들이 뇌리를 스치고 지나갔다.

경찰서에서 또다시 부임 명령받은 파출소는 서울역 뒤쪽에 있었다. 부임 첫날, 주변 식당에서 아침 식사를 마치고 민원인들이 모여 있는 곳을 지나쳐 파출소까지 선배들이 앞서고 나는 맨 끝에서 그 뒤를 따라 걸어오고 있었다. 우리가 지나가니까 모여있던 사람들이 길을 비켜주면서 눈인사를 했다. 경찰 근무복장으로 사람들 사이를 헤치며 걷는 기분이 부끄럽고 쑥스러웠다. 앳된 얼굴의 경찰관을 쳐다보는 사람들의 호기심 어린 눈길이 왠지 부담스러웠다. 정체를 알 수 없는 그 부담스러움의 원인은 사무실 소내 근무 의자에 앉는 순간 본능적으로 깨달았다.

우리 파출소는 서울에서 바쁜 파출소였다. 어느 땐 야간 사건이 아침까지 연장되는 경우도 많았으며, 새벽에 들어온 사건과 겹쳐 언제나 힘들었다. 또한 주취자 등 다양한 사건들이 서울역 주변에서 발생하기에 눈코 뜰 새 없이 바빴다. 당시 소내 근무는 생각보다 어려운 일도 많았고 놀라운 사건도 있었다.

경찰은 사건 현장에 출동하여 최초로 옳고 그름을 판단하는 실로 막중한 위치에 있다. 사건 현장에는 도저히 양립할 수 없는 두 개의 주장이 맞부딪친다. 특히 한쪽은 자기를 이유 없이 때렸다고 진술하고 한쪽은 절대 그런 적이 없다고 맹세한다. 서로 자기가 옳다고 주장하며, 자기 말의 진실이라며 증인과 증거를 들이민다. 겉으로 보기엔 양측이 다 더할 수 없이 진실한 것처럼 보인다. 그런데 진실은 하나다. 둘 중 하나는 거짓말을 하는 것이다.

경찰관은 그것을 가려내야 한다. 참으로 어려운 일이 아닐 수 없다. 그런 점에서 현장 경찰은 존경받아야 한다. 자연인으로서가 아니라 그런 막중한 책임을 위임받고 있는 공인으로서다. 경찰 복장을 하고 걸음을 옮길 때 마주치는 많은 민원인이 눈인사했던 것도 바로 공인이었기 때문이다.

사건 하나하나마다 그에 관련된 사람들의 역사가 얽혀 있고, 때로는 슬프고 때로는 기구한 사연이 얽혀 있으며, 사건 처리 결과에 인생의 향방이 좌우되기도 한다. 내가 과연 현장에서 항상 올바른 판단을 내릴 수 있을까. 실수 없이 모든 사건을 잘 처리할 수 있을까.

나의 내면의 무게가 모든 사건의 높이를 감당할 수 있을까. 이렇게 어렵고 힘든 자리에 앉을 만큼 나는 성숙한가. 현장 경찰로 근무하는 동안 매 사건, 늘 이렇게 고민했다.

서로의 주장을 받아들일 수도 있고 내칠 수도 있는 지위의 현장 경찰, 때에 따라서는 사건 대상자들의 인생을 좌우할 수도 있는 위치에 있다 보니 나를 보는 두려움 섞인 사람들의 눈빛에 부담감의 정체가 확실해졌다. 그것은 부여된 절대적 권한의 무게와 그것을 수행하는 내 내면의 무게에 대한 저울질에서 온 것이다. 현장에서 그토록 두렵게 했던 이 의문은 재직기간 34년 동안 늘 머리를 떠나지 않았다.

초임 시절, 잠깐 근무 후, 경찰을 그만두려던 마음은 일단 접어두고, 매사에 충실하게 직장생활을 하면서 대학을 졸업했다. 주간에는 시위 진압, 야간에는 술 취한 사람과의 전쟁 등으로 하루하루 초주검이 되어 생활했지만, 세월이 흘러감에 점점 승진도 하고, 보직도 변경되어 현장 경찰 책임자에 이르렀지만, 늦게 시작한 경찰 생활은 굽이굽이 가파른 길이었다.

건물 옥상에서 자살 소동을 벌이는 남자를 설득하여 귀가시켰지만, 3일 만에 또 다른 현장에서 변사체로 발견되었고, 집을 나간 치매 노인을 밤새도록 찾아다니다 어두운 논둑길에서 사경을 헤매던 노인을 발견하여 병원으로 급히 호송, 그가 다시 숨 쉬게 했을 때의 그 숨 가쁜 상황, 절도사건 현장에서 검거된 자가 하필이면 고등학생으로 그 부모의 애절한 사연 때문에 인간애(人間愛)와 법(法)의 틈바구니에서 갈등하며, 숨 가쁜 시간을 보내야만 했던 일.

동반 자살을 결심하고 자동차 안에서 번개탄을 피우며 생명(生命)을 단절하려던 어린 학생을 조기에 발견하여 다시 숨 쉬게 했을 때 눈물을 글썽이던 동그란 눈, 그 눈물을 닦아주며 껴안아 주던 일들은 내게 새로운 숨쉬기였다. 또한 살인사건이 발생하여 칼에 찔린 가슴 속에서 용솟음치는 선혈 때문에 긴박한 시간을 보내야만 했던 현장에서의 내 숨은 얼마나 가빴던가.

그 후 책임자가 되었지만, 역시 직속상관은 내 나이 또래였다. 어쩌겠나. 시작부터 늦었던 것을. 돌이켜보면 난 나의 직업을 늘 짝사랑했다. 그토록 가슴 졸이고 애타면서도 근무에만 충실했지, 다른 것은 잘하지 못하는 철부지였다. 그것이 때론 주변인에게 아픔이 되었을 때, 그보다 더 아팠던 내 마음을 그들은 알까? 그러나 다시 생각해보면 그것은 사랑이기보다 집착이고 욕심이 아니었는지. 그래서 날마다 나의 숨결은 더 가빴다. 들숨 날숨의 틈새도 없이.

긴 세월이 흘렀다. 34년이 지난 후 명예롭게 퇴직했지만, 당시 나에게 경찰공무원 시험을 권유하고 함께 원서를 접수했던 지인은 시험 볼 때마다 낙방하여 스스로 서울 생활을 포기하고 시골로 낙향하였는데, 지금은 멋진 카페를 운영하는 사장으로 변신하여 자주 소식을 전한다. 엊그제 통화 중에 '그때 시험에 합격했으면 나도 연금 받고 생활할 터인데'라면서 당시 추억을 끄집어내 한참 동안 웃었다.

어린 시절, 녹록지 않은 환경에서 자라서 그런지 일찍부터 인간의 삶에 대한 문제의식이 많았다. 내 꿈은 문학이었다. 도서관에서 책을 빌려 읽는 것이 큰 즐거움이었으며, 독서를 통해 얻어지는 상상의 나래로 모든 문제를 해결하는데 좋은 수단이 될 수 있겠다는 생각으로 살아왔다. 하지만 당장 생계를 해결하기 위해서는 직업을 가져야 했고, 그 직업의 세계에서 살아남으려고 발버둥 치다 보니 어느새 문학의 꿈은 먼 별나라 일이 되고 말았다. 하지만 직장생활이 결코 허송세월이라고는 생각하지 않는다. 문학으로 승화시키지는 못했지만 그래도 글을 쓰는 큰 자양분이 되는 삶의 현장을 발로 뛰면서 값지고 소중한 경험을 쌓았기 때문이다.

공직 생활 중에도 늘 책을 놓지 않고 틈틈이 공부에 전념하였다.

그 덕분에 국내 수필 전문지이며 미국 등 해외에서 격찬받는 격월간지(그린에세이)의 신인상으로 등단하여 한국문인협회 회원으로 작품활동을 시작하였고, 경기문학인 협회, 문학과 비평 작가회, 경기 한국수필가협회, 그린에세이의 책을 통하여 다양한 수필을 실(登載)었으며, 언론기관인 중부일보에 수필을 발표하였다. 한편으로는 짬짬이 공무원 문예 대전, 경찰 문화 대전 등에 출전하여 우수상을 받는 등 수상 경력도 쌓았다.

그동안 얽매였던 공직 생활에서 해방되어 내가 좋아하는 사람들과 함께 할 수 있는 공간에서 휴식을 취하며 미래를 계획하던 중 한동안 모두 잊었다고 생각했던 어린 시절의 꿈이 되살아났다. 하지만 글의 소재도 궁해져 이제는 재충전의 시간이 필요하겠다는 생각으로 독서와 취미생활을 즐기고 있을 때 우연히 마주친 선배로부터 받은 인간의 참된 삶에 대하여, 가슴속 울림이 생각보다 컸다. 이를 계기로 스스로 반성하는 시간을 가졌다. 침묵의 시간이 계속되면서 앞으로 어떻게 살아야 할까를 늘 고민했다.

글을 쓰는 것은 꼭 돈벌이가 되는 것은 아니다. 누가 공들여서 나의 글을 읽어줄 리도 없겠지만, 글을 쓰다 보면 생각이 정리되는 점이 좋았기에 계속 글을 쓸 수밖에 없다. 그동안은 인간에 대한 그리움을 위주로 글을 썼지만, 이제는 가슴속 울림으로 글을 쓰리라 다짐했다. 삶의 모든 것을 세련된 하나의 의미(意味)로 남기고 싶은 마음에 오늘도 쉽게 펜을 놓지 못한다.

이제 내 나이 벌써 육십이 넘었다. 마음은 이팔청춘이고, 몸은 한창때만 못하지만, 글쓰기에는 큰 문제점을 느끼지 않는다. 무엇보다도 에너지가 남아있을 때의 생각을 빠짐없이 기록하리라. 아울러 삶에 대하여 고민하는 사람들에게 작은 길잡이가 될 수 있도록 참된 글을 쓰리라.

비움으로 더 깊어지는 들판에 서면, 한해의 잘못을 모두 털어놓고 용서를 빌고 싶도록 숙연해진다. 삶의 흔적과 추억이란 이름으로 간직된 기억의 조각들과 가슴에 맺힌 옹이들을 다른 음계로 풀어내기 위하여 불꽃처럼 살아왔던 지난날을 반추(反芻)했지만, 개인의 산물에 지나지 않는 것들이기에 더 많이 조심스럽고 부끄러운 마음이 앞선다.

끝으로 좋은 글을 쓸 수 있도록 아낌없이 도움을 준 모든 분께 감사드리며, 특히, 평생 남편 한 사람만을 위하여 아낌없이 도움을 준 아내의 웅숭깊음이, 빈들에 서서 바라다본 일몰의 잔광처럼 고운 빛으로 다가온다. 아내와 함께 개척해온 그동안의 삶에 대하여, 이 지면을 통하여 깊은 고마움을 전하면서 긴 반추(反芻)의 시간을 마무리한다.

**김종걸**
한국문인협회, 경기문학인협회, 경기한국수필가협회, 문학과비평작가회 회원
2014년 제17회 공무원문예대전 수필 부문 우수, 안전행정부장관상 수상
2016년 제17회, 2018년 제19회 경찰문화대전 산문부 문 우수, 경찰청장상 수상
〈그린에세이〉 등단. 현장 경찰로 34년 근무 후, 경정으로 퇴직
작품집(공저) ≪언론이 선정한 한국을 빛낸 명수필≫ 2021

[ 등단작 ]

# 개구리들은 어디로 갔을까

**유복녀**

---------------------

저녁 모임이 끝나 밖으로 나왔을 때 시원한 바람이 불었다. 누가 말했다. 이런 날 남한산성에 가서 산바람을 쐬면 좋겠다며 개구리 울음소리도 들을 수 있을 거라고 했다. 어떤 이는 많은 별을 볼 수 있을 거라고도 했다. 의기투합하여 넷이서 남한산성으로 향했다. 산길은 어둑하면서도 신비로운 분위기를 자아내고 있었다. 우리는 모두 약간 들떠 있었다. 갑자기 이루어진 뒤풀이 성격 같은 거여서 그랬을까.

남한산성은 텅 비어 있는 듯했다. 지수당 연못 앞에 서서 어두운 연못을 바라보았다. 조용했다. 개구리 울음소리를 들을 수 있을 거라던 사람이 연못에 돌을 던졌다. 잠자는 개구리를 깨워야 한다며. 그래도 조용했다. 연못 앞 나무 의자에 앉았다. 늦봄에서 여름까지 시골에서 매일 밤 듣던 아주 익숙한 개구리 울음소리를 들을 수 있으리라 은근히 기대했는데 아쉽다. 개구리와 개구리 울음소리는 내게 익숙한 것들이다.

내 어린 날은 자연의 풍경이 밑그림이 되고 그 위에 색을 덧칠한 수채화 같은 시절이다. 그 시절 한여름의 무더위는 속수무책으로 몸으로 견뎌내는 수밖에 없었다. 땀을 뻘뻘 흘리며 학교에서 돌아오면 가방을 내던지기가 무섭게 친구들과 어울려 개울가로 달려갔다. 개울물에서 개구리헤엄을 치기도 하고, 물속으로 잠수해 서 있는 친구의 옷을 잡아당겨 놀라게 하는 장난을 하다 보면 어느덧 해가 뉘엿뉘엿 넘어가 저녁 무렵이 된다.

급하게 집으로 돌아와 들일 나간 엄마를 대신해 무쇠솥에 밥을 안쳤다. 그리고 집 앞 텃밭에서 길게 자란 오이와 제법 영근 호박을 골라 저녁 반찬거리로 준비해 놓는다. 밥 끓는 냄새가 집안에 가득 퍼지면 들일을 마치고 돌아올 엄마를 기다리며 길 쪽으로 고개를 빼곤 했다. 그때도 마을 앞 논에서 개구리 울음소리가 요란하게 들렸다.

어둑해진 저녁, 늦게 돌아온 부모님을 도와 서둘러 저녁 밥상을 차리고 온 가족이 오손도손 둘러앉아 저녁밥을 먹고 나면 어느새 캄캄한 밤이 되어 있었다. 그때쯤이면 이미 마당가 풀밭에서는 개구리들의 울음소리가 떼로 합창하듯 들려오고 여름 풀벌레 소리 또한 야단스레 들렸다. 식구들의 두런거리는 이야기에 장단이라도 맞추듯.

허기졌던 배가 볼록해진 우리 남매는 개구리울음 소리 들리는 곳을 눈으로 좇다가 서로 개구리를 더 많이 잡겠다며 손전등을 꺼내 들고 개구리를 찾아 나섰다. 손전등 불빛을 받은 개구리 중 재빠른 놈은 펄쩍 뛰어 도망치지만, 노래에 심취해 있다가 미처 도망가지 못한 개구리들은 영락없이 나와 동생들의 손에 사로잡혔다. 장난감이 없던 시절 개구리는 놀잇감이고 친구였다. 그렇게 잡힌 개구리는 한참 동안 우리 손에 있다 놓여나곤 했다.

한바탕 소란이 지난 뒤 할머니는 마당에 피워놓은 모깃불 주변에 멍석을 폈다. 우리는 멍석 위에 누워 뒹굴뒹굴하다가 머리 위로 쏟아져 내리는 별들 사이로 별자리를 찾아보곤 하였다. 멍석 주변 풀숲 사이로 반딧불이가 아기별처럼 반짝이며 날아다니면 그 시간 내내 먼 곳에서 또 가까운 곳에서 쉴 사이 없이 울어대던 개구리 울음소리. 은은한 달빛이 주변을 비추고 무수히 많은 별이 하늘을 가득 메운 밤. 그 밤 모깃불의 매캐한 냄새가 어우러진 멍석 위에서 우리는 개구리 울음소리를 자장가 삼아 엄마와 할머니가 부쳐주는 부채 바람에 스르르 잠이 들곤 하였다.

개구리 울음소리를 들으며 옛날을 추억하고 싶은 마음에 흔쾌히 따라온 것인데, 개구리들이 현대의 물질문명을 거부하고 이사한 것일까. 남한산성이 유네스코 세계문화유산으로 등재되면서 사람들의 발길이 더 빈번해졌다. 휴일이면 차를 세우기 힘들 정도다. 차가 내뿜는 매연과 사람들의 왁자지껄한 소리에 질린 개구리들이 다른 곳으로 가버린 것만 같다. 어둑어둑한 남한산성 지수당 연못 앞에서 밤하늘의 별을 보며 개구리 울음소리를 들으며, 어린 날을 추억하고 싶은 계획은 어그러졌다. 그러나 올려다본 밤하늘에는 상현달이 떴는데도 몇 개의 별이 초롱초롱 떠서 내 마음을 위무해주는 듯했다.

제34호 [2019년 7·8월]

# 나무 지킴이 떨켜

어느덧 가을이네. 가을이 깊어지면 산천은 화려한 변신을 시작해. 가을바람 한 줄기에도 와르르 쏟아져 내리는 은행잎들은 또 어떻고. 그런 풍경은 가을이란 계절이 만들어준 우연한 선물일까? 아니래. 은행나무엔 숨겨진 비밀이 있어. 그건 바로 떨켜라는 세포층이야. 떨켜는 나뭇가지와 나뭇잎이 이어지는 이음새에 자리하고 있어.

그가 하는 일은 단순해. 나무를 지켜주는 일이지. 다시 말하면 떨켜의 역할은 나무에 있는 수분을 지켜내는 일과 미생물의 침입을 막는 일이야. 하지만 그 일이 결코 쉬운 것만은 아닐 거야.

봄이 되면 은행나무는 모든 기운을 가지 끝으로 모으고 뿌리부터 퍼 올린 수분으로 새순을 틔워. 나뭇가지는 겨우내 굳게 닫혔던 수문을 열며 살갗이 찢어지는 고통을 느끼지 않았을까. 하지만 나뭇가지는 묵묵히 자신의 임무를 수행하겠지. 봄이 다 가도록 새순을 틔우고 새잎을 키우느라 바삐 지내다 보면 지칠 때도 있을 거야. 그래도 무더운 여름날 자신이 키워낸 나뭇잎이 커다란 그늘을 만들고, 그 그늘에서 누군가 잠시 쉬어간다면 더없는 보람으로 여길 테지. 그렇게 여름이 가고 가을이 다가오면 가지 끝 떨켜의 마음은 분주해지겠지.

오늘 아침은 제법 쌀쌀했어. 바람도 어제보다 차가웠고. 날씨를 가늠하던 떨켜의 가슴이 철렁 내려앉지 않았을까. 슬그머니 샛눈을 떠 주변부터 살폈겠지. 그리고 초록 잎이 가득한 나무를 바라보며 안도했을 거야. 긴장했던 마음을 추스르며 자신에게 찰싹 붙어있는 나뭇잎을 있는 힘껏 잡아주었겠지. 정말 그랬을 거야.

하지만, 하지만 말이야. 가을바람이 한 번씩 다녀갈 때마다 나뭇잎은 자꾸 힘을 잃어가고 촉촉했던 푸르름은 시들거려. 그런 날엔 햇살 쪽으로 슬쩍 밀어주며 기운을 내라고 격려도 하지만 그도 모르진 않을 거야. 나뭇잎이 왜 자꾸 흔들리는지, 왜 자꾸 잎을 내려뜨리는지 말이야.

그날은 유난히 밤기운이 차가웠어. 새벽엔 희뿌연 서리도 내렸지. 나뭇잎은 밤새 오들오들 떨며 자신을 지켜달라고 애원했을 테고. 떨켜는 된서리에 누렇게 뜬 나뭇잎이 애처로워 어서 아침이 오기만 기다리지 않았을까. 아침 햇살이 축 처진 나뭇잎 위로 쏟아져 내려와 부지런히 언 몸을 녹여줄 때, 그는 마지막 물 한 모금을 나뭇잎에 건네며 마음의 준비를 하겠지. 이젠 더는 어찌할 수 없기에 그 마음은 더 쓸쓸했을 거야.

떨켜는 잠시 지난날을 떠올려. 이른 봄 야윈 가지 끝으로 어린 새 잎이 돋을 때의 간지러움을. 연둣빛이 점점 짙어져 그의 나무가 온통 짙은 초록으로 가득해질 때의 그 뿌듯함을. 그리고 햇살이 멀게 느껴지면 드디어 이별의 시간이 다가왔다는 것을.

맨 처음 나뭇잎을 떠나보낼 땐 어찌할 바를 몰랐겠지. 떨어지지 않으려는 나뭇잎이 안타까워 어떻게든 놓지 않으려 갖은 애를 썼을 거야. 그러나 어쩔 수 없이 마지막 잎새까지 떨구고 난 뒤에는 몇 날 며칠 가슴앓이를 했겠지. 몇 차례의 이별을 맞이했으니 이젠 좀 담담해지려나 싶겠지만, 여전히 이별은 쉽지 않다는 것을 이미 경험으로 체득했어. 그래서 더 매몰차게 나뭇잎을 밀어냈는지도 몰라.

세찬 바람이 다가와 나뭇가지를 흔들며 때가 되었다는 것을 알려 줘. 바람에 떠밀려가는 나뭇잎이 애처로워 고개를 떨구었겠지. 멀어져가는 나뭇잎을 향해 안녕이라고 짧은 인사도 했을 테고. 그는 잠시 나뭇잎의 빈자리를 바라보다가 담담히 나무에게 전하겠지. 이제 다 끝났어. 괜찮아. 괜찮아. 겨우내 동장군이 가지 끝에 매달려 살갗을 파고들어도 떨켜는 자신의 나무를 위해 묵묵히 견뎌내. 그는 다 알고 있었어. 이별의 고통은 자신이 지켜주는 나무를 더욱 단단하게 만든다는 것을.

# 엄마 고향은 나주

"이모, 몸은 좀 괜찮아? 병원엔 가봤고?"

"어, 잘 지내고 있응께, 걱정 마라. 넌 어뜨냐?"

오랜만에 이모에게 전화를 걸었다. 수화기 너머 전해지는 이모 말투는 전라도 사투리와 섞여 투박하면서도 정겹다. 특별한 이유 없는 안부 전화이기에 용건은 늘 간단하다. 잘 지내고 있는지, 요즘 사는 건 좀 어떤지.

엄마 고향은 전라남도 나주다. 지금은 도로가 좋아 당일로 다녀올 수 있는 곳이지만, 60년대엔 굽이굽이 외진 산골이라 타지로 나가기 쉽지 않았단다. 나주에 살던 엄마가 삼팔선 근방 철원에 살던 아버지와 어떻게 만났을까. 나중에 들은 얘기로, 고모할머니가 나주로 내려가 살았는데 평소 눈여겨보던 엄마를 중매 서준다며 데리고 올라왔단다. 고모할머니의 중매로 엄마와 아버지는 일면식도 없이 그렇게 만나 혼인을 했다고 한다.

우리 다섯 남매는 외가가 어디에 있는지 모르고 자랐다. 외할아버지는 우리가 어릴 때 돌아가셨고 외할머니는 살던 집을 떠나 타지에서 막내 외삼촌과 지낸다고 했다. 엄마는 위로 언니가 있었으나 큰딸처럼 동생들을 챙겼다. 그래서 그랬는지 이모와 삼촌이 휴가 때가 되면 자주 놀러 왔다. 애인이 생기면 애인을 데리고 인사 오고, 아이가 생기면 아이와 함께 왔다. 우리는 그것을 자연스럽고 당연한 일로 여겼다.

막냇삼촌 집에서 지내던 외할머니가 돌아가신 것은 내가 결혼을 한 뒤였다. 장례식에 모인 친인척들이 둘러앉아 두런두런 대화를 나누던 중, 화제는 할머니를 이어 할아버지로 넘어가고 엄마가 말을 이어갔다.

고모님 따라 고향 집을 떠나던 날, 친정아버지께 마지막 인사를 건네자 벌컥 화를 내며 가지 말라고 호통을 치셨단다. 그래도 가겠다고 고집을 피우자 한참을 노여운 표정으로 바라보다가 대뜸 지금 가면 다시는 내 집에 발 들일 생각을 말라며, 당신이 죽은 후에 와서 울면 관 속에 누웠다가도 일어나 내쫓겠다고 불같이 화를 내셨단다. 그 말이 어찌나 무섭고 서럽던지 발길을 떼어놓기가 쉽지 않았다고 한다. 몇 년 뒤 돌아가셨다는 소식을 듣고 고향 집에 갔지만, 예전 그 말이 떠올라 울지도 못 하고 절만 했단다. 그땐 동생들이 많아 엄마라도 먹는 입을 줄여야만 했었다며.

그 긴 세월을 말 한마디 없이 견뎌내더니, 할머니 돌아가신 뒤에야 푸념처럼 꺼내는 옛이야기는 가슴 절절한 엄마의 한이었다. 그날 이후로 외할아버지 이야기를 두 번 다시 입 밖에 내지 않고 가슴에 묻고 사셨다.

엄마가 다시 고향 이야기를 꺼낸 건 췌장암 4기 판정을 받은 몇 달 후였다. 집에서 요양하며 통원치료를 받던 중 불쑥 여행을 가고 싶다고 했다. 어디로 가고 싶냐 물으니 나주에 한 번 가봤으면 좋겠는데 갈 수 있겠냐며 말끝을 흐렸다. 남동생과 의논 끝에 엄마와 친한 친구 두 분을 함께 모시고 가기로 했다.

나주는 생각했던 것보다 훨씬 먼 곳에 있었다. 몇 시간을 달려가는 동안 엄마는 수시로 찾아오는 통증에 차에서 내려 잠깐씩 쉬며 이동을 해야만 했다. 아침 일찍 출발했건만 저녁이 다 되어 겨우 도착했다. 옛 집터를 찾는 게 쉽진 않아 주변을 서성이는데 때마침 동네 어르신이 지나가다 아는 체를 한다.

"누굴 찾소?"

"예전 여기 살던 성씨 집 둘째 딸인디요."

"긍가? 근디 무슨 일로 왔소?"

"여행 가다가 근처 지나면서 들렀어라. 이쯤에 집이 있던 거 같은디 당최 어딘지 모르겠는디요."

"여기가 맞긴 헌디, 워낙 예전에 헐려서 이젠 흔적도 없당께."

동네 어르신과 어린 시절 이야기를 나누며 모처럼 환하게 웃는 모습엔 애잔함이 서려 있었다.

외가를 찾아간 건 그때가 처음이자 마지막이었다. 몇 달 뒤 엄마는 고단한 삶을 끝내고 고향으로 돌아가듯 그렇게 떠나셨다. 이생의 모든 시름 접고 오매불망 그리웠던 부모님과 남편을 만났을 우리 엄마. 그곳에선 어디든 가고 싶은 곳으로 훨훨 자유롭게 날아다니고 계실까.

엄마를 잃고서야 알게 되었다. 예전 이모와 삼촌이 우리 집에 찾아오던 그 마음을. 엄마 목소리가 듣고 싶은 날이면 이모에게 전화하는 나처럼 그래서였을 것 같다.

**유복녀**
〈그린에세이〉로 등단. 별뜰문학회 회원

3부

# 힘 빼기

[ 등단작 ]

# 흔들리는 저력

고은하

---

　　나리타 공항에서 약 15분 남짓 떨어진 곳에 나리타 수산물시장이 있다. 한국의 대형 농수산물 시장과 견주면 1/5 규모의 작은 시장이지만, 주로 장사하는 업체가 아침 일찍 와서 당일 쓸 물량을 사 가기도 하고 체인점을 운영하는 곳이라면 업체의 로고가 박힌 화물차에 지점별 주문 목록을 가지고 와서 구입해 가기도 하는 농수산 도매시장인 격이다. 그곳엔 새벽 장을 보는 상인들을 상대로 식당을 운영하는 가게가 몇 있는데 그중에 "에도꼬 스시"라는 식당이 있다. 이곳의 영업시간은 아침 07:00~12:30분 (5시간 30분 영업)을 기준으로 하고 있다. 15년 만에 둘러본 시장은 예전에 북적대던 곳과는 판이하게 소수의 늘 오는 사람들의 암묵적 일상과 같은 모습이었고, 작은 가게(에도코 스시 점)는 예나 지금이나 변한 것이 하나도 없다. 단 몇 년 사이에 불어난 소비세(부가가치세)가 10%가 된다는 것 외엔 현판을 비롯하여 코너에 손을 씻는 세면장까지 작은 사이즈의 그것

과, 카운터 테이블에 초밥(스시))를 만드는 주인장과 마주 보며 담소를 나누게 되어 있는 그 구조에 이르기까지 마치 스시는 평생 이렇게 먹는 것이라는 묘한 고정관념까지 생기게 하는 그런 가게이다. 아침 7시에, 아무리 스시(초밥)를 좋아한다 해도 먹기엔 부담스러운 시간이지만, 향수를 더듬으며 카운터에 앉았다. 주인장은 엷은 미소로 "어서 오세요(이랏샤이마세)~"라고 인사를 건넨다. 아마 내가 언젠가 몇 번은 이곳을 들렸던 사람이라는 것은 모르는 듯하다. 키 작고 통통한 아줌마도 15년 세월에 그리 늙어 보이지는 않았으며 예나 지금이나 말이 없기는 매한가지다.

도톰하게 올려진 스시 하나를 집어 입에 넣으니 아― 바로 이 맛이야~! 라는 그 집만의 맛에 감회가 새롭다. 기분이 좋아지니 묻지도 않은 말을 주인장에게 건넨다. "제가 이곳에 마지막 온 것은 아마도 약 15년 전일 것입니다. 오랜만에 와 보니 변함없는 가게나 주인장, 예전과 다름없는 이 맛이 감격스럽네요." 하니 주인장은 "아 세월이 그렇게 지나버렸냐"며 놀라워한다. "하기사 이 가게가 올해로 42년 되었으니까요. 같은 장소에서 42년 했으니 이곳을 지나간 고객들도 세월만큼 많이 계실 테지요. 그런데 내년 3월까지만 장사하고 가게를 접게 되었습니다. 내년에 나리타공항 근처로 이 시장 전체가 이주하는데, 저는 함께 따라가지 않고 가게를 접을 거예요. 충분히 했다고 생각합니다. 후회도 미련도 없이 이젠 나머지 인생을 편하게 살고 싶어요. 나이 이야기를 하기는 좀 그렇지만, 제 나이 60인데요. 할 만큼 했다고 생각합니다."

옛 향수를 그리며 찾아올 곳이 없어진다는 말은 왠지 마음을 쓸쓸하게 한다. 그의 말 대로 같은 자리에서 현판도 외관도 교체 없이 그대로 42년을 단 한 사람이 구슬땀을 흘리며 이어왔다면, 과연 전 세계를 통틀어 이런 작은 가게를 이만큼 운영하는 곳이 몇 곳이나 될까마는 일본엔 이러한 가게나 영업행위를 하는 크고 작은 회사들이 많이 있다. 흔히들 이야기하는 전통을 중요시하는 나라, 메뉴얼이 있는 나라, 맡은 바 소임에 충성과 책임을 다하는 나라. 이것이 바로 일본이고, 이것이 바로 일본을 만든 저력이라고 말한다.

머릿속은 화면이 바뀌며 상반된 문화 속에 지금 내가 살고 있는 부산 해운대의 가게들이 머리를 스치고 지나간다. 일 년도 채 안 되어 간판이 바뀌고, 불과 몇 년 사이 가변 도로와 신형 건물들도 세워져 있다. 8년 전 이 지대에서 해운대와 달맞이를 찍었던 사진과 앵글을 같이해서 찍은 지금의 사진은 참 많이 변해 있고, 그 많은 변화를 다시 한 장의 사진으로 통감하게 된다.

해외에서 살고 있는 지인들이 해운대를 방문하면 한결같이 말한다. 광안대교에서 마린시티를 보면 홍콩의 마카오 같고, 센텀시티를 보면 뉴욕 같은 분위기에 달맞이를 올라가 보면, 베벌리 힐스에 와 있는 것 같다고 한다. 이젠 부산은 국제도시의 면모를 두루 갖추며, 생활의 질은 세계 어느 도시와 견주어도 뒤지질 않는다. 이런 변화무쌍한 곳에서 사람들의 마음마저도 수시로 바뀌는 사회의 구조로, 20세기에서 21세기를 관통하며 공존하고 있다.

대한민국 사람의 대명사인 "빨리빨리"는 세기를 넘나드는 레일 위에 초강력 모터를 올려놓은 듯 더욱 빨리 지구촌을 돌며 인류, 문화, 생활, 미래, 하물며 역사까지도 바꿀 기세이다. 그 순발력과 창의력의 바탕이 바로 지금의 대한민국을 만들었으며, 그것이 바로 대한민국의 저력이 되었다.

전통을 소중히 여기며 그 전통 위에 새로운 문화를 받아들이며 발전해 가는 사회의 저력이 있는가 하면 전통을 해체해가며 빠른 변화로 탈바꿈하고 새로운 문화의 선두에서 창의와 순발력으로 두각을 나타내는 민족적 기질로 성장해가는 사회적 저력도 있다. 과연 21세기는 어느 쪽을 선호하며 어느 쪽을 선택해야 하는 것이 현명한 사회의 저력인가, 흔들리는 저력에 대해 사뭇 흥미진진하게 관찰하고 생각하게 한다. 때마침, TV에선 연일 한국 영화 "기생충"이 오스카상 4관왕을 차지했다고 흥분하며, 외신의 찬사와 호응을 전하고 있다.

제39호 [2020년 5·6월]

# 아리랑 심마니

'아리랑'이 무엇이냐는 질문에 대부분 사람은 한 박자 멈칫하고 생각한다.

우리 민족의 한? 대한민국의 고전적 정서? 라고 말하는 사람들은 그래도 아리랑의 본질에 대해 생각해 본 사람들일 것이다. 한국의 민요라는 답변이 대다수이며 한민족의 한과 얼이 담겨 있는 국민의 노래라는 인식이 보편적이다.

나 역시 아리랑이 무슨 뜻인지는 명확하게는 알 수 없으나 소리만은 한없이 정답고 포근하며 가슴속으로 퍼지는 종소리처럼 공명의 여음이 있어 우리 겨레의 가슴속에서 자연스레 피어나는 소리의 꽃이라는 생각이다.

1998년 유네스코는 인류 구전 및 무형유산 걸작을 선정하여 이것을 보전하고 있는 자나 단체에 수여하는 상의 이름을 '아리랑상'으로 명명하여 제정한 바 있고, 2013년도에는 아리랑이 유네스코 세계 무형문화 유산으로 지정되었다. 이처럼 아리랑은 한민족을 상징하는 겨레의 노래이자 국가 브랜드로서의 독보적 이미지를 가지고 있음과 동시에 한민족에게만 국한된 것이 아닌 인류 보편적 정서로서도 충분히 자리매김한다는 것이 증명되었다고 볼 수 있다. 그러나 아리랑의 단순한 보존과 전승을 넘어서 국가와 문화의 이미지 강화 및 민족문화의 정체성 확립에 필요한 아리랑을 브랜드화와 세계화에 대한 구체적 행보 면에서는 여전히 답보 상태라고 할 수 있다.

지역마다 산발적으로 아리랑 관련 문화사업이 이루어지고 있으나, 정부 차원의 지속적인 관심과 지원이 미흡한 것도 사실이다. 하지만 무엇보다 중요한 것으로 아리랑을 일류 보편적 문화의 상징적 가치로 인식해야 한다는 점에서도 유감스럽지만 역시 답보 상태라 아니할 수 없다.

아리랑은 한과 서러움과 고통을 함께 나눔으로서 흥과 살맛이 나게 하고 마음을 환희와 광명으로 차오르게 한다. 우리 민족에 의해 만들어진 세상에서 가장 아름다운 말, 아리랑 속에 깃든 휴머니즘을 찾아 전 세계의 민족들이 스스로의 선한 얼을 구현할 때 비로소 인류 평화의 자기장이 생성된다고 굳게 믿고 있다.

휴머니즘의 정체성과 인본사상의 중심으로 상실된 인간의 권위를 회복하고 '사람답게 살자'는 의지로써 나 스스로 아리랑 심마니임을 자처한다.

높은 산기슭 비탈진 벼랑 끝을 타고 오르며, 오직 산삼을 찾아 캐러 다니는 심마니들의 삶과 같이 어떠한 환경에 처해있다 하더라도 그 속에서 아리랑을 찾아 계승하는 일을 필생의 업으로 삼아 이어가고 싶은 소망을 품고 살려 한다.

# 사색의 힘

정초 어느 학자는 "과거를 알려면 검색하라, 현재를 알려면 사색하라, 미래를 알려면 탐색하라."는 메시지를 남겼다. 매우 신선한 의미를 부여하는 좋은 덕담이어서 한 해 동안 자주 화두로 떠올랐다.

그렇다. 바야흐로 현시대는 3색(三索)의 시대이다. 검색과 사색과 탐색을 통해 지식과 삶의 질을 향상하며 살아가는 시대인 것이다. 검색어 하나로 태초까지 거슬러 올라가 인류의 역사가 어떻게 변천되어왔는지 쉽게 알아낼 수 있는 세상일뿐만 아니라 나이 나 지위 고하와는 상관없이 글을 깨우쳐 읽을 수만 있다면 쏟아져 나오는 온갖 정보나 강의들로 누구나 전문인 내지는 박사과정을 수료한 사람으로 행세할 수 있도록 삼색으로 열린 세상이다.

문명의 혜택을 누리지 못한 40년 전만 해도 배움을 위해 편도 20리 길을 걸어서 학교에 다녔다는 사람들이 있다. 그들의 숨은 노고와 견주어 보면 천지가 개벽한 일이지만, 20리 길이 몇 킬로나 되는지 바로 계산도 안 되는 현대인에게 그 시절 이야기는 사실 먼 나라 이야기일 수밖에 없다. 8킬로(약 20리)를 산길로 걸으면, 빨리 가야

1시간 30분, 왕복 3시간이 훨씬 넘는 시간. 그러한 현실 속에 시골 아이들은 공부를 위해 먼 길도 마다하지 않고 당연한 듯 다녔다고 한다. 그 시간 과연 그들은 무슨 생각을 하며 그 배움의 길을 걸어 또는 뛰어다녔을까.

봄, 여름, 가을, 겨울 자연의 변화를 느끼며, 연중 사계의 색다른 구경거리가 온 강산에 즐비했을 것이다. 산새 소리, 바람 소리, 계곡의 흐르는 물소리, 들녘에 워낭소리도 귀에 담고 자연스레 발걸음에 익어가는 사색의 시간을 가졌지 않겠는가 싶다.

고단한 수고 없이도 지식을 습득할 수 있는 요즘 세상이니 더더욱 현대인이라면 지식인이나 문화인도 넘쳐나야 할 터인데, 현실은 그렇지 못하다. 결국 지혜 없이 지식만 가지고 세상과 대면하고 살아가기엔 역부족인 현상임을 말해주는 것일 것이다. 각자 부단한 사색과 탐색을 통해야만 지식다운 지식으로, 문화다운 문화로 "사람(人)"을 만들 수 있다는 것이다. 사색하며 사는 것이 '사람이 사는 정도'이고 사색이 없으면 변화가 없고 새로움이 없다.

현대를 사는 사람들 대부분은 검색은 하되 사색은 싫어한다, 또한, 검색하되 탐색은 귀찮아한다. 사색? 탐색? 그거 왜 하는데? 각종 미디어는 귀와 눈을 호사시키는 영상물로 가득하다. 내 발로 직접 걸어 보지 못한 온갖 명소가 배경 영상으로 흐르지 않는가,

황홀한 음성의 내레이션은 또 어떠한가. 매력적인 음성에 빠져 젖어 들게 하며 그래! 맞아! 하는 감탄사가 저절로 나올 정도로 매혹시킨다. 일류급 영상물에 이끌려 감동하고 눈물을 흘리고 있으니 내

가 왜 굳이 고뇌하며 사색을 하고 탐색을 하겠냐며 마음 문을 닫게 한다. 이렇듯 스스로 생각해야 내 것이 되는 값진 사색을 도외시하고 있으니, 지식과 문화가 겸비된 "지성"은 거꾸로 점점 상실되어 가고 있다.

3색의 시대에 가장 으뜸으로 챙겨야 할 색은 바로 사색이라는 것을. 그다음으로 챙겨야 하는 것이 탐색이며, 맨 마지막이 검색이라는 생각을 한다.

이 지구상에 사색하며 사는 동물은 아마도 사람 외에는 없다. 사색하며 사는 삶 속에는 인생을 값지게, 보람 있게 또 즐겁게 행복하게 한다.

핸드폰 및 온갖 미디어는 잠시 접어 두고, 햇빛이 찬란한 밖으로 나가 자연과 마주하며 사색의 시간을 가질 때, 사색의 힘은 지식인, 문화인의 고상한 품격으로 한 층 더 멋이 있는 존재로 높이며 문화를 향유하게 할 것이다.

**고은하**
〈그린에세이〉로 등단. 작가사, 공연 프로듀서
둥세 발행인, Mac-Salt 닷컴 CEO. 한일문화협회, 국제물류해외영업 이사

# 내 간이 더 좋아요

이양자

-----------------------------------

　두 딸이 서로 자기 간이 더 좋다고 말씨름을 했다. 간을 놓고 빼앗으려는 자와 빼앗기지 않으려는 자가 펼치는 옛이야기 '별주부전'은 익히 알고 있다. 그런데 서로 자기 간이 더 좋다며 주겠다고 다투는 상황이라니. 나는 웃어야 할지 울어야 할지 모르겠다. 남편은 오래전부터 간경화를 앓고 있었는데, 그것이 간암으로 진전되어 수술을 받았다. 6년 전에 첫 수술을 받고 몇 년 후 다시 암이 발견되어 두 번째 수술을 받았다. 그런데 또 암이 생겨 세 번째 간암 수술을 받게 된 것이다. 담당 의사가 이번에는 색전술을 한 후 간 이식하는 게 좋겠다고 했다. 가족 중에 공여자가 있으면 간 이식하는 것이 앞으로 암의 재발률을 낮추는 가장 확실한 방법이라는 것이다. 그때 같이 있던 두 딸이 서로 자기 간을 주겠다고 나섰다.

　큰딸은 자기가 맏이고 미혼이라 딸린 식구가 없으니, 당연히 자기 간을 이식해야 한다는 거고, 작은딸은 자기는 결혼을 했고 애도 둘이

나 낳았으니, 자기 간을 떼어야 한다는 거다. 더구나 언니는 아직 시집을 안 간 처녀니, 가슴에 수술 자국이 남아있으면 안 된다고 우겼다. 그러자 이번에는 듣고 있던 남편이 자기는 그럴 수 없다고 단호하게 말했다. 칠십 넘게 살았으면 살 만큼 살았는데 자식 간까지 떼어서 더 살겠다고 하는 건 지나친 욕심이 아니냐며 동의할 수 없다고 했다. 나는 두 딸의 말도 맞고, 남편의 말도 맞는 거 같아 뭐라고 할 말이 없었다. 아무 대꾸도 못 하고 듣고만 있자니 가슴이 먹먹하고 목이 메었다. 주책없이 솟구치는 눈물을 꾹꾹 누르고 일단 색전술을 끝내고 나서 다시 의논하자고 했다.

작은딸은 미국에 살고 있다. 아이들이 방학이라서 잠시 다니러 왔다가 아버지의 간암 사실을 알게 되자 자기가 공여하겠다고 나선 터였다. 색전술 시술이 7월 말로 정해졌다. 작은딸에게 수술 전에 출국이 예정되어 있으니 일단 애들 데리고 미국으로 돌아가라고 했다. 작은딸은 출국을 연장해서 수술 끝날 때까지 남아있겠다고 고집을 부렸다. 나는 작은딸에게 아버지 마음이 편해야 수술을 잘 받을 수 있다며, 간 공여 문제는 색전술 시술 후 다시 의논하자고 설득했다. 작은딸은 울먹이면서 간 공여는 꼭 자기가 해야 하니까 그리 알라며 언니는 아버지와 혈액형이 달라서 안 된다는 말을 몇 번이고 되풀이했다. 방학이 끝났으니 애들을 학교 보내야 한다는 나의 간곡한 설득에 작은딸은 다시 나오겠다 하고 미국으로 돌아갔다.

작은딸이 미국으로 가고 나자 큰딸이 재빠르게 간 공여 적합 검사를 받았다. 큰딸은 혈액형이 B형이고 남편은 O형이었다. 의사에게 문제가 있는 게 아닌가 물었더니, 가족 간에 기증할 때는 조직만 맞으면, 혈액형이 문제 되지 않는다고 했다. 색전술 시술 후 퇴원하고 집으로 온 남편에게 큰딸이 간이식 이야기를 다시 꺼냈다. 남편은 지금처럼 암이 생기면 다시 수술받고 살면 되니까 앞으로 간이식 말을 절대로 하지 말라고 했다. 자식 간까지 떼어 붙이고 오래 살고 싶은 생각이 전혀 없다며 언짢은 기색으로 호통을 쳤다.

큰딸은 자기를 세상에 있게 해준 사람이 아버지인데, 장기를 다 주는 것도 아니고, 필요한 간만 조금 떼어주는 건데 왜 반대하냐며 아빠를 끈질기게 설득했다. 남편은 요지부동이었다. 그러자 딸은 자식이 아버지에게 간이식 하는 게 당연한 거 아니냐고, 자기를 왜 불효자로 만들려고 하냐며 울면서 간절하게 말했다. 딸의 그런 끈질긴 간청에 남편은 기가 차고 어이가 없어서 어쩔 줄 몰라 했다. 큰딸은 아버지와 같이 오래 살고 싶다면서, 지금까지 자기는 받기만 하고 해준 건 아무것도 없으니 이번에는 자기가 아빠에게 보답하고 싶다는 거다. 딸의 말을 듣고 있던 나에게 가슴이 벅차도록 진한 감동이 왔다. 좀 전까지 완고하게 거절했던 남편은 입을 벌린 채 눈만 껌뻑거리고 반박을 못 했다. 그 이후 남편은 더 이상 거절할 말이 없는지 딸이 하는 대로 잠자코 있었다.

큰딸은 CT 촬영과 MRI 검사를 하고 나서, 공여 적합 판정을 받았다. 결국 남편은 큰딸에게 간을 받기로 했다. 공여에 적합한 결과가 나왔으니 이식수술을 할 거면 미루지 말고 빨리 수술하는 게 좋겠다는 의사의 말에 따라 바로 수술하기로 했다. 수술이 결정되고 나서 작은딸에게 소식을 전했더니 작은딸이 화를 냈다. 혈액형이 다른 언니의 간을 왜 이식시키려고 하느냐는 것이다. 더구나 시집도 안 간 언니 몸에 수술 자국을 만들면 어떡하느냐는 작은딸의 잔소리와 불평이 한참 동안 계속되었고 그런 작은딸의 마음을 달래주느라 진땀을 뺐다.

사실상 결혼한 작은딸이 간이식을 한다면 여러 가지 어려움이 따른다. 미국에 있는 제 가족과 떨어져 지내야 하니, 애들과 사위에게도 미안한 일이었다. 아직 미혼인 큰딸은 나와 함께 살고 있어서 수술 후 내가 돌봐주기도 수월하지만 돌봐야 할 가족이 없어서 덜 부담스럽다.

돌이켜 보면 우리 부부는 직장인으로 바쁘게 살면서 딸들에게 곰살궂게 챙겨주지 못하고, 행여 빗나갈까 염려되어 엄격하게만 양육했다. 그리고 딸들이 해달라고 하는 것을 직장에 다니다 보니 소홀히 지나친 적도 있어서 미안스러운 마음이 많았다. 딸들은 그런 부모를 이해하고 도리어 자기들이 많이 사랑받으며 자랐다고 생각하니 정말 고마웠다. 아버지에 대한 두 딸의 진정 어린 효심에 깊은 감명을 받았다. 서로 자기 간을 떼어주겠다고 하는 딸들의 간절한 모습을 보며 자식을 참 잘 키웠다는 뿌듯함이 느껴졌다. 우리 가족이 늘 서로 사랑하도록 해 달라는 나의 기도를 하나님이 듣고 계셨던 것 같았다. 나는 하나님의 보살핌으로 두 사람이 무사히 수술을 마치고 모두 건강해지기를 간절히 기도했다.

요즘 가족이 해체되고 가족 간에도 소통이 잘되지 않는 경우가 많다고 우려하는 사람들이 많다. 가족으로부터 가장 큰마음의 상처를 입는 경우도 많다고 한다. 그렇더라도, 우리가 살아가는 데에 여전히 큰 힘이 되는 사람은 가족이 첫째라는 생각이 든다. 가족끼리는 모든 상황을 누구보다 가까이에서 보며 운명적으로 묶여 있기 때문이다.

내 간이 더 좋다며 서로 간을 떼어주겠다고 애원하는 딸들에게서 느껴지는 짙은 가족애와 가족의 연대감으로 가슴 깊은 곳에서 뜨겁게 솟아오르는 게 있다. 그것은 수술이 잘될 거라는 희망과 어떤 어려움도 우리 가족들이 헤쳐나갈 수 있을 거라는 믿음이다.

이제 남편은 큰딸의 간을 이식받고 다시 건강해져서, 나와 딸들 곁에 오래오래 함께 있을 것이다.

제44호 [2021년 3·4월]

# 작은딸이 가져온 선물

　미국에서 작은딸 가족이 왔다. 코로나 때문에 이번에는 거의 2년 만에 나왔다. 저번에 왔을 때는 코로나 관리가 엄중해서 2주간을 자가 격리해야 했다. 그러다 보니 가족이 다 함께 지낸 것은 1주일밖에 되지 않았다. 미국 돌아가서도 자가격리를 했다고 한다. 작은딸과 지낸 기간이 짧아 다정하게 정담도 제대로 나누지 못했다. 그렇게 딸이 미국으로 돌아가서 못내 아쉬웠는데, 이번에는 자가격리를 하지 않아도 된다고 해서 너무 좋았다.

　작은딸 가족이 온다는 연락을 받고 나서부터 마음이 들떠 있었다. 날마다 작은딸이 오는 날을 손꼽아 기다렸다. 드디어 그들이 온다고 하는 날, 남편이 공항으로 데리러 간 사이에, 저녁엔 무얼 해서 먹이나 하는 생각부터 그동안 못 본 사이에 애들이 얼마나 컸을까, 혹시 할머니를 보고 서먹해 하지는 않을까… 하는 염려까지 혼자서 별별 생각을 다 하면서 안절부절못했다.

　드디어 현관문이 열리고, 내 새끼들이 밖에서 "엄마, 어머니, 할머니." 부르면서 들어왔다. 서로 얼싸안고 인사하느라 좀 전에 무슨 생각을 하고 있었는지 까맣게 잊어버렸다. 손자는 나보다 키가 더 커져 있었고, 손녀는 앳된 티가 사라지고 처녀티가 조금 나는 듯 보였다. 오랜만에 온 외갓집이라 처음엔 조신하게 있던 애들이, 조금 지나자 키득거리며 집안 여기저기를 돌아다녔다. 손주들의 몸집이 커져서 예전보다 발소리도 커졌다. 아래층 할머니가 놀라지 않게 조용히 다니라고 해도 소용이 없었다.

딸은 짐을 풀면서 연신 "이건 엄마 관절염약, 이건 아빠 비타민, 이건 엄마 비타민, 여기 언니 것도 있어. 언니 화장품, 이건 아빠 티셔츠…." 마치 전리품을 나열하는 역전의 용사처럼 들뜬 목소리로 가방에서 이것저것 끄집어내면서 즐거워했다. 자기가 입고 온 옷차림은 허접해 보이는데, 친정 식구에게 줄 선물은 이모들까지 빠뜨리지 않고 알뜰히 챙겨 온 게 기특하면서 안쓰럽기도 했다.

한적하던 집안이 불어난 가족들로 갑자기 소란스럽고 분주해졌다. 우리 집은 평소에 늦게 자고 아침을 8시경에 먹었는데, 애들이 6시에 일어나서 돌아다니니 더 잘 수 없었다. 작은딸 말로는 미국에서 6시면 일어나 밥 먹고 학교 갈 준비를 하고, 가정예배 드린 후 7시 30분이면 집을 나선다고 했다. 학교에 8시 전에 도착해야 한단다. 그래서 식구들이 일찍 자고 일찍 일어나는 습관이 들어 있다고 하니, 앞으로 이들과 보조를 맞추어 지내려면 당분간 힘들 것 같았다. 나는 보통 자정을 넘겨 잠자리에 들고 잠드는 건 1시 정도이다. 또, 일어나는 건 7시 반 정도이니 아이들과 생활시간에 차이가 있다. 그래도 함께 지내는 동안에는 내가 맞출 수밖에 없다.

작은딸은 아침에 바빠서 식사를 간편하게 주로 샌드위치와 샐러드로 먹었다고 했다. 그래서 친정에서는 제대로 챙겨 먹여야 할 것 같아서 밥을 해줬다. 식사 때마다 반찬도 조금씩 다른 걸 해 주었더니, 손주들이나 사위가 연신 맛있다고 말하면서 어찌나 잘 먹는지, 볼 때마다 마음이 찡하면서도 흐뭇했다. 작은딸이 요리를 제대로 안 해 보고 결혼해서 가족에게 변변찮게 해 먹이는 것 같아서 안쓰러웠다. 우리 집에 있는 동안만이라도 골고루 잘 먹이려고 재래시장과 대형마트에 부지런히 다니면서 평소 잘 안 해 먹던 식재료까지 사 와서 요리해줬다. 힘은 들었지만 맛있게 먹고 있는 모습을 보면 정말 뿌듯하고 애쓴 보람이 느껴져 만족스러웠다.

이전에 학교 근무할 때 퇴근해서 집에 오면 또래들과 집 부근에서 놀고 있던 작은딸이 '엄마!'하고 뛰어와서 같이 있던 또래들에게 우리 엄마라고 자랑했다. 그럴 때마다 딸에게 무척 미안했다. 그 보상을 손주들에게 해주고 싶은 마음에 애들이 어릴 때 함께 많이 놀아줬다. 그런 까닭에 애들이 나와 지내던 일을 많이 기억하고 있었다. 물놀이, 술래잡기, 새를 쫓아다닌 일, 할머니가 잠자리에서 옛날이야기 해 주었던 일 등….

돌이켜보면 손주들과 지낸 날들이 행복했다. 그래서 애들과 있을 때는 시간이 천천히 가면 참 좋겠다는 생각이 든다. 행복은 멀리 있는 것이 아니고 지금처럼 손주들과 함께 지내는 이 순간이 행복인 것을 너무 잘 알고 있기에.

작은딸은 자기가 가져온 선물들이 엄마를 행복하게 해주는 것으로 알고 있겠지만, 나에겐 작은딸 가족 자체가 큰 선물이다. 참된 행복은 물질이 아닌 마음에서 온다는 것을 작은딸이 지금은 잘 모르겠지만, 내 나이만큼 살고 나면 저절로 알게 될 거다.

이렇게 작은딸 가족과 어울려서 행복한 시간을 보내다가 이들이 가고 나면, 또 그리움이란 마음의 병으로 한동안 몸살을 앓게 될 것이다. 그래도 지금 이 순간이 너무 행복하다. 작은딸이 가져온 선물이 정말 내 마음에 쏙 든다.

# 딸의 바이올린

저녁 어스름이 깔린 창가로 'G 선상의 아리아'가 바람결에 은은히 들려온다. 고등학교 시절에 바이올린 켜는 친구가 있었는데 굉장히 멋있어 보였다. 작대기로 건드리면 감미로운 소리가 흘러나오는 조그만 악기가 너무 신비로웠다. 그러나 부러운 눈으로 바라보기만 했지 감히 만져볼 용기가 없었다.

그런 부러움이 남아있어서 큰딸에게 바이올린을 배우게 해줬다. 내가 하지 못한 것을 딸에게 해주고 싶었다. 초등학생인 딸이 조그만 손으로 바이올린을 켜는 모습을 처음 보았을 때 감격스러웠다. 내가 돈이 없어서 하지 못한 것을 내 딸에게는 성심껏 지원해 주리라 다짐했다. 바이올린으로 동요를 연주하던 딸이 시간이 지나자 '대니 보이' 같은 어려운 곡도 연주하는 것을 듣고 있으면 흐뭇해서 절로 미소가 나왔다.

그러나 같은 곡을 반복해서 연주하는 것을 듣고 있으면 가끔 지겨울 때도 있었다. 성격이 다소 까다로운 남편은 바이올린에서 반복적인 소리가 계속 나오는 것을 듣기 싫어했다. 바이올린을 연습하고 있는 딸에게 "너 나중에 아빠 없을 때 연습하면 안 되겠니? 아빠가 회사에서 일하느라 피곤해서 조용히 쉬고 싶은데 바이올린 소리 때문에 쉴 수가 없네. 아빠 없을 때 연습해라."라고 말하면 딸은 좋아하며 바이올린 연습을 중단했다. 그런 남편이 얄밉고 야속했지만, 이해할 수 있었다.

시간이 흘러 프리마리 연습곡에서 시작한 것이 스즈키 연습곡으로 연습곡의 번호가 올라갈수록, 바이올린 소리가 섬세하고 다양하게 들려와서 성과가 서서히 나타나는 것 같아 뿌듯해졌다. 큰딸이 초등학교 다닐 때 학예회에서 바이올린을 연주했는데 그 모습이 너무 보기 좋았다. 그리고 내가 봉사하러 가는 나자로마을 행사 때도 바이올린을 가져가서 연주하게 했다. 딸이 무대에서 연주할 때마다 구경하는 관중들이 "아이고, 조그만 애가 잘하네." 하며 칭찬하는 소리가 들려오면 내가 칭찬받는 것처럼 기분이 좋았다. 부산 시댁 가서도 딸이 바이올린을 연주했을 때, 시댁 식구들이 모두 신기해하며 잘한다고 칭찬했다. 큰딸이 바이올린 연주를 할 때마다 딸이 자랑스럽고 내 어깨가 절로 으쓱 올라갔다.

중학교에 가서도 바이올린을 계속 가르쳤다. 이젠 학원 교습이 아니고 개인교습으로 배우게 했다. 선생님은 음대 대학원생이었다. 딸은 선생님이 오는 시간에 맞춰서 항상 선생님을 마중 나갔다. 그런 딸의 모습을 보면서 우리 딸은 엄마가 선생이라서 예의 바르게 잘 자랐다고 생각하며 흐뭇해했다.

내가 근무하는 학교에서 동료들에게 딸이 바이올린을 하고 있다는 이야기를 가끔 자랑삼아 했다. 부러워하는 동료도 있었지만 걱정스러워하는 선배도 있었다. 서울예고에서 비올라를 전공하는 딸이 있는 선배는 생각보다 돈이 많이 든다고 했다. 남편 월급과 자기 월급이 거의 다 딸의 강습비와 악기 구입비로 들어간다고 했다. 교수에게 주는 강습료도 만만치 않지만, 악기를 바꿀 때도 큰돈이 든다고 했다. 이번에 활을 바꿔줬는데 백만 원이나 들었다면서 이제는 어쩔 수 없이 계속 시키고 있는데, 돈이 이렇게 많이 드는 줄 진작 알았으면 시작하지 않았을 거라면서, 신중히 잘 생각해보라고 말했다. 평소에 나와 가깝게 지내는 선배의 진솔한 충고를 듣고 나서, 선배에게 고마워하며 신중하게 잘 생각해보겠다고 했다.

그다음부터 집에서 딸이 바이올린 켜는 것을 유심히 살펴봤다. 그랬더니 본인이 즐기기보다는 내가 연습하라고 해야 마지못해서 하는 딸의 행동이 눈에 들어왔다. 그 무렵 레슨 선생님이 딸의 바이올린 음색이 나빠져서 바이올린을 바꿔줘야 하겠다고 말했다. 얼마 정도면 바이올린을 교체할 수 있겠냐고 물었더니 최하 백오십 정도는 줘야 괜찮은 중고를 살 수 있다고 했다. 그 말에 깜짝 놀라서 웬 바이올린 가격이 그렇게 비싸냐고 했더니, 오케스트라에서 연주하는 이들이 사용하는 바이올린은 보통 천만 원이 넘는다고 했다. 예고 다니는 학생들도 몇백에서 천만 원 넘는 바이올린을 가지고 다닌다고 했다.

선생님에게 중고를 알아봐 달라고 부탁은 했지만, 갈등이 생겼다. 며칠이 지나서 선생님이 친구가 쓰던 바이올린을 팔고 더 좋은 바이올린을 구입하려 한다고 했다. 친구는 이백만 원에 팔려고 하는데 백칠십 정도면 살 수 있겠다고 했다. 그러면서 선생님은 한참을 망설이다가 어머니께 솔직히 드릴 말이 있다고 했다. 딸이 바이올린 하는 것을 별로 좋아하지 않는 것 같다고 했다. 자기가 바이올린을 강습해 주고 나서, 다음 시간까지 몇 번을 연습하라고 숙제를 주고 가는데, 학생이 제대로 연습하지 않아서 진도가 계획대로 안 나간다고 했다.

오래전부터 딸이 문 앞에 나간 것은 선생님을 마중 나간 것이 아니고, 선생님에게 숙제를 안 했는데 다음부터는 꼭 잘할 테니 엄마에게 말하지 말라고, 엄마가 알면 혼난다고 통사정하러 나간 것이었다. 딸이 잘못했다고 빌면 선생님은 마음이 약해서 다음부터 꼭 해 와야 한다고 다짐받고 내게 이르지 않았는데 딸이 계속 그런다는 것이었다. 선생님 말씀을 듣고 나니 기가 막혔다. 이렇게 속이는 줄도 모르고 딸이 예의 바르게 선생님을 마중 나간 것으로 착각하고 지낸 것이 화도 나면서 어이가 없었다. 선생님은 자기가 바이올린을 좋아해서 시작했는데도 가끔 내가 이걸 왜 했나 하는 후회가 생기는데, 자기가 좋아하지도 않는 것을 부모의 강요로 계속하면 나중에 더 많이 후회하고 부모를 원망하지 않겠냐고 했다.

선생님의 충고를 들으니 정신이 번쩍 들었다. 그렇다. 딸이 원해서 한 것이 아니고 내가 하고 싶었던 것을 딸에게 시킨 것이다. 내가 딸을 통해서 대리 만족을 얻고 싶었던 거다. 선생님이 지금이라도 솔직히 말해준 것에 대해 진심으로 감사하면서 딸이 싫어하는 바이올린 강습을 그만두겠다고 했다. 딸에게는 이제 바이올린을 하지 않아도 괜찮다고 했다. 그리고 바이올린이 하기 싫으면 엄마에게 솔직히 말하지 그랬냐고 하니 엄마가 혼내는 것도 두려웠지만, 엄마가 실망하는 것이 싫어서 말하지 못했다고 했다. 딸의 말을 들으니 그동안 하기 싫은 것을 억지로 하면서 혼자 끙끙거리며 고민했을 것이 느껴져 딸이 가여웠고 또, 딸에게 미안스러웠다.

그 뒤로 내가 좋아하는 것을 딸에게 권유만 하고 강요하지 않았다. 큰딸은 바이올린을 관뒀지만 자기가 좋아하는 다른 일을 하며 잘 지내고 있다. 그러나 나는 바이올린 소리가 들려오면 아직도 아쉬움과 미련이 남는다.

**이양자**
〈그린에세이〉로 등단. 수서중학교 교장 정년퇴임
별뜰문학회 회원
작품집 《별난 아이에서 별난 교장으로》

# 아버지와 포도나무

**방현철**

--------------------

초등학교 4학년 때였다. 아버지는 모래와 벽돌을 마당에 쌓아놓고 우리 방을 만든다면서 손수 집을 지었다. 시멘트를 발라 집이 완성되고 나니 一자집이 ㄱ자집으로 바뀌었다. 방과 방을 잇는 사이에 커다란 마루도 하나 생겼다. 겨울에는 방이 참 따뜻했는데, 아궁이에서 방과 방을 잘 연결해 놓은 구들장 덕이었다.

ㄱ자집으로 된 뒷마당에 큰 기계가 설치되었는데, 아버지는 국수를 뽑는 기계라고 했다. 뒤이어 밀가루 포대가 들어오고 기계에서 하얀 국수를 뽑아내었다. 하얗게 긴 국수를 뽑아내면 가느다란 대나무에 길게 걸어서 일렬로 말렸다. 마치 하얀 이불 빨래를 정렬시켜 널어놓은 것처럼 매혹적인 모습이었다. 한 번은 이렇게 뽑아낸 국수 맛이 어떨까? 궁금해서 조금 부러뜨려 먹어본 적이 있다. 맛을 본 첫 느낌은 그냥 밀가루 맛이었다. 젖은 밀가루의 닝닝한 냄새가 물씬 났다. 다시 거의 다 말린 국숫발을 부러뜨려 먹어보았는데, 그것도

그냥 밀가루 맛이었다.

 어느 날 국수를 널어놓는 뒤뜰 곁 한 모퉁이에 포도나무가 조그맣게 자라고 있는 모습을 보았다.  여린 잎이 예쁘게 자라났다. 난 흥분해서 아버지께 뛰어갔다. "아버지! 아버지! 저게 뭐야?"하고 뒤뜰로 안내하지 아버지는, "이거 아무래도 툇마루에서 포도 먹다가 너희들이 뒤 곁으로 씨를 뱉을 때 떨어져서 싹이 난 것 같다."고 했다. 신기하게도 이 싹은 죽지도 않고 무럭무럭 자라났다. 잎이 넓어지고 줄기는 위로 삐뚤빼뚤 올라갔다. 아버지는 포도나무가 쓰러지지 않도록 막대기를 세우고 위를 얼기설기 엮어서 포도나무를 받쳐 놓았다.  시간이 흐르니 작은 포도 알갱이가 송이송이 달렸다.  그 뒤로 알이 굵어지고 빨갛게 변해갔다. 어느 날 나는 포도송이를 물끄러미 바라보다가 한 알을 따서 입에 넣고 씹었다. 그 순간 내 입에서 '크어헉!' 하는 소리가 절로 나왔다. 아직 덜 여문 빨간 포도 알갱이는 눈을 못 뜰 정도로 시었고 끝맛이 떫었다. 그런 포도가 있나 싶을 만큼 맛없는 포도는 처음 먹어본 것이다. 그런 후 며칠 후 포도가 완전히 익었고, 어머니는 식구들에게 익은 포도 얼마를 씻어서 내어놓으셨다.  별로 맛없는 포도였으나, 순식간 동이 났다. 가난해서 과일을 맘대로 사 먹지도 못할 때이니 얼마나 꿀맛이었는지 모른다.

 그리고 계절이 바뀌고 다음 해 늦은 봄이 되었다. 포도나무는 다시금 이파리가 나오고 있었다. 그날따라 비 온 후라 이파리는 더 싱싱하게 자라는 것 같았다. 그런데 아버지는 포도나무에 물을 주고 있었다. 어제 비가 왔는데 말이다. 궁금해서 물어보니 아버지는 단

설탕물을 주면 포도 열매도 단것을 먹을 수 있다고 대답해주었다. 솔직히 말해서 난 그때 그 말을 믿지 못했다. 어차피 물은 땅속으로 들어갈 테고, 아무리 달달한 물을 먹어도 이파리까지 영향을 주지 그게 뭐 아직 달리지도 않은 포도 열매에까지 영향을 준다고는 보지 않았다. 오히려 그렇게 말하는 아버지의 말씀에 동의할 수가 없었다.

한쪽으로만 삐뚤빼뚤 뻗어나가던 포도나무가 다음 해에는 위로 몇 갈래로 뻗어나갔다. 아버지는 가지와 이파리를 자주 가꾸며 돌보았다. 포도가 잘 열리도록 끈으로 막대기와 줄기들을 잘 받혀놓고 정성을 다했다. 시간이 지나자 작년과 마찬가지로 포도는 송이송이 열매가 맺히기 시작했고, 그 청포도 같은 작은 알갱이들이 신기했다. 열매가 커나갈 즈음 신문지로 포도송이들을 쌓아놓았다. 연두색 송이들이 점점 진해져서 빨갛게 되고 빨간 송이들은 어느덧 진보라 색의 포도송이들이 되었다. 무더운 여름 '아버지 말씀처럼 정말 설탕물을 먹은 포도 열매가 달게 될까?'라는 생각이 머릿속에서 떠나지 않았다. 기다리던 시간이 다가왔다. 진보라의 잘 익은 포도송이가 우리의 식탁에 놓였다. '설탕물을 준 결과가 어떨까?'만 생각해왔던 나는 한 알을 집어먹고 감탄했다. 어찌 그리 단 포도가 있었던가? 아버지 말씀이 맞았다. 포도나무에 단물을 주니 매우 단 포도가 된 것이다. 맛있는 포도를 먹으면서 아버지의 지혜가 놀라웠다.

포도나무의 교훈은 늘 나의 마음에 새기면서 살고 있다. 사람이 어떤 사람이 되느냐 하는 건 그 사람에게 어떤 물을 주었는가에 따라

달라진다고 생각한다. 좋은 부모, 좋은 친구, 좋은 영향, 좋은 책, 좋은 사람, 좋은 스승을 만난 사람, 즉 긍정적이고도 좋은 교훈을 받는 사람과 꾸지람만 하는 부모, 나쁜 친구, 자기만 탐하는 선생, 나쁜 책, 부정적인 사람으로부터 영향을 받은 사람의 삶은 엄청난 차이로 세상을 살 것이다.

어린아이는 아직은 열매 맺지 못하는 연약한 이파리와 같다. 부모와 선생님, 주위의 어른들은 그 아이에게 자라면서 삶의 선한 열매를 맺도록 마음 밭에 유익한 단물, 즉 좋은 에너지를 계속해서 제공해주어야 하리라. 비록 어려운 환경에서 태어난 신 포도나무일지라도 설탕물을 먹고 달디단 포도 열매를 맺은 것처럼 말이다.

성경에서 예수님은 "좋은 나무에서 좋은 열매를, 나쁜 나무에서 나쁜 열매를 맺는다. 가시나무에서 무화과를 딸 수 없고, 찔레나무에서 포도를 딸 수 없다."라고 했다. 세상에 막 태어나 백지장 같은 순수한 아기가 대지에 내리는 단비처럼 좋은 열매를 맺을 수 있도록 보살펴주고 가꿔야 하는 의무가 우리 어른들에게 있는 것이다.

제46호 [2021년 7·8월]

# 비빔국수

내가 어릴 때부터 어머니는 비빔국수를 매우 좋아하셨다. 어찌나 좋아하셨던지 일주일에 서너 번은 비빔국수를 밥상에 올려놓았다. 물 끓는 가마솥에 국수를 넣고, 국수를 대접에 담는다. 그 사람 다음에 채 썰어 놓은 오이와 무채를 넣고 마지막에 시뻘건 고추장을 한 숟가락씩 그릇 한 가운데 떠서 넣었다. 동생들은 밥상에 달려들어 잘도 비비고 시뻘건 국수를 맛있게도 먹었다. 어머니와 동생들이 맛있게 먹고 있을 때, 난 이해가 되지 않았다. 저렇게 시뻘건 진흙 같은 고추장을 어떻게 비벼서 먹는지 의문이 들었다. 그것도 입 주변에 막 묻혀가면서 말이다. 고추장과 오이가 섞이는 게 마뜩잖았고, 고추장과 국수가 비벼지는 게 맘에 들지 않았다. 하얀 국수가 위아래로 뒤집어지며 빨갛게 변하는 게 보암직하지도 않았고, 먹음직하지도 않았다. 깨끗한 내 마음이 오염되는 것 같았다. 이런 내 마음은 아마도 시뻘건 진흙 속에 빠져서 허우적댔던 일이 있었고, 또 옷이 진흙이 다 묻어서 더럽혀진 까닭일 것이라고 짐작을 해 본다. 어쨌든 난 비빔국수가 싫었다.

나는 잔치국수를 좋아했다. 국수를 끓였을 때 깨끗한 흰색과 멸치 국수로 우린 육수의 맛을 좋아했다. 하얀 국수가 멸치 육수에 담겨질 때 맑은 국수는 너무너무 맛있었다. 식구들이 밥상에 둘러앉아 비빔국수를 맛있게 먹는 것을 쳐다보고 있던 나는 어머니께 잔치국수를 해 달라고 졸라댔다. 어머니는 처음에는 비빔국수 했으니까 그냥 먹으라고 하다가, 몇 번 조르기 시작하면, 못 이기는 척 부엌으로 가신다. 아궁이 앞에 앉아 아직 죽지 않은 불에 나뭇가지를 집어넣고 가마솥에 물을 끓이신다. 끓는 물에 국수를 삶고, 멸치를 넣고 파 송송 썰어 넣으면 완성이다. 오로지 나만을 위한 잔치국수가 한 그릇 뚝딱 완성되어 식탁에 올려진다. 난 이 맛있는 잔치국수를 음미하면서 나 혼자만 고고한 척 먹었다. 난 국수로 남아있는 흰색의 깨끗한 색과 맛을 좋아했다. 아마도 시뻘건 고추장은 다른 것과 섞이면 더러운 것이라는 편견이 나에게 있었던 것 같다.

나는 청년이 되어서도 비빔국수를 싫어했다. 아니 일단 음식이 이것과 저것이 섞여지는 요리는 싫어했다. 여러 재료를 섞는 비빔밥, 볶음밥, 잡탕밥, 부대찌개, 섞어찌개 같은 음식을 잘 먹지 않았다. 라면을 먹을 때도 어떤 친구들은 떡라면을 좋아하고, 어떤 친구는 라면에 밥 말아 먹는 걸 좋아한다. 반면에 나는 그냥 순수하게 끓인 라면만을 좋아한다. 라면에 떡을 넣는 것도 싫고, 밥을 말아서 먹는 것도 싫어한다. 나 자신이 생각해도 참 별난 취향이다. 뷔페를 먹으러 가도 이것저것 다 먹지 않았다. 이것도 맛있고, 저것도 맛있으면, 조금씩 다 가져가서 먹어볼 만할 텐데, 그렇게 먹었다간 구라파 전쟁이라도 난 것처럼 위장이 요동을 쳤다. 그래서 뷔페를 가도 한두 가지 맘에 드는 것만 집중해서 먹었다.

어차피 요리라는 것은 여러 재료가 섞여서 만들어진다. 고기와 야채, 조미료 등이 잘 어우러져야 맛있는 음식이 만들어진다. 흰쌀밥이라고 해도 김치를 먹어야 하고, 국을 먹어야 하고, 나물을 먹어야 한다. 먹고 나면 위에서 다 섞여지는 것 아닌가? 그럼에도 불구하고 나는 내가 정해 놓은 깨끗하다고 생각되는 요리들을 좋아하고, 그렇지 않아 보이는 음식들이 여러 가지로 섞이면 그런 걸 맘에 들어 하지 않았다. 마치 내 마음은 순수한데, 다른 사람들의 마음이 섞여서 순수하지 못하다는 생각 같은 편견의 생각 말이다. 내가 좋아하는 잔치국수도 따지고 보면, 멸치 육수와 파와 계란과 국수가 함께 섞여 있는 것 아닌가? 그런데도 잔치국수는 순수하고, 비빔국수는 불순물이 섞여 있다는 사고방식을 머릿속에서 고정시켜 놓고 있었다.

이제 좀 나이가 들고나서야 음식을 가리지 않는다. 아버지께서는 어느 날엔가 식탁 앞에서 나에게 편식이 심했었다고 말한 적이 있다. 밥상에 막 앉았는데, 반찬이 맘에 들면 많이 먹고 반찬이 시덥지 않아 보이면 몇 숟갈 뜨다가 슬며시 자리에서 일어났다고 하였다. 아, 그러고 보니, 내가 보는 관점에서 섞이는 게 싫었던 게 아니라, 아버지 보기에는 편식이 심한 아이였다. 나는 잔치국수를 맛있어 먹는 순수한 사람이 아니라, 그게 내 맘에 들어 맛있게 먹었을 뿐이었다. 사람도 내 맘에 드는 사람들하고만 친했다. 조금이라도 마음에 들지 않으면 아예 가까이하려고 하지 않았다. 나는 순수한 사람이니 순수한 사람들하고만 친해진다고 생각을 했다. 그런데 편식을 했다는 아버지 말씀을 듣고 나서야 내 마음이 보이기 시작했다. 사람을 사귀는 것도 편견을 가지고 대했었다는 사실을 깨달았다.

　이제는 음식을 가리지 않는 편이다. 아니, 어떤 음식이든 가리지 않으려고 애쓴다. 그래서 비빔국수도 먹어보고 비빔밥도 먹는다. 라면에 밥도 말아 먹고 잡탕밥도 시켜서 먹는다. 뷔페에 갈 일이 있으면 이것저것 다 먹어본다. 먹어보니 나름대로 다 맛있다. 마찬가지로 다양한 사람들이 섞여서 사는 사회요, 공동체이다. 함께 섞여서 트러블도 날 수 있고, 생각이 달라서 격한 토론을 할 수도 있다. 시뻘겋게 섞여지는 비빔국수같이 내가 싫어할 수도 있다. 반면에 맑은 육수에 담긴 잔치국수처럼 맘에 들 때도 있다. 이렇게 섞여져서 맑게도 되고, 저렇게 섞여서 흙탕물처럼 되기도 한다. 그렇게 섞여 있는 곳에 소금이 들어가 맛있는 사회가 된다면 내가 사는 사회가 좀 더 맛깔난 세상이 되지 않을까 상상해 본다.

# 일자산

어느 날 아내가 일자산(一字山)에 운동하러 가자고 하였다. 난 이 말을 듣자마자 피식 웃었다. 일자산을 동네 뒷동산 정도로 여겼기 때문이다. 북한산(837m)이나 도봉산(740m) 정도는 되어야지 운동이 좀 되지, 155m인 일자산은 그냥 산책하는 장소로밖에 보이지 않았다. "그래도 한 번 가보기나 하자."는 권유에 못 이기는 척 따라나섰다.

일자산은 말 그대로 일(一)자로 죽 이어져 있으니, 이쪽 끝에서 저쪽 끝까지 한 번 휙 지나가면, 30분이면 충분하겠다는 마음으로 집을 나섰다. 그러나 일자산에 들어선 순간부터 내 생각이 잘못되었다는 사실을 깨달았다.

보훈병원역 앞에 주차하고 들어선 일자산은 상상했던 것보다 숲이 훨씬 우거졌다. 여름으로 막 들어서는 5월 말이라 그런지 잎이 우거져 있는 나무숲에서 시원한 공기가 온몸을 휘감았다. 강동구에 수십 년을 살고 있고, 일자산 옆 도로는 수도 없이 운전하고 다니던 곳이다. 한 5분 정도면 자동차로 휙 지나가는 그런 정도의 산이고,

매우 단조로운 곳이라고 단정했었다. 그러나 처음으로 들어선 일자산은 몇 걸음 걷지 않아서 친구들과 함께 산으로 다니며 놀던 어린 시절을 생각나게 했다. 숲에서 진한 향기로 나오는 피톤치드, 아름다운 새소리, 밟아보지 못한 흙으로 된 길, 이름 모를 곤충들, 나무들, 약수터의 시원한 샘물, 이름 모를 잡초와 꽃, 보리밭 등등. 도심 속에서 동심의 산을 볼 수 있다는 생각은 아예 해 보지도 않았던 나에게 일자산은 동심의 세계로 다시 빠져드는 특별한 경험을 선사했다. 아내의 부탁에 피식하고 일자산을 비웃었는데 이제는 나에게 특별한 산이 될 것 같은 예감이 들었다. 건강과 휴식이라는 두 마리 토끼를 다 잡을 수 있다는 생각이 들었다.

일자산은 서울특별시 강동구 상일동에서 길동 둔촌동을 이어 하남시 감북동에 걸쳐 있는 산이다. 지도상으로 보면, 한 일(一)자로 되어 있어 일자산이라 한다. 상일동 쪽에 허브 공원에서 감북동까지 이어져 있는 길이 고작 2.1km밖에 되지 않지만, 웬만한 산의 경험을 다 할 수 있는 장소라고 보기에 부족함이 없었다. 허브 공원과 약수터, 운동할 수 있는 체육시설, 캠핑장, 휴식과 산책을 할 수 있는 공간들, 넓은 잔디광장에서 행사도 열 수 있는 광장 등이 눈에 띄었다. 산책하다가 정상으로 올라가는 중에 숨이 찼다. 약수터가 보여 샘물을 마셔보니 참 달고 시원한 생수였다. 어릴 때 동산으로 올라가 친구들과 뛰어놀다 목이 마르면 산 중간에 샘물로 뛰어가 물을 마셨던 기억이 났다. 이제는 아내와 함께 산에 올라 마시는 샘물 역시 나에게 즐거움을 주기에 충분했다. 감북동 쪽으로 쭉 걷다 보니 한 무리의 구절초가 자라고 있었다. 그 구절초가 자라는 맞은편에 정자가 있었고, 이 계단 아래 둔촌동의 유래가 되는 둔촌 이집(李集) 선생의 숨어 지내던 둔굴이 자리하고 있었다. 바위로 되어 있는 굴은 너비가 5m 정도로 좁고 언뜻 보기에는 알아볼 수 없었다. 이런 굴이었으니 숨어 지내기에 충분하다는 생각이 들었다. 둔촌 이집 선생은 고려 시대 문인이다. 그는 곧고 효행이 뛰어나며 신의를 지킬 줄 아는 대쪽 선비로 명성이 나 있는 위인이다. 정몽주, 이숭인 등과 함께 곧은 지조와 절개를 지키다, 고려 말 공민왕 17년에 신돈(辛旽)에게 밉게 보였다. 아버지와 함께 도망가던 이집은 이 둔촌동의 둔굴로 피하였다고 한다. 이집 선생은 고난의 시기에 숨어 지내던 이곳을 기억하려고 호도 둔촌으로 바꾸었다고 한다. 후에 이곳은 둔촌동이라 부르게 되었다. 이 앞에 둔촌 선생이 후손에게 이르는 글이 있었다.

둔촌(遁村) 이집(李集) 선생께서 후손에게 이르기를

독서는 어버이의 마음을 기쁘게 하니
시간을 아껴서 부지런히 공부하라
늙어서 무능하면 공연히 후회만 하게 되니
머리맡의 세월은 괴롭도록 빠르기만 하느니라
자손에게 금을 광주리로 준다 해도
경서 한 권 가르치는 것만 못하느니라
이 말은 비록 쉬운 말이나

너희들을 위해서 간곡히 일러둔다

이 글을 읽고 나니 '세상에서 살아가는 교훈은 어느 시대나 동일하다.'고 느꼈다. 평범한 듯하면서도 실천하기는 어려운 이 메시지를 다시 한번 마음에 담아두는 시간이 되었다. 둔촌 선생의 둔굴까지 산책하고 나서 산에서 내려오니 2시간 정도 걸렸다. 아내와 나는 아침에 이렇게 산책하는 것도 굉장히 좋은 운동(well-being)이 될 것으로 생각되어 매주 한번 일자산을 오자고 약속하였다.

일자산에 다녀와서 인생을 닮은 산이라는 생각을 했다. 어릴 때 뛰어놀던 산을 닮은 일자산은 내게 도심 속의 산으로 선물을 주었다. 겉으로 보기에는 도심 속의 평범한 산이지만, 내면으로 들어가면 너무도 다양하고 복잡한 산세가 얽혀 있다. 허브의 건강한 삶이 있다면 그 산에서만 나오는 약수와 우거진 다양한 나무들로 이루어진 숲이 있으며, 사람들에게 휴식(healing)을 제공하며, 운동으로 건강을 찾아주는 장소가 다양하게 나누어져 있다. 시간을 아껴서 책을 읽으라는 이집 선생의 교훈은 영혼을 살찌게 하는 교훈까지 덤으로 받았으니, 이 얼마나 복된 일인가.

**방현철**
〈그린에세이〉로 등단. 다온작은도서관 이사
강동구 문화재단주최 북페스티발 시공모전 입상
강동구 새마을운동주최 독서경진대회 최우수상 수상

# 백 번째 원숭이의 효과

권오인

---

    은퇴하고 3년째 되는 해에 텃밭에 고추 모종 1,500개를 심었다. 우리 마을 사람들은 대개 2천 모종 정도 심는다기에 나는 아직 초보 농부이지만 욕심을 내본 것이다. 고추 농사는 여름 농사여서 땡볕 아래에서 소독약도 뿌리고 풀도 매주어야 한다.

    그해 나는 고추밭에서 살다시피 했다. 고추가 커가는 대로 줄도 띄우고 빨갛게 익은 고추는 바람이 통하지 않는 고랑에 앉아서 따야 했다. 고추가 넘어지지 않도록 줄을 띄우는 일은 진땀을 흘려야 하는 일이었다. 돌돌 돌아가는 줄을 고춧대가 서 있는 고랑 끝까지 바닥에 늘어놓고 지주에 묶으려니 줄이 말리면서 꼬이곤 했다. 땡볕에서 꼬인 매듭을 풀고 묶는 일이 여간 번거롭지 않았다.

    이 불편한 과정을 편리하게 개선해 보려고 몇 날을 실험하면서 연구했다. 시행착오 끝에 드디어 길을 찾았다. 배낭에 줄 묶음을 담고는 고랑으로 걸어가면서 지주에 묶어만 주면 줄이 꼬이지도 않았고 줄이 말리는 일도 없다. 지나가던 동네 분들이 "이렇게 편한 방법이 있었네" 하면서 우리 밭으로 내려왔다. 삽시간에 온 동네로 소문이 퍼져나갔고 이제는 마을 사람들이 편하게 고추를 묶어 줄 수 있게 되었다.

그 일이 있고 나서 얼마 지나지 않아 고추의 메카 충북 음성군에 볼일이 있어 다녀왔다. 음성의 고추밭은 끝이 없었다. 그런데 고추밭에서 줄을 띄는 한 농부를 보고 깜짝 놀랐다. 바로 엊그제 배낭을 메고 처음으로 줄을 띄우던 내 모습이 아닌가. 차에서 내려 농부에게 언제부터 그런 방법을 썼느냐 물었더니 아무렇지도 않다는 듯 '몇 년 됐죠. 왜요?'

참 어이가 없었다. 내가 며칠을 고심하면서 고안한 것을, 이 먼 거리의 사람들은 이미 사용하고 있었다니 그저 놀라웠다. 아마도 일의 공정이 비효율적이거나 불편을 느낄 때나 외부의 부당한 힘에 저항할 때 변화 내지는 개선되어 스스로 진화하는가 보다. 그래서 형태나 효율이 일정 한계치를 벗어나면 거리와 관계없이 동시다발적으로 변화됨을 알았다. 변화는 내일 시작되는 것이 아니라 바로 오늘 진행되기 때문에 전파의 속도가 빠르다는 사실도 느낄 수 있었다. 이와 비슷한 상황을 연구하였던 논문이 생각났다.

저명한 동·식물학자인 라이얼 왓슨(Lyall Watson)의 '백 번째 원숭이의 효과'라는 이론이 있다. 이는 어떤 행동유형이 임계치를 넘어서는 순간 급작스럽게 개체들 사이에 널리 퍼지는 현상을 말한다. 일종의 집단의식의 공명현상을 말한다.

일본의 고지마(幸島)라는 무인도에 사는 원숭이들의 습성과 행동을 관찰한 결과 그곳의 원숭이들은 고구마를 묻은 흙을 털고 먹는 습성이 있었으나 우연히 젊은 원숭이 한 마리가 바닷물에 씻어 먹기 시작하였다. 고구마는 깨끗하고 바닷물의 염도가 있어 아주 맛있었다. 이를 본 다른 원숭이들도 하나둘씩 모방하여 먹는 숫자가 늘어났다. 그런데 그 숫자가 백 마리째의 임계수치에 도달하자 그 습성이 그 섬뿐만이 아니라 일본 전역의 섬들에서도 바닷물에 씻어 먹기 시작했다. 전혀 왕래가 없었는데도 똑같은 행동이 습성화된 것이다. 이는 어떤 행위나 의식을 가진 개체의 수가 일정량에 달하면 그것은 그 집단에 국한되지 않고 거리나 공간을 넘어서 전체로 확산해 간다는 법칙이다.

생각이 여기에 미치자 나의 인문학적 상상력은 날개를 달기 시작했다. 미국의 산업혁명 시기, 수많은 발명·발견이 일어날 때 누가 먼저 특허를 신청하느냐에 따라 그 사람의 운명이 바뀐 예가 부지기수다. 예컨대 전화의 발명이 그렇다. 우리는 흔히 '인류 최초의 전화 발명가'라고 하면 알렉산더 그레이엄 벨을 떠올린다. 하지만 1876년 2월 14일, 미국 특허청에 전화 발명 특허를 신청한 사람이 또 있었으니 엘리샤 그레이라는 사람이었다. 그는 벨보다 두 시간 늦게 특허를 신청해서 전화기 발명이라는 영예도 부(富)도 누리지 못하고 역사에서도 잊혀진 인물이 되었다.

발명왕 에디슨은 평생 1,093개의 특허와 발명품을 내놓은 천재였지만 동시대에 전구며 축음기에 대한 아이디어를 가진 사람들은 많았다. 단지 그가 조금 빨랐을 뿐이다.

나의 이런 생각은 꼬리에 꼬리를 물고 이어져서 사상적 발전에 대한 부분까지 이어졌다. 얼마 전 나는 〈축의 시대(Axial Age)〉라는 책을 무척 흥미롭게 읽었는데 이 책은 기원전 2500년 전 무렵에 세계의 주요 종교와 철학이 거의 동시에 탄생한 인류사의 가장 경이로운 시기를 다룬 역사서이다.

이 시대에 중국에서는 공자, 노자가 인도에서는 고타마 싯다르타가 등장했으며, 이스라엘에서는 엘리야, 예레미야, 이사야 등 예언자들이 출현했고, 그리스에서는 소크라테스, 플라톤, 아리스토텔레스 같은 철학자가 나타나서 인류 문명사의 새로운 지평을 열었다. '아직까지 인류는 축의 시대의 통찰을 넘어선 적이 없다'하니 기가 찰 일이다.

서로 교류가 없던 네 지역에서 어떻게 비슷한 시기에 그토록 놀라운 사유의 혁명이 일어날 수 있었을까? 어떻게 그들은 우주와 인간과 삶에 대해 비슷한 결론에 이르렀을까?

생각이 너무 골똘해져서 비약이 너무 심해진 것 같다. 나는 다시 생각을 고추 농사로 옮겨왔다. 어쩌면 사회를 변화시킬만한 큰 사건은 아닐지라도 그동안 고추 줄 띄우는 일은 불편하고 비능률적이었던 것만은 사실이다. 그러나 많은 사람은 당연한 일로 감수했으나 나는 좀 더 나은 방법을 찾고자 고민하여 알아냈으나 그 방법은 이미 충북지방에서 실행하고 있었다.

어떤 행위를 하는 개체의 수가 임계치에 다다르면 시공간을 초월하여 나은 방향으로 변하고 진화하는 불가사의한 형상. 그것을 내가 직접 체험한 백 번째 원숭이의 효과였다.

제48호 [2021년 11·12월]

# 아내의 침선(針線)

아내의 취미는 혼자 하는 바느질이다. 요즈음에는 자투리 시간까지 작은 문간방에 마련한 공방에서 보내는 횟수가 잦아졌다. 그곳에서 만들고 싶은 옷이나 가방의 패턴(pattern)을 떠서 신상품을 탄생시키고 유튜브로 디자인 공부도 한다. 한동안 낯설던 솜씨는 이제 난이도가 조금은 있는 개량 한복이나 가방을 만들어 가족들이나 지인들에게 선물도 한다. 그때마다 감사 인사와 칭찬을 받으면 회춘하는 기분이라며 만족해한다. 정말 늦게 찾은 바느질 취미의 선택은 너무 잘한 일로 여겨진다. 그렇게 바느질 취미에 빠진 때가 아마도 이순(耳順)이 분기점이었나보다.

그 이전에는 식구들이 공인한 요리연구가였다. 요리는 전업주부의 몫이기도 하지만 좋아하는 일종에 취미이기도 하였다. 날마다 티브이 요리 프로그램 채널에 눈과 귀를 고정하고 레시피를 적고 필요한 식재료를 구입하기 위해 마트로 달려가 필요한 물품을 장바구니에 담아 날랐다. 꽃무늬 앞치마를 두르고 싱크대 앞에서 칼, 도마부터 그릴, 인덕션, 에어프라이어 심지어 요지에 이르기까지 주방용품이 총동원되어 요리 실습을 하였다. 그때마다 치루는 시식 이벤트는 늘 즐거운 일만은 아니었다. 항상 입맛에 맞는 음식만 만드는 것도 아니고 게다가 맛이며 식감, 향, 모양까지 상세하게 평가하는 일도 여간 난감한 것이 아니었다. 그렇게 내공을 담아 작성한 레시피 리스트는 책을 서너 권 정도 쓸 분량이 되었다. 그렇다 보니 집안은 늘 음식 냄새로 가득했고 엥겔지수는 늘어나 가계비는 빈곤의 그래프를 그렸다. 너무 집착한 취미는 즐거움의 본질을 조금씩 벗어나고 있었다. 나름의 요리연구 취미가 나쁜 것은 아니지만 그렇다고 마냥 좋은 것만도 아니었다. 무엇보다 싱크대 앞에서 씻겨져 나가는 효용이 너무 컸다. 그 깨달음은 서서히 요리 시간도 열정도 다이어트 되기 시작했다. 그로부터 떨어져 나온 여유와 에너지는 고스란히 집안에 화초 가꾸는 취미로 전가되었다. 자주 꽃집을 드나들고 꽃이 그려진 책은 눈에서 떠나지 않았다. 이윽고 보고 듣지도 못했던 엘라티올 베고니아, 아프리칸 바이올렛, 란타나, 풍노초, 꽃기린, 일일초, 등등 수십 종의 초목은 하루가 멀다고 늘어나 베란다와 거실의 한 면을 차지하였다. 얼핏 보기에는 싱그런 잎새, 앙증맞은 꽃들이 집안에서 웃는 모습은 언제나 예쁘고 아름답다. 그러나 충분한 양질의 보살핌을 받아도 방충망에 갇힌 꽃은 행복하지도 생기도 낮아 보였다. 꽃의 꿈은 열매다. 인간의 눈 요기꺼리가 아니라 종족 번식이다. 벌 나비가 접근할 수 없는 포획된 인간의 적온에서 피는 꽃은 닭장 속에서 낳은 무정란이었다. 그 슬픔을 깨닫는 시간은 그리 오래 걸리지 않았다. 아파트에서 많은 화초를 키울 공간, 온습도 관리, 병해충 방제

등 환경 여건의 제약은 자연스럽게 확장의 속도를 멈추게 하였다. 게다가 인연을 다한 몇 그루는 병들어 죽고 진딧물까지 번지자 소독을 하여 과밀한 화분부터 들어내 주변에 무상으로 분양하고 감당할 만큼만 남겼다.

그렇게 두 번째 선택한 취미 또한 다양한 식물에 대한 지식의 부족과 환경의 한계 때문에 행복감은 바닥을 드러냈다. 그렇다고 마냥 팔짱 끼고 있을 아내는 아니었다. 언제나 손에 자유를 주지 않는 습성이 있다. 무엇인가 아니 방비를 들고 방바닥이라도 쓸어야 마음이 편하다. 평소 조용한 성격이지만 그냥 멍때리는 명상은 체질이 아니다. 손이 허전했던 하루는 주민 자치센터의 「옷 만들기」 프로그램에 등록한 희망으로 달랬다. 자신이 좋아하기보다 왠지 잘할 것 같은 마음으로 첫걸음을 떼었다. 처음 강의실에서 잡은 재봉틀은 차갑고 낯설고 불안하기 짝이 없어 한참을 겉돌았다. 하지만 잘하기 위해 집에 와서도 야간 자율학습을 했다. 식탁 위에 전지를 펼쳐놓고 패턴을 뜨고 가위로 잘라 모양을 만드는 일에 공을 들였다. 흔해 빠진 농막 하나를 지어도 설계가 필요하듯 옷을 만드는 재단은 더 상세하게 정성을 들여야 맵시가 나기 때문이다. 그리고 당근 마켓에서 구매한 중고 재봉틀을 돌려 박음질 연습에 끼니를 건너뛰기도 했다. 그렇게 한동안 열심히 배우고 익히기를 거듭했으나 수강 기간이 끝나는 바람에 너무 배움이 부족하고 자신감이 없는 상태에서 선생님으로부터 독립했다. 하지만 유튜버 쌤은 더욱 가까운 연인이 되었다. 심지어 화장실에서조차 이어폰을 귀에 밀착시키고 눈은 동영상의 움직임에 민감하게 반응했다. 드디어 재봉틀 돌아가는 소리가 유연해졌다. 처음에 소품을 만들어 자랑하던 솜씨는 급상승하여 실용적인 내 개량 한복에 도전하였다. 하지만 가정용 재봉틀 기능의 한계에 부딪혔다. 두꺼운 천이라서 바늘이 부러지고 노루발이 씹지 못해 밑실이 들떠 꿰매지질 않았다. 초보자의 마음은 빨리 잘 만들어 인정받고 싶은 의욕은 앞서는데 손은 설익고 미싱은 말을 거역하니 답답한 노릇이었다. 그 시기에 아내가 받은 지인의 폰 소리는 구세주의 음성으로 다가왔다. 오래전부터 지하실에 잠자는 공업용 재봉틀을 수리하여 쓸 수 있으면 사용해 보라는 뜻밖의 희소식이었다. 단숨에 달려갔으나 너무 무거워 혼자서는 끌어낼 수 없었다. 힘깨나 쓰는 이웃사촌의 힘을 빌려 집으로 옮겨와 가정용 재봉틀 옆으로 나란히 자리를 잡으니 공방의 체면이 살아났다.

벌써 방안에는 많은 천이 쌓이고 전지를 오려낸 패턴은 종류별로 나뉘어 집게에 물려있다. 박음질하는 가정용 재봉틀은 살갑게 돌아가는 반면 공업용은 약간 거친 숨소리를 내며 서로 역할을 나누어 잘게 꿰매어 옷의 형태를 갖춘다. 아직 숙련의 경지에는 한참 못 미치지만 개량 한복이며 앞치마, 가방을 시제품으로 거실에 걸어놓고 품평을 부탁했다. 야무진 손끝으로 새로운 작품을 만들어 세상에 내놓은 성취감에 매우 만족해하는 모습이 역력했다. 하고 싶은 일은 취미가 되고 그 일에 가족 모두가 응원하고 지인들로부터 칭찬을 받으니 행복해했다. 그 공방의 출입문 위에 자긍심의 혼을 담은 '동실 침선실'이라는 이름표도 달았다.

'동실'은 아내의 이름이고 '침선'은 옷 따위를 짓거나 꿰매는 바느질을 의미한다. 보통 바늘에 실을 꿰어 옷 따위를 만들거나 수선하는 행위를 포함한다. 침선에 필요한 도구는 보잘것없이 작은 바늘을 포함하여 종류도 다양하다. '규중칠우쟁론기'에 등장하는 침선의 필수품인 자, 바늘, 가위, 실, 골무, 인두, 다리미 이렇게 일곱 가지를 꼽았으나 지금은 인두가 사라지고 재봉틀로 대체되었으며 소품은 업그레이드 되었다. 이를테면 천으로 만들었던 골무는 실리콘으로 진화했으며 대나무로 만든 곧은 자는 플라스틱으로 만든 곡자, 그레딩자, 축도자 등으로 기능을 보완하여 거듭 태어났다. 아내는 이들 칠우의 도움으로 세상에서 단 하나뿐인 자신만의 걸작품을 탄생시킨다. 덕분에 나도 계절마다 멋스럽고 중후한 개량 한복을 입고 나서면 어깨가 펴진다.

아내의 정적인 성격은 시간 부자인 집순이다. 하지만 바느질 취미에 시간을 쪼개어 쓸 만큼 무료함을 느낄 여유는 없다. 그동안 취미거리를 찾아 여러 문을 드나들다 우연히 선택한 바느질은 세상에서 가장 잘한 일로 손을 꼽는다. 만약 「옷 만들기」 프로그램의 기회를 외면했다면 아내는 지금쯤 암울할 것이다. 여생을 함께 할 침선은 유쾌한 취미이면서 재능기부의 곁가지가 되어 보람되고 행복한 나날을 보내고 있다.

오늘도 '동실 침선실'에서 비밀에 싸인 무엇인가를 만드는 재봉틀소리와 함께 콧노래가 문틈으로 새 나온다.

# 개구멍으로 본 영화

아직 귓전에서 '방랑의 휘파람'이 눈처럼 날린다. 몇 번을 들어도 또다시 듣고 싶은 세르지오 레오네 감독의 이탈리아 서부영화 '황야의 무법자' 주제곡 중 하나다. 영화 OST를 무척 좋아하는 편은 아니지만, 가끔 무료할 때 영화를 보면서 덤으로 듣는다. 올겨울만 해도 TV를 통해서 60년이나 묵은 '황야의 무법자'를 두 번이나 거듭 보면서 음악에 더 매료되었다. 영화가 끝나면 진동계의 진폭이 증가하는 휘파람의 공명이 찾아온다. 이를 떨치기 위해 게으른 자리에서 일어나 기지개를 켠다. 겨울이 되면 외풍은 시골집의 상징이다. 콧등이 시리고 발가락이 차디차다. 그래서 주방 창문에 문풍지를 달고 전기 판넬도 설치했다. 그곳에 담요를 깔아 놓고 먹고 자고 TV도 보고 앉은뱅이책상에서 책도 본다. 아주 작은 공간이지만 세상 부러울 것 없는 가장 편안한 나만의 안방이다. 그곳에서 본 서부영화의 잔영은 들창문 틈으로 찬바람과 함께 처음 어린눈에 담았던 영화를 소환한다.

나와 영화의 만남은 아마도 초딩 2~3학년 추석 때쯤으로 기억한다. 며칠 전부터 스피커를 단 도라꾸(트럭)는 신작로에 뽀얀 흙먼지를 일으키면서 엄청난 소리로 선전했다. 동네 아이들은 차량의 뒤꽁무니를 따라 뛰어다니면서 선전 내용을 다 외웠다.

문화와 예술을 사랑하시는 소원면민 여러분 안녕하십니까?
내일 밤 여러분들을 모실 영화, 최무룡, 엄앵란 주연의 피리 불던 모녀고개. 눈물 없이 볼 수 없는 영화, 시네마스코프 총천연색, 피리 불던 모녀고개.
아~ 어찌하여 시집살이는 그토록 매웠단 말인가!
내일 밤 어머니 아버지 아들, 딸 손에 손을 손잡고 오시기 바랍니다.
기대하시고 고대하시라. 피리 불던 모녀고개!

덜 영근 고막을 뚫는 확성기 소리에 보이지 않는 무엇인가 홀린 듯 괜스레 신나고 두렵기도 했다. 사실 영화가 무엇인지 뜻도 모르거니와 본적도 만져 본 일도 없었기 때문이다. 하지만 누나들이나 이웃 형들은 이미 달콤한 맛을 본 듯 시시덕거리며 신바람 나 있었다. 담벼락에 나붙은 포스터도 지나가는 사람들의 발걸음을 잡는데 한몫했다. 벌써 동네 친구 몇은 형들 따라 영화 구경을 함께 가기로 짰다. 우리 누나들도 가설극장에 가고 싶어 안달이 났지만, 할아버지 불호령에 문밖에 나가지도 못했다. 하지만 나는 할머니께서 식구들 몰래 '친구들과 영화 구경 다녀오라'며 쌈짓돈을 털어 손에 쥐어 주셨다. 태연하게 친구들과 윗말 공동묘지에서 만나 명월산을 넘어 뛰다시피

잰걸음으로 갔다. 지엠시가 지나가는 신작로에 흙먼지가 구름처럼 일어 미루나무 높이까지 올라갔다. 그 길 가장자리로 사람들은 띄엄 띄엄 아무렇지도 않은 듯이 가설극장을 향해 발걸음을 재촉했다. 스 피커에서 울려 퍼지는 음악 소리 따라 당도한 곳은 시장 한가운데 설치한 가설극장이었다. 운동장만큼이나 넓은 공터에 군데군데 장 대 말뚝을 박아놓고 둘러친 천막 주변에는 와자지껄한 막걸리 냄새 로 분위기를 띄웠다. 소재지 토박이 사내들은 물 만난 듯이 손가락을 입에 넣고 귀청 떨어지는 휘파람 소리를 내며 처녀들을 유혹했다. 어둑어둑해지자 표를 끊은 사람들은 길게 줄지어 입장이 시작되었 다. 나는 함께 간 친구의 나름 개구멍치기 작전을 믿고 천막 주변을 몇 바퀴 돌았으나 삼엄한 경계에 엄두도 못 냈다. 다른 동네 아이들 이 무모하게 천막 밑을 올리고 들어가려다 붙잡혀 발로 차이는 꼴을 보니 주눅이 들었다. 친구들과 함께 선술집 기둥 뒤에서 망을 보며 기회를 노렸다. 하지만 덩치들은 한눈을 팔지 않고 천막 주변을 서성 였다.

스피커에서는 "오랫동안 기다렸습니다. 바로 시작하겠습니다. 아 직 입장하지 않은 분들은 빨리 들어가십시오" 충동의 멘트는 계속되 었다.

이윽고 조명등이 꺼지고 대한 늬우스 외침 소리에 억제할 수 없는 감정이 행동을 재촉했다. 유혹을 이기지 못하고 '나 먼저 들어간다' 하며 뛰어나와 천막 뒤쪽 코너를 돌 때 덩치 큰 기도가 붙잡았다. 깜짝 놀라는 순간 천막을 들어 밀어 넣어 주었다. 그분이 누구였는지 지금도 모르지만 아마도 산타였을 것이다.

느닷없이 개구멍으로 들어가 사람들 틈새에 앉고 보니 바닥에는 가마니와 멍석을 깔았고 천정은 뻥 뚫려 별과 하현달이 보였다. 흐릿한 스크린은 비가 내리는 듯 흰 줄기로 혼란스러웠고 스피커의 찌직거리는 잔소리로 첫 영화 감상의 설렘은 짜증으로 반감되었다. 영화가 끝날 무렵에는 둘러쳐진 천막이 걷히자 주변에 서성이던 사람들이 몰려들어 왔다. 태반은 꼬마들로 이들이 비집고 들이닥쳐 재잘대는 바람에 그나마 지직거리는 소리마저 들리지 않았다. 그렇게 개구멍으로 들어가 처음 마주한 영화는 신비롭기는 했으나 산만한 분위기 때문인지 아니면 낡은 영사기와 음향기기 때문인지 모르지만, 아무튼 줄거리는 전혀 알 수 없었고 다만 처음으로 신기한 영화를 본 기분만은 만족했다. 뒷날 같은 반 친구들의 호기심은 쉬는 시간마다 나를 에워싸 말 주머니를 열어 주느라 바빴다. 그때마다 다른 친구보다 먼저 경험한 영화는 내 어깨를 들썩이게 했다. 이후 영상을 통하여 감동을 주는 예술의 한 장르가 바로 영화라는 개념을 어렴풋이 알 때는 중학교에 다니면서다. 꿈에 떡 맛보듯 1년에 한두 번 정도 학교에서 단체로 극장에 갔을 때 가마니 대신 나무 의자에 앉아 관람하는 것만으로도 엄청난 사건이었다. 정말 부끄럽지만 숨길 수 없는 문화와 예술의 불모지인 오지에서 자란 또 하나에 증표이다.

아득한 날, 가설극장에 개구멍으로 본 영화는 공감을 얻기보다 문화의 충격이 컸다. 지금 생각하면 그 자체가 또 하나에 영화인 셈이다. 최근 영화관에는 지난해 가족들과 함께 관람한 기생충과 미나리다. 이후 코로나 때문에 집안에서 가끔 내가 좋아하는 영화를 본다. 간이 스크린을 세우고 흘러간 팝송을 듣듯 해묵은 영화인 빠삐용, 링고, 트로이 등을 감상한다. 하지만 가설극장의 무용담은 세계 3대 영화제 수상작은 물론 서부영화보다도 더 또렷하게 가슴에 남는 이유는 무엇 때문일까?

**권오인**
〈그린에세이〉로 등단
충남 계룡시 부시장 역임. 한국디지털문인협회회원
저서 《반월당 이야기》, 공저 《내 인생의 선택》 《내 인생에 위로》 외

# 기억 속의 집

### 이봉순

------------------

    예술은 혼자만의 고독감과 외로움 속에서 탄생 되는 것이라고 한다. 〈기억은 장소로 남는다〉 라는 제목의 전시회는 우리가 7~80년대를 지나며 많이 보아왔고, 어렸을 적에 살았던 집과 건물 그림들이 주를 이루고 있다. 장식이 배제되어 있는 시멘트 벽돌로 지은 1층이거나 2층의 단독 주택들, 지금은 지방이나 제주에 남아있는 집들의 모양이다. 화가는 '기억 속의 집'의 이미지를 자신만의 방식으로 표현한 것 같았다.

    그림들을 둘러보다가 나는 잠시 기억 속으로 걸어 들어간다. 내 기억에 남아있는 어릴 적 집은 일자집이다. 대문 앞에 작은 개울이 흘렀는데, 나는 그 개울이 좋았다. 주변이 온통 논과 밭이었던 전농동 집 앞 개울에서 첨벙첨벙 소리를 내며, 작은 물고기를 잡던 시절이 눈앞에 스친다.

    아버지의 사업이 잘 안 되어 인사동에서 전농동 조그만 집으로 이사를 해야 했을 때였다. 살림은 어려웠지만 온 가족이 오순도순 지냈다. 나는 아무 생각 없이 동네 친구들과 산과 들로 뛰어다니며 놀았다. 내게 집이란 가족들의 행복한 이야기가 있고, 어려운 일이 있을 때는 위로의 말이 오가는 따스한 가족애와 추억이 담겨 있는 곳이다. 어머니께서 손수 차려주신 소박한 밥상처럼, 구수한 밥 냄새와 옆에서 식구들의 두런거리는 이야기가 흘러나오는 풍경.

〈작가와의 대화〉에서 화가는 유년 시절의 이야기를 낮은 목소리로 들려주었다. 첫마디가 그녀는 '늘 혼자였다'는 말이었다. 부산 바닷가 비어 있는 집에서…. 가족들이 생업에 매달려야 하는 어려운 시절에 살았던 집에 대한 기억, 어릴 적 혼자 빈집에서 지냈던 많은 시간이 그토록 외로웠다는 고백에 가슴이 먹먹해졌다. 나이가 들 때까지 가슴 한편에 그때 그 시간을 늘 가슴에 품고 살았다니. 어린 시절의 외로움과 그리움을 추억 속의 집으로 표현한 걸까. 탁한 파란색과 적막감이 묻어나는 집들에서 쓸쓸함, 고독이 깊게 느껴졌다.

내게도 그런 순간이 있었다. 아버지와의 갑작스러운 이별에 고독이나 외롭다는 말을 처음으로 희미하게나마 느꼈던 듯하다. 별안간 아버지가 세상을 떠나시자, 우리 집은 급작스레 모든 환경이 바뀌어 갔다. 게다가 집 문제로 가족이 잠시 헤어져 삼촌이나 이모 집에 뿔뿔이 가야만 했을 때, 나는 뭔가 또렷이 알 수는 없지만, 마음속이 늘 허기졌다. 이모 집이라 눈치 볼 것도 없었고, 사촌들과 잘 놀면서도 마음은 우리 가족에게로 향했다. 다행히 그 기간이 그리 오래가 아니라서 가슴에 그 흔적이 크게 남지는 않은 것 같다.

그때 어머니는 갑자기 가장이 되어 고단한 삶이 이어질 수밖에 없었다. 그런데 과일가게를 운영하시면서도 흰 버선을 신고 한복을 입으시는 자존심이 강한 멋쟁이셨다. 여성이었지만 마음은 대장부이셨고, 고독이라는 말 자체를 아예 모르시는 듯 자식밖에는 어느 것에도 마음을 두시지 않으셨다. 외며느리인 내게 "시부모님을 잘 모시는 게 당신에게 효도하는 것이라 생각하라."며 위로해 주시는 그런 어머니를 닮고 싶었지만 닮지 못했다. 나는 마음만 여려 어머니의 강인한 모성을 흉내도 못 내는 그런 자식일 뿐이다.

남편이라는 울타리가 없이 어린 자식들을 데리고 혼자서 살아내야 했던 어머니는 외로우셨을 것이다. 하지만 어머니의 외로움을 이해하기에는 나는 너무 철이 없는 나이였다. 큰이모는 슬하에 자식이 없으셨는데 늘 나를 당신 딸로 달라고 하셨다. 하지만 어머니는 나를 그 누구에게도 보내지 않으셨다. 교육비도 내기 어려운 시절이었으니 어머니의 짐을 덜 수도 있었을 텐데….

얼마 후 어머니께서 어렵게 집을 마련했다. 그 집에는 마당이 있고, 풍금 소리가 들리는 길의 끝자락에 있어 뭔가 늘 낭만적인 기분이 들었다. 세 자매가 종아리를 걷고 매를 맞기도 했고, 한 이불 속에서 다투기도 했지만 두런두런 지내던 그때가 아련하기만 하다. 든든한 어머니가 계셨기에 우리 세 자매는 아버지의 부재를 견디며 지낼 수 있었을 것이다.

집이란 말에는 가족의 의미가 가장 강하게 들어 있다. '홈 스위트 홈(즐거운 나의 집)' 노래처럼 집은 가족과 함께 기쁜 일과 힘든 일을 견디며 살아내는 곳이라는 의미가 제일 먼저 마음에 들어온다. 그러나 좀 더 넓게 생각해보면 집은 '나'라는 존재의 모든 자질구레한 것들을 다 기억하고 있는, 기억을 모아둔 기억창고나 저장소 같은 곳이 아닐까 싶다. 비록 그 기억이 사람에 따라 좋을 수도 있고 고통과 슬픔의 장소일 수도 있겠지만, 집이 우리에게 주는 이미지는 '영혼의 안식처'라는 느낌이 든다. "내 쉴 곳은 작은 집 내 집뿐이리."라는 노래 가사처럼, 집은 어쩌면 세상에 지쳐 돌아오는 모든 영혼을 받아주고 위로해 주는 유일한 장소일지도 모른다. 그게 실제로 아름다운 집이든, 그저 마음속에서 그리는 집이든 간에 내 몸과 영혼을 뉘일 수 있는 그런 곳. 바로 우리 모두의 집이다.

나의 집은 강인한 어머니가 계셨기에 안온했고, 멋진 정원도 풍금도 없는 셋집이었지만 어머니라는 그늘이 있어 따스한 기억을 담은 그런 집이다. 화가는 기억은 장소로 남는다며 그림들을 예술로 꽃피웠지만, 우리는 이제 다시는 갈 수 없는 사라진 그 옛날의 집이 마냥 그립다. 전시회가 내 안의 기억 속 한 장면을 불러내어 마음에 남았다.

제49호 [2022년 1·2월]

# 봄비 한 방울

사방이 꽃 잔치이다. 봄의 절정이 예전에는 5월이었는데 요즘에는 4월로 당겨진 것을 느낀다. 봄 가뭄으로 메마른 대지와 내 마음에도 봄비 한 방울이 기다려진다.

며칠 전 산소에 다녀왔다. 한식 전에 산소에 떼를 새로 교체하는 일을 해야만 했다. 선산이 있는 여주에는 3월에도 눈이 많이 내려서 작업하는 날을 미루게 되었다. 그러다가 산소 작업을 하려고 일정을 잡아 놓기만 하면 비가 왔다. 미루기를 두 차례나 하다가 겨우 떼를 새로 입히는 일을 마치게 되었다.

떼 작업을 한 뒤에는 가랑비 정도라도 와주면 좋겠지만 봄 가뭄은 계속되었다. 남편이 봉분에 떼를 덮고 나서 옆 개울에서 물을 떠다가 뿌려 주고 왔다고 했지만, 이후에 열흘이 지나도록 잠깐 오는 척만 하다가 땅 표면도 적시지 않은 채 그치고 말았다. 나야 산소에 떼가 죽을까 염려하는 것이지만, 산불이 난 지역에는 폭우라도 반가울 만큼 비가 간절했고, 농부들은 논에 물이 있어야 모내기도 하고 밭농사도 지을 텐데 애가 타는 일이었다. 경북지역에 산불이 9일이나 계속

되었지만 비는 한 방울도 내려주지 않았다. 기우제를 지내고 싶을 만큼 우리의 애를 태웠다.

우리 부부는 할 수 없이 새벽부터 서둘러 산소로 갔다. 양동이와 물뿌리개, 바가지 등을 챙겨, 산소 옆 개울에서 물을 퍼담아 산으로 올라다녔다. 별로 어려울 것 같지 않았던 일이 힘에 부쳤다. 쉬었다 하기를 반복하며 물뿌리개로 골고루 물을 뿌려가며, 잔디가 물을 흠뻑은 아니더라도 목이라도 축여 살아있기를 바라며 열심히 뿌려 주었다. 힘은 들었지만 물을 받아먹으며 여기저기서 '나도 물 좀 주세요.' 하는 것 같았다. 물을 뿌리다 보면, 푸른 잎을 내보이는 잔디가 기특하고 예뻐 보였다. 잔디는 생명력이 강해 쉽게 죽지 않는다고 남편이 말했지만 나는 잔디 한 잎에라도 더 물을 주려고 애를 썼다. 파란 얼굴을 내미는 잔디가 이토록 소중해 보인 적은 처음이다.

정오가 되니 햇살이 여간 뜨거운 게 아니다. 두 번만 더 내려가서 물을 길어오자고 했지만, 다리가 후들거리기까지 했다. 그래도 마음은 새털처럼 가벼운 느낌이었다. 잔디가 물을 조금이나마 받아먹고 푸릇푸릇 자기 존재를 보여 주어서 아닐까. 그곳에 계신 네 분 어르신들과 시아버님께서 흐뭇해하시는 것 같은 마음도 들었다. 얼마 되지 않은 시간이었지만 뜨거운 태양 아래서 수고하는 농부들의 노고를 조금이나마 직접 몸으로 느껴보는 시간이었다. 매일 식탁에 올려지는 먹거리에 감사하는 마음을 잊고 지내다가 다시 한번 떠올려본 계기도 되었다. 남편은 '손주 며느리가 애썼다.' 하며 꽃놀이 가지 않고 산소에 물 주러 가자고 청한 나에게 공을 돌린다….

우리가 산소를 관리하기에는 남편도 칠십이 넘은 나이라서 이런 일이 버거운 눈치다. 그래서 6~7년 전부터는 지인에게 부탁해서 벌초하며 관리를 하고 있다. 남편은 산소에서 내려오면서 '우리 죽기 전에 정리해야 할 텐데' 한다. 나도 동의하는 일이다. 결혼해서 40여 년이 넘게 어른 모시고 아이 둘 키우고 칠십을 코앞에 두고 있다.

파란 하늘 아래 햇살은 따갑게 느껴지지만, 봄바람에 모처럼 노동에서 오는 피로감으로 눈이 감겨온다. 자리를 펴고 나무에 기대앉아 다리를 펴니 몸도 마음도 더없이 편안하다. 조상님들 산소를 돌보고 나서 마음이 한결 평화롭게 느껴져서인가보다. 눈을 감고 있는 그이의 얼굴에 외아들의 고단함이 묻어난다. 치매 시어머니를 모시고 있는 외며느리인 나도 무엇이 다를까마는.

저녁부터는 봄비가 부슬부슬 내리는데 고단한 내 마음에 봄비 한 방울이라도 떨어졌으면 좋겠다.

아 뭔가 떨어지네. 내 눈물인가.

# 밤을 잊은 여인들

긴 시간 동안 비대면 상황이 이어지면서 집안 대소사나 경조사를 전과 다르게 당사자들만 치러야 하는 문화로 바뀌어 가고 있었다. 만나지 못하고 지내는 시간도 1년 이상 계속되다 보니 모임의 결속력이 약해진 것 같아서 아쉽다고 생각을 하던 중이었다. 독서 모임의 신임 회장이 회사나 공무원 등 학교에서 시행하고 있는 줌(Zoom)으로 만나보자는 의견을 냈다. 반신반의하면서 안부를 묻는 것으로 시작을 했다. 30여 명이 되는 인원이 다 참여하지는 않았지만 십여 명이 새해 인사를 겸해 줌으로 만났다. 화상으로 얼굴을 보고 목소리를 들으며 모두 반가워하며 쉬었던 독서 공부를 이어가자고 했다.

경험해 보지 않아서 컴퓨터나 폰에 연결하는 작업이 어렵게 느껴졌지만, 줌을 배워가면서 할 수 있었고 적극적으로 활용하면 좋겠다는 생각도 들었다. 독서회, 수필모임을 외출하지 않고도 줌으로 만나서 공부를 할 수 있어서, 코로나 시대에 무척 유용한 방법이라 생각한다. 친구가 중국어에도 도전해보자고 했다. 선생님은 친구의 조카 딸이다. 처음엔 친구 조카에게 중국어를 배우는 것에 별로 관심이 가지 않았다. 잘나가는 동시통역사이고 대기업에서 강의하며 아기도 있는데 민폐를 끼치는 것 같아서였다. 두 친구가 적극적으로 나서서 '친구 따라 강남 간다'는 심정으로 시작을 했다. 공부를 시작하고 보니 이제는 젊고 목소리도 고운 선생님하고 만나는 시간이 기다려진다. 어쩐지 젊어지는 시간이 될 것 같은 설렘도 생겼다. 세 친구의 남편들이 똑같이 영어가 아니고 웬 중국어냐고 해서, 우리는 똑같이 치매 예방으로 한다고 했다고 해서 함께 웃었다.

중국어를 공부하는 친구 세 명은 동갑이며 모두 구십이 넘으신 시어머니를 모시고 있다. 낮에는 시간이 여유롭지 않아서, 밤 10시에 일주일에 두 번 하기로 하고 '밤을 잊은 여인들'이라고 모임 이름도 지었다. 시작한 지 2년을 코앞에 두고 있는데 이제는 그 시간이 기다려지고 활기가 생겼고 하루가 더 바빠졌다. 비대면 시대여서 나가지 않고 집에서 명강사한테 배울 수 있으니 서너 시간은 절약되는 것 같아 더할 수 없이 효율적이다. 처음으로 접해보는 중국어 발음도 어색하고 간결하게 쓴다는 간체자도 익숙지 않아 잘하지는 못하지만, 선생님은 잘하는 거라며 용기를 주었다. 칠십을 앞둔 할머니들이 늦은 밤에 예쁜 목소리도 아닌데 선생님의 칭찬에 1시간이 금방 지나간다.

몇 년 전에 친구들과 계림에 갔을 때이다. 남편이 중국에서 사업을 하는 친구가 무대에 초대를 받아서 중국 노래를 구성지게 부르고, 쇼핑할 때도 중국어로 말하는 것을 보고 부러웠지만, 영어도 제대로 못 하는 처지여서 중국어에 도전해볼 생각은 해 보지 않았다. 또 스페인 여행 때 만났던 70대 어르신이 회화책을 들고 다니며 열공하는 것을 보았다. 하지만 20여 년 전부터 외며느리로서 시어머님의 잦은 병원 출입으로 늘 머릿속에 핑곗거리가 있었다. 시도 때도 없이 일이 생겨 정해서 뭔가를 하기가 어려웠다. 그러나 사실은 나의 게으름과 무관심이 문제였다. 지금도 상황이 녹록하다고 할 수 없다. 하지만 지금이라도 도전할 수 있어 다행히 아닌가. 중국어를 열심히 익혀서 코로나가 사라지면, 북경이나 서안에 가서 음식도 주문해보고 쇼핑도 해 보고 싶다. 나이가 있으니 기억력에도 한계가 있지만, 어학을 하면 노년에 인지 저하를 막아준다는 보고도 있어 노인들이 도전하는 게 아닐까. 알아가는 즐거움도 있고 만남의 기쁨도 있어 '일석이조'가 아닌가 한다.

　PC나 핸드폰의 기능이 많아도 활용을 못 하는 기능도 꽤 많다. 걸핏하면 무시당하는 노인이기 쉬운데 줌으로 수업을 하는 것을 보고 자녀들도 내심 놀라는 눈치였다. 새해 첫날에 만나지는 못하니 새해 덕담을 하려고 화상으로 만날 때였다. 손녀가 할아버지와 할머니 삼촌이 보이고 목소리까지 들린다면서 신기해했다. 이런 에피소드도 있다. 독서회 회원이 하와이 해변에 파도가 치는 화면 앞에서 이야기하는 것을 보고는, 현지에 가 있는 게 아닌가 하는 착각을 했었다. 화면에 얼굴이 크게 보이고 각도에 따라 삐뚤게 보이기도 한다. 구글에서는 어떻게 앉아 있어도 정면에 똑바로 앉아 있는 것처럼 보이게 거리와 각도를 보정을 해주는 기술로 특허 신청을 했다는 보도도 전해진다. 요즘엔 눈썹과 립스틱을 칠한 것 같은 기능도 배워 재미가 쏠쏠하다. 코로나가 끝나도 이동하지 않고 줌을 이용한 공부나 만남은 계속 이어가려고 한다.

　아침 방송에 어느 교수가 4개 국어에 도전한 경험을 들려준다. 나이 육십 이후에 우리가 가용할 수 있는 시간이 11만 시간인데, 그중에 1만 시간만 투자해도 뭔가를 이룬다는 '1만의 법칙'을 강조한다. 우선 나 자신과 약속을 하고 그 약속을 지키려는 의지가 중요하단다. 시작만 해놓고 용두사미가 되지 않기를. 밤을 잊은 여인들의 마음이 바빠진다. 같이 공부하는 친구가 "네 얼굴에 생기가 돈다"고 한다. 코로나19가 1년 이상 이어지는 동안 지루했던 일상에서 새로운 경험을 하면서 활기가 생기는 것은 분명하다. 코로나가 가져다준 또 다른 시간의 여유가 생긴 덕분이기도 하다. 눈이 침침해지는 시간에도 책상에 앉아 선생님과 친구를 기다린다. 함께 할 수 있는 친구가 있어 고마운 일이다. 학원에 가지 않고도 친구들과 你好! 인사 정도만 해도 어디냐 한다. 얼마 전부터는 공부 시간이 늘어났다. 수다로 시작을 하게 되어서다. 힐링이 되는 수다는 자꾸 늘어만 간다.

　실력이 쌓이면 중국 식당에서 주문도 해 보고 여행을 가고 싶은 마음으로 설렌다. 싱싱한 물줄기가 발가락부터 올라오는 느낌이 든다. 그 물줄기가 가슴까지 올라오려면 시간이 걸리겠지만 인내심을 가지고 노력해 보련다. 게으름과 무관심의 악습에서 파아란 새싹의 잎이 무성해질 때까지.

**이봉순**
〈그린에세이〉로 등단
율목독서회 회원, 남태령수필문우회 회장

# 호박잎

온경자

-------------------------

  호박잎 속엔 그리운 옛날이 있다. 눈에 띄면 사고 싶다. 그러나 사서 다듬다 보면 얄미운 장사 속셈에 속이 상한다. 쇠어서 버리는 것이 많기 때문이다. 오랜만에 호박잎다운 것을 사 먹었다. 호박잎 생각에 젖다가 할머니와 어머니를 꿈에 만나기도 했다.

  푹푹 찌는 날 모란장에 갔다. 푸성귀들이 노인 앞에서 한낮 더위에 시들고 있었다. 연한 줄기가 많은 호박잎 단이 눈을 끌었다. 솜털이 뽀얀 것이 분명 내가 찾는 호박잎이었다. 한 단 달라고 했더니 많이 묶인 걸로 골라가랬다. 농사지은 것으로 방금 따왔다는 말에 가지와 깻잎 순도 욕심이 나서 샀다. 보라색이 곱게 물든 가지는 생으로 먹고 싶게 반들거렸다. 돌아서는 나를 불러 세우더니 쌈짓돈을 찾듯 보따리를 뒤적거려 애기 가지 세 개를 덤으로 주었다. 얼마 남지 않아 많이 줄 수 없다고 아쉬워하며. 모습처럼 마음도 후덕한 노인이었다.

  호박잎을 다듬었다. 다 다듬도록 억센 것은 하나도 나오지 않았다. 벗겨낸 껍질만 고스란히 나와서 버릴 것은 고작 한 줌밖에 안 되었다. 그 노인은 텃밭 일을 소일거리로 여길 것 같다. 찬거리나 손자들 용돈벌이 정도만 바라며 가꾸었으리라. 팔 것도 식구들이 먹을 것이라 여기며 연한 잎만 골라 땄을 것이다. 호박넝쿨의 어린줄기를 아끼지 않고 뚝뚝 잘라 묶은 것을 보면 알 수 있다.

호박잎을 따 가지고 와서 식구들과 다듬던 일이 생각난다. 실 같은 껍질이 잎자루에서 잎맥 끝까지 쭉 끊어지지 않고 벗겨지는 것이 재미있었다. 조금 쇤 것은 길게 모아 잡고 두 손바닥으로 비비면 거친 솜털이 떨어져 나갔다. 호박잎쌈은 식구 모두 좋아했다. 이가 성치 못한 할머니가 오물오물 맛있게 자시던 모습이 선하다. 풋내가 물씬 풍겨서 맛이 없을 듯해도 쪄서 먹으면 그 맛에 놀란다. 풋고추 냄새 진한 쌈장과 어우러진 호박잎쌈 맛은 고기에 댈 게 아니다.

어머니는 가끔 호박잎으로 국을 끓여 주었다. 조리에 된장을 담아 쌀뜨물에 풀어 콩 찌꺼기를 걸러냈다. 호박잎은 짓이겨 헹궈서 빽빽하게 넣고 애호박을 따오래서 주먹으로 툭툭 깨 넣어 끓였다. 칼질보다 그게 더 맛있다고 하면서. 먹다 보면 으스러진 호박이 달콤하게 혀에 감겨들었다. 깔깔하던 호박잎도 성질을 놓고 보드랍게 씹혔다. 그때 이후 한 번도 끓여 먹은 적이 없으니 추억 속의 국으로 남았다.

봄이면 호박 구덩이의 똥 삭는 냄새로 멀미를 앓아야 했다. 할머니는 말려둔 호박씨를 심었다. 떡잎은 푸르다 못해 검고 튼실하였다. 떡잎 사이로 속잎을 피우더니 도르르 말린 덩굴손을 쳐들고 끄덕거리기 시작했다. 감을 것을 찾아 더듬거리는 것 같았다. 할머니는, 걸음마 하는 손자를 잡아주듯 넝쿨을 이끌어 울타리 나뭇가지에 걸쳐주었다. 호박순들은 슬금슬금 온 울타리를 뒤덮어 제 세상으로 만들어갔다. 장마철엔 호박이 많이 곯아떨어졌다. 할머니는 수꽃을 뚝 잘라다 암꽃 위에 포개어 주었다. 어머니는 호박이 열릴 때부터 눈여겨 두었다가 그 크기에 알맞은 반찬을 해 주었다. 나물, 부침개, 찌개 등 자주 먹어도 질리지 않았다. 두 분은, 자손들을 키우는 기쁨 못지않은 재미를 텃밭에서 느꼈으리라. 수건 머리에 쓰고 꼬부라져 밭매던 모습이 떠오른다.

똥거름 속에서 싹이 터 서리를 맞고 바스러질 때까지 끈질기게 살아내는 호박잎. 제 몸을 그럴듯한 향내로 가꿀 꿈이나 꾸었겠나. 햇살을 받아 갈무리하고, 빗물 머금어가며 넝쿨을 키웠으리. 하늘을 우러러 펼쳐 든 호박잎이 어머니의 기원 같다. 늦가을 밭에 호박잎이 쓰러지며 덩실 내놓은 호박덩이가 나 아니던가.

호박잎을 푹 쪄서 쌈장과 함께 저녁상에 내놓았다. 넓은 잎을 반으로 살살 찢어 쌈을 쌌다. 되살아난 옛날 맛에 미소가 절로 번졌다. 남편도 호박잎에 손이 자주 갔다. 남은 것을 다음 끼니에 내놓아도 잘 먹었다. 그다음 끼니에 놓지 않았더니 호박잎 없느냐며 찾았다. 세 끼를 연거푸 먹고도 질리지 않는지 호박잎을 마지막으로 비우며 "호박잎 참 맛있다."는 찬사로 마무리 지었다.

아무래도 모란장에 또 호박잎을 사러 가야 할 것 같다. 그 노인이 호박잎을 팔러 나왔으면 좋겠다. 만나면 쉰 것 하나 없는 호박잎 잘 먹었다고 고마운 인사를 해야겠다.

제53호 [2022년 9·10월]

# 계단을 오르며

아파트 승강기 교체 공사가 시작되었다. 한 달 동안 헉헉대며 16층을 오르내릴 일이 막막하다. 옆집과 아랫집은 젊은데도 피난을 갔다. 며칠 안 되었는데 무릎이 시큰거린다. 산다는 것은 계단을 오르내리는 일이 아닌가.

숨 가쁘게 살았던 지난날, 앞날에 꿈을 묻고 현재쯤이야 참아야 한다며 다그쳤다. 끊길 뻔했던 학업을 간신히 이어가고, 교사가 되고, 결혼하여 고난을 이겨온 지금, 숨찼던 계단을 내려다본다. 다시 오른다면 그렇게 살고 싶지 않다. 많은 후회와 실수가 보이기 때문이다. 지나고 보니 그렇게 속 썩일 일이 아닌데 그랬구나 싶기도 하다. 고생의 틈서리에서 살짝 반짝였던 기쁨의 순간들은 수채화로 남아 미소를 머금게 한다.

처음 공사가 시작되던 날엔 빨리 올라가야 한다는 생각으로 발걸음을 급히 내디뎠다. 아려오는 종아리를 풀어주지 않고, 쉬어가라는 의자도 지나치며 올랐다. 숨이 차서 가슴이 뛰면 잠깐 서서 달랠 뿐이었다. 젊은 날의 내 모습이었다. 시행착오를 반복하면서 덤볐던 교사 생활, 다리는 통통 붓고 쉰 목소리는 방학이 되고서야 풀리곤 했다. 학교 일로 한밤중에 눈길을 걸어 귀가한 적도 있다. 바쁘면 밥알을 대충 씹어 꿀꺽 넘겼다. 마음마저 나약하여 작은 스트레스에 상처를 받았다. 힘들면 잠시 쉬며 나를 챙길 줄 몰랐다. 이젠 병만 고스란히 남아 괴롭힌다. 펄펄 나는 젊음은 늙음이 멀기만 했다.

계단 내려가기는 쉽지만 조심스럽다. 굴러떨어진 적이 있어 오금이 저리기도 한다. 힘을 빼고 절름거리며 내려가도 무릎이 뜨끔거린다. 낭패의 쓴맛처럼 가시지 않는다. 닥친 추락 앞에 어김없이 나타나 갈 길을 열어 준 계단, 어머니의 동화가 생각난다. 나락을 언제다 베느냐는 아들에게 끝보다 앞만 보고 베라고 한 아버지의 말은 계단 앞에서 망설이는 나에게 힘이 되어주었다.

며칠 못 가서 오르는 속도가 늦추어졌다. 두어 층 오르다 창밖을 보았다. 모과가 샛노란 얼굴로 웃고 있었다. 단물, 신물, 흠씬 머금고 세상에 나온 자랑스러운 모습이었다. 바라던 계단 끝에 올라 좋아서 내지르는 함성이 마구 들리는 듯하였다. 첫아기를 안았을 때, 집을 처음 장만했을 때, 상을 탔을 때, 나는 잘 익은 모과였으리라. 모과 구경에 아픈 다리가 사르르 녹았다.

계단은 오를수록 바깥 경치가 사라지고 삭막한 실내가 반복되어 나타난다. 다리가 무너질 듯하고 몸이 물먹은 솜이 되면 절로 의자에 앉게 된다. 한숨을 내뿜으며 앉지만 어서 가야 한다는 생각뿐이다. 급할 것도 없는데 왜 마음이 이렇게 작동할까. 진득하게 앉아 조급증을 달래본다. 천정을 올려다보다 창밖 하늘을 보니 마음이 편안해진다. 일어나 다시 떼는 걸음이 한결 가볍다. 쉬어준 만큼 기운을 내주는 몸을 종 부리듯 했으니 얼마나 어리석은가.

서너 층 오르다 의자에 털썩 몸을 부려놓는다. 피로를 받아주는 의자가 어머니 품속 같다. 들고 가던 신문을 읽는다. 잠깐이지만 여유롭다. 남편과 갈 때는 앞서거니 뒤서거니 하며 의자에서 쉰다. 앞서 올라간 남편의 발자국 소리가 숨어들 때, 일어서서 가면 남편이 앉았던 의자를 나에게 내어 주고 간다. 어느 땐 서로 앉으라고 하다 어쩔 수 없이 내가 앉곤 한다. 서로 도우며 고생했던 옛날이 생각난다. 둘이었기에 견디었으리라. 딱 알맞게 쉴 만큼 의자가 놓여 있어 놀이하듯 재미있다. 사는 것도 놀이하듯 할 수 없을까. 손해를 봐도 껄껄 웃고 마니 얼마나 홀가분한가. 돌이켜보니 고비 많던 지난날이 놀이 같기도 하다.

한 계단씩 높아지고 발전하는 모습에 쾌재를 부르지만 이내 다음 계단이 손짓한다. 쫓다 보면 계단은 짐이 되고 만다. 그 짐을 놀이하듯 지고 간다면 즐겁게 살 수 있으리라. 산다는 것은 꿈을 꾸는 일이었다. 잘해보려는 갈망으로 살았으니 말이다. 아침마다 하는 허리운동, 어깨 통증을 달래는 쑥뜸, 지겹게 생각하면 짐이다. 추위에 문 열어젖히고 뜸 뜰 때면 이가 절로 갈린다. 열 손가락 지문과 어깨에서 타는 뜸의 연기가 실오라기처럼 피어오른다. 어깨는 열기가 파고들면서 시원해지고 손가락은 벌게지며 신음하게 한다. 고통이 아니고 놀이라고 달래며 참는다. 건강을 향한 계단 오르기다.

까마득하던 한 달 동안의 승강기 공사가 사흘 남았다. 지나가고 마는 것을 그리 안달하며 사는 일이 어찌 이번뿐이랴. 미끄러져도 계단에 즐겨 오르리라.

# 현충원의 시동생

올여름에 큰 시동생이 세상을 떴다. 지병이 무거웠으나 부음이 갑작스러워 마음 가누기 어려웠다. 동생을 앞세운 남편의 설움이 컸다. 가을 끝자락, 동작동 현충원으로 시동생을 만나러 나섰다. 바람은 스산하고 단풍은 눈부셨다. 어찌나 조경을 잘해 놓았는지 탄성이 절로 터져 나왔다. 산 자나 죽은 자나 함께 누리는 축복의 장이었다.

남편의 뒤를 따라 터벅터벅 충혼당을 향해 걸었다. 어젯밤 잠을 못 잔 탓으로 발걸음이 무거웠다. 나라를 위해 목숨을 바친 분들 앞에서 걱정거리 하나 삭이지 못했던 것이 부끄러웠다. 숲이 우거진 가로수 길은 비탈져도 걷기 좋았다. 산수유 열매에 햇살이 내비쳐 빨간 물이 금방 떨어질 듯 맑게 보였다. 한껏 무르익은 가을빛이 영령들을 감싸고 있었다.

한참 올라와 내려다본 현충원은 넓었다. 한없이 시원스런 잔디광장이며, 영령들을 옹위하듯 둘러선 산줄기며, 골짜기 너른 땅에 굽이굽이 빈틈없이 들어찬 호국영웅들의 비석들. 헤아릴 수 없는 주검 앞에서 탄식 말고 할 말이 또 있겠는가. 꼭 그렇게 생명의 희생을 치러야만 했을까. 역사는 깨우치려 하고 현실은 다시 그 길에서 헤어나지 못한다. 지금 이 순간에도 전쟁을 저지르고 있지 않은가.

비문을 읽으며 걸었다. 앞에는 이름, 뒤에는 간단한 사망 사연, 잠시나마 그분들의 눈 감던 순간을 그려보았다. 대부분이 어머니를 그리며 떠나지 않았을까. 세상에 이름 지어, 보란 듯 내보낸 자식, 어미는 목이 터져라 그 이름 부르고 불렀으리라. 비석 앞에 작은 상석과 꽃병. 붉은빛과 분홍빛 무궁화가 하나 같이 줄 맞춰 꽂혀 있었다. 조화지만 나라꽃을 바라보니 애국심이 새삼 일었다. 줄지어 선 희생의 묘비 밭에 가을볕만이 무심히 쏟아지고 있었다.

아직도 생생한 6·25의 기억, 따발총 소리에 부들부들 떨며 이불 속으로 숨어들었다. 이가 부딪히며 그칠 줄 몰랐다. 갓난아기를 업고 아버지를 찾아 나서던 어머니의 초점 잃은 시선, 나를 버리는 줄 알고 울며 쫓아갔다. 아버지의 감옥 탈출 이야기에 가슴을 쓸어내리기도 했다. 다시는 이 나라에 전쟁이 없기를 바라는 마음 간절한데 심해지는 북한의 도발에 가슴이 무겁다.

시동생이 잠든 충혼당은 현충원의 가운뎃길 끝, 제일 높은 곳에 자리 잡고 있었다. 남편의 수술로 장례식 참례를 못 하여 충혼당에 안치된 걸 이제야 알게 되었다. 햇빛 좋은 야외가 아니어서 편치 않았다. 성공을 향한 이승의 번호, 그리도 얻어내려 했던, 죽고 나면 풀 죽는 그 번호, 이제는 주검의 번호가 된 숫자를 되뇌며 어렵지 않게 시동생을 찾았다. 책장 속 같은 비좁은 곳에 빽빽이 들어찬 영혼들, 한 뼘 남짓 공간에 갇힌 시동생의 유골 항아리가 가슴을 무겁게 눌렀다. 사진 속 낯익은 얼굴이 선한 눈빛으로 우리를 맞았다. 다음에 올 동서의 사진 자리와 함께. 식구들의 사랑한다는 카드 한 장만이 쓸쓸히 붙어 지키고 있을 뿐이었다. 햇살이 허망함을 달래주듯 찾아 들어 채워주었다.

시동생과 나는 동갑이다. 한집에서 살았으나 항상 조심스러웠다. 내복 한 벌 선물한 적이 있을 뿐이다. 오늘 사진에선 다정함이 묻어났다. 설핏 남편의 얼굴도 내비쳤다. 살아생전 따뜻한 말 주고받지 못한 것이 아쉽다. 어머니의 만류에도 고집스럽게 월남전에 뛰어든 것이 화근이었다. 고엽제가 원인이 되어 날이 갈수록 폐가 굳어갔다. 폐 하나는 손을 놓고, 남은 하나도 간신히 숨을 몰아쉴 지경이었으니 얼마나 고통스러웠을까. 가까워진 죽음을 가늠하면서도 절망하는 빛을 보이지 않았다. 형제들 모임에서 못마땅한 점을 지적할 정도로 꼿꼿했다. 그래서 더 그리 쉽게 가리라고 예상치 못했던 것이다.

남편이 동생을 부르며 잘 있으라는 인사를 남겼다. 남편은 형이 먼저 가야 하는데 동생이 앞섰다는 말을 여러 번 하였다. 어디로 보나 팔순 노인으로 추레해지는 남편, 요새는 허리까지 아프다고 한다. 가끔 어릴 적 동생을 떠올리며 그리워한다. 시동생은, 형이 친구들과 놀러 갈 때면 동생들을 거느리고 몰래 따라오곤 했단다. 형과 어떻게든 어울리고 싶어 했던 동생, 형을 엿보다 들키면 줄행랑을 놓았단다. 쫑긋쫑긋 고개 내밀며 살폈을 까까머리 시동생이 보이는 듯하다.

사람같이 귀한 것이 또 있을까. 의미 없는 삶이 어디 있을까마는 나라를 위해 목숨을 바친 호국영령들의 의미는 고귀하기 이를 데 없다. 나뭇잎같이 초록 물들이다 낙엽처럼 떠나는 게 인생이지만, 이분들은 지지 않을 단풍잎이다. 시동생이 편히 잠들길 빈다.

**온경자**
〈그린에세이〉로 등단. 서울거원초등학교 교감 퇴직
한국노인종합복지관협회 신노년문학상 대상(2012)
별뜰문학회 회원

# 이합집산

최봉호

------------------------------

　요즘 벌어지고 있는 몇 가지 사회적 이슈에 대해 어떻게 내 입장을 가져야 할지 감이 안 잡힌다. 예를 들어, 통계청이 발표한 어떤 수치에 대해 통계가 조작됐느니 안 됐느니 말들이 많다. 이 문제를 바라보는 시각은 자기가 속한 진영에 따라 정반대로 양분된다. 이 문제는 4년 전에 불거졌다. 당시 통계청에서 2018년 1/4분기 가구소득이 줄었다고 발표를 했는데, 이게 당시 정권에 불리하게 작용을 하였다. 그 일환으로 당시 청장이 8월에 바뀌게 되었다. 후임 청장이 다시 분석해보니 그렇지 않다고 위에다 보고한 걸 놓고 조작한 것이라고 감사원은 간주하고 있는 것 같다.

　이 사안에 대해 중립적인 입장에서 의견을 말하라면, 사실 통계수치를 조작하는 건 쉽지 않은 일이다. 하나의 수치를 만들기 위해서는 많은 사람이 관여하고 있어 이들 모두를 자기 편으로 끌어들여 수치를 바꾸기 어렵기 때문이다. 그러나 만들어진 수치에 대해선 해석을 자기 신념에 따라 여러 가지로 할 수는 있겠다.

한 개 수치를 놓고 자기 입장에 따라 달리 해석하는 게 일반적이다. 조선 시대도 그런 일이 있었을까. 조선 시대의 당파싸움은 14대 왕인 선조 때부터 시작되었다고 알려져 있다. 인사권을 가진 이조의 전랑 자리를 놓고 자기 사람을 앉히기 위해 파벌이 나누어졌다. 그 자리에 퇴계 이황을 추종하는 영남학파는 신진 사대부인 김효원을 밀었다. 반면에 율곡 이이를 추종하는 기호학파는 선대의 왕인 명종비 동생인 심의겸을 밀었다. 이를 계기로 이들은 각각 동인과 서인으로 파가 나뉘게 되었다.

이후 때로는 동인들이 정권을 잡기도 하고, 어떨 때는 서인들이 정권을 잡았다. 선조 때 일어난 임진왜란도 잘하면 방지할 수 있었을 터인데 당쟁으로 올바르게 대처하지 못했다. 당시 조정에서는 임진왜란 발발 2년 전에 조선통신사를 일본에 보내 실정을 파악토록 했다. 서인에 속했던 정사 황수길은 일본이 쳐들어올 준비가 되었다고 조정에 보고를 했다. 그런데 동인에 속했던 부사인 김성일은 쳐들어오지 않을 것이라고 보고를 했다. 조정에서는 부사의 의견을 받아들였는데, 아마 당시 동인 측의 세력이 우세했기 때문에 그런 결론이 나지 않았나 싶다.

그러다가 서인이 정권을 잡을 수 있었던 계기는 정여립의 모반 사건이었다. 정여립은 당초 서인에 속했는데, 나중에 동인으로 변절하고, 역모를 일으켰다. 그 여파로 기축옥사가 일어나 많은 동인이 죽임을 당하고 서인이 득세하였다. 그러다가 1591년에 세자책봉 문제로 서인의 우두머리인 좌의정 정철이 실각하고 동인이 득세하게 된다. 이후 동인은 선조 때와 선조의 후임 왕인 광해군을 폐위시키는 인조반정이 발발할 때까지 30년 동안 집권하였다.

이와 같이 어떤 안건을 놓고 뜻을 같이하는 사람들끼리는 그룹을 만들고, 다른 그룹에 속하는 사람들에게는 무자비하게 공격하는 게 인간사인 것 같다. 당시에 권력을 잡은 당은 반대편 당 사람들을 무자비하게 귀양 보내거나 사약을 내렸다.

이렇게 신하들이 파벌을 형성하고 서로 싸움을 치열하게 전개했는데, 왕인 선조는 가만히 보고만 있었나? 사실 선조는 신하들에 의해 어린 나이인 16세 때에 추대된 임금이었다. 그리고 선대왕인 중종의 정비 아들이 아니라 후궁의 셋째 아들로 태어났다. 이복형인 바로 앞 왕인 명종이 후사 없이 사망하자 신하들에 의해 추대된 임금으로 왕권이 취약할 수밖에 없었다. 그래서 신하들의 힘을 이용하고 거기에 의지하고자 해 어느 편에 가담하기가 쉽지 않았던 것 같다. 나도 직장에 다닐 때 어느 한 편에 확실히 붙었어야 했는데 그러지 못하고 중립을 지키다 손해 본 때가 많았다. 그러나 선조는 신하들과 밀당을 잘해서인지는 확실치 않으나 임진왜란을 겪고 신의주까지 몽진했음에도 불구하고 40년 넘게 왕위를 지킨 게 아닌가 싶다.

이조 전랑 자리로 시작된 붕당은 어떤 사건이 발생할 때마다 계속 분파되었다. 동인은 정철의 치죄를 놓고 남인과 북인으로, 다른 한편 서인은 노론과 소론으로 갈래를 쳤다. 이 중 북인은 대북과 소북으로, 대북은 다시 골육/육북/중북으로 분파되었다.

이와 같은 사백 년 전의 일들은 지금에도 똑같이 일어나고 있다. 자기가 속한 그룹의 입장에서 무조건 편드는 게 아니라 팩트를 기준으로 합리적으로 논의하고 협력하여 여러 사회적 이슈가 해결되기를 기대해 본다.

제53호 [2022년 9·10월]

# 비법은 없다

L 교수와 어떤 외국의 통계청에 신기술을 전수해주는 프로젝트를 따는 작업을 같이한 적이 있다. 이 사업에 응모하는 제안서(안)를 내가 작성하고, 교수는 보완하는 역할을 하기로 했다. 이 사업의 핵심은 신기술을 효과적으로 교육하는 일이었다. 나는 내가 아는 한에서 커리큘럼을 만든 후 교수에게 수정토록 보냈다. 교수는 보낸 자료에다 내가 전혀 모르는 새로운 과목을 추가하였다. 나는 별로 탐탁하지 않았으나 본인이 잘 아는 걸 가르치는가 생각하고 이의를 달지 않았다. 이를 제출하여 프로젝트를 따낸 후, 실행계획서를 짜는 중에 문제가 불거졌다. L교수는 내가 전혀 모르는 그 기술 전수를 내가 맡아야 한다고 했다. 다음은 나와 그의 대화이다.

　나 : 아니, 본인이 넣었으면 본인이 해야지, 왜 제가 해요? 저는
　　　그 분야는 정말 아무것도 몰라요.
　그 : 뭐 무서워하세요? 배워서 하면 되잖아요.
　나 : 배워서 할 성질이 아니에요.
　그 : 최 선생은 성격이 왜 그리 Serious(시어리어스, 심각 또는 신

중)해요. 적절하게 한 것처럼 꾸미면 되잖아요.

　　나 : 그렇게는 못 해요.


　나는 그런 식으로 엉터리로는 못하겠다고 응수한 후 다른 전문가를 소개해 주고 빠졌다. 나는 내가 해 보지 않았거나 어설프게 알아 자신이 없는 걸 해달라고 부탁하면 맡지 않겠다고 발을 뺀다. 모르는 걸 강의하면, 수강자는 내가 엉터리라는 걸 금방 알아차린다. 나는 식은 땀이 날 것이고, 듣는 사람들도 괴롭기는 마찬가지일 것이다.

　이 해프닝에서 내가 '시어리어스' 하다고 한 지적에 대해서는 그렇구나 하고 공감하였다. 학창 시절에 가정통신 난에 '책임감이 강하다' '솔직하다'라는 표현은 항상 들어간 내용이었다. 직장에 다닐 때는 '정직'을 모토로 삼아 성실하게 일했다. 일을 대충대충 적당히 하라 하면 생리에 맞지 않는다. '시어리어스'하다고 한 지적은 맞다. 최근에 어떤 지인이 자기가 너무 '시어리어스'해서 이를 탈피하기 위해 노력하고 있다고 말해주었다. 지인의 말도 있고, 내가 '시어리어스' 하다는 평을 들으니 고쳐야겠다고 마음먹었던 시점이었다. 내 몸을 적당히 가볍게 하는 게 좋겠다는 생각을 가졌다.

　뭐가 좋을까 생각하다가 미술을 배우면 매사 '시어리어스한 내 성격을 바꾸는 데 도움이 되겠구나' 하는 생각을 했다. 그래서 미술사 자격증을 따고, 봉사단체에도 가입했다. 장롱 자격증이지만, 봉사활동을 함에 도움이 되었다.

　2주일에 한 번씩 주간보호센터에서 어르신들에게 미술을 보여 준다. 처음에는 남들 앞에 서는 게 어색했는데, 몇 번 해 보니까 어색함은 가셔졌다. 마술은 빠른 동작으로 남의 눈을 속이는 것이 많지만 다 그런 것은 아니고, 난이도가 높은 손기술을 요구하는 것도 꽤 있다. 암만 쉬운 손기술이라도 연습을 하지 않고 남들 앞에 서면, 반드시 엉기게 된다. 한번은 준비시간도 없고, 큰 기술을 요구하지 않는 단순한 마술을 하고자 했다. 그래서 머릿속으로 숙지를 하고 나섰는데 생각만큼 손이 따라주지 않아 잘 안 되어 '미안하다' 말하고 빨리 끝낸 적이 있다. 어르신들은 괜찮다고 다음에 잘하라고 얘기해 주었지만, 그때의 커다란 낭패감은 결코 잊을 수가 없다.

그래서 마술사 타이틀을 유지하기 위해서 어느 정도 손기술을 익혀야 하는데 이게 어렵다. 한번은 S라는 어떤 젊은 마술사를 사귀어 마술을 잘하는 비법을 배워보려고 시도했다. 잘하는 비법이 뭔지 물어보았으나 특별한 비법은 없다고 한다. 단지 "반복적으로 꾸준하게 연습하는 길만이 비법이에요."라고 했다. 마술봉사단에서 잘하는 사람에게 물어보아도 같은 대답이다. 마술봉사단의 동료는 '가르쳐달라' 하면 한두 번 시범을 보여 주지만, 그게 전혀 충분치 않다. 그러면서 "시간과 돈을 투자해 오랫동안 배우는 수밖에 없어요."라고 비법 아닌 비법을 덧붙인다.

가끔 나는 마술사라고 지인들에게 행세한다. 그런데 내가 하는 걸 보고 다들 평가하기를 "무척 어설프다."고 말한다. 마술 활동을 더 하려면 어설픔을 극복해야 한다. 비법은 없다. 꾸준하게 열심히 연습하는 것이 비밀이라면 최고 비밀이다.

# 힘 빼기

동생한테 당구를 배우고 있다. 동생은 퇴직 후에 하고 싶은 것 중에서 당구가 체질에 맞는다면서 당구에 흠뻑 빠져 있다. "형, 참 이상해. 당구를 거르는 날은 잠이 잘 오지 않아!" 동생에게 당구는 빼놓을 수 없는 취미가 되었다. 전문가한테 수개월 동안 힘들게 배웠다고 자랑도 한다. 그러면서 당구는 예술이 아니고 과학이기에, 본인 나름대로 아무렇게나 치지 말고 자기가 말하는 걸 무조건 따라야 한다고 얘기한다. 당구는 뉴턴의 물체 운동법칙(작용·반작용의 법칙 등)을 철저히 따르는 과학이라는 점을 강조했다. 그런 동생한테 일주일에 한 번씩 지도를 받으면서 가장 많이 들었던 얘기는 "어깨 힘을 빼라"는 말이었다.

지름이 6.8 센티미터에 불과한 당구공을 여러 점으로 분할하여 당점을 제대로 맞혀야 당구를 칠 줄 안다는 얘기를 듣는다. 자그마한 둥근 공에 좁은 간격으로 촘촘하게 나누어진 당점 중 하나를 맞혀야 하는데, 이게 생각보다 어렵다. 특히 시력이 약한 나는, 내가 처음 조준한 당점을 못 맞추고 그 옆이나 위쪽을 맞추곤 한다. 이보다 더 큰 걸림돌은 '힘이 잔뜩 들어간 내 어깨'이다. 어깨에 힘을 잔뜩 주고 공을 치면 '탁' 소리를 내면서 엉뚱한 방향으로 굴러가거나 심지어는 조준점을 맞히지 못하고 허공을 치기도 한다. 한 달 전엔 지인들과 어울려 여러 시간 당구를 쳤더니 숟가락을 들 수 없을 정도로 팔꿈치가 아팠다. 미련하게 어깨에 힘을 잔뜩 주고 친 후유증이다. '엘보'는 골프 치는 사람한테 온다는데, 당구 치는 사람한테도 왔다고 지인들이 이상하다면서 고개를 갸웃거린다.

"어깨 힘을 빼라"는 얘기는 사실 처음 듣는 말은 아니다. 전에 서예를 배운 적이 있었는데, 그때 붓을 힘껏 잡고 꾹꾹 누르면서 정성스럽게 한 자 한 자 쓰고자 했다. 그래야 멋있고 힘찬 글씨가 되는 줄 알았다. 그런 나를 지켜보고 있던 서예원장이 "팔에 힘 빼세요!"라는 말을 종종 했다. "붓을 가볍게 잡는 게 좋아요. 팔에 힘이 들어가면 붓이 잘 안 나가고 틀어져 안 되어요." 이처럼 동생이나 서예원장이 "어깨 힘을 빼라"는 말을 할 때 나는 이해가 잘 안 되었다. '내가 힘을 주었나? 힘준 적이 없는 것 같은데, 어떻게 해야 힘을 빼는 거지?' 하는 의아심이 앞섰다. 지금 생각해보니 더 잘하려고 하는 마음에서 잔뜩 힘을 주었던 것이다.

요즘 지인들과 '매사 힘 빼는 게 좋다'라는 얘기를 종종 한다. 축구공을 찰 때 가볍게 발을 놀리고 있다가 차는 순간에 강하게 차야 멀리 나가지, 발에다 힘을 잔뜩 주고 차면 멀리 나가질 않았던 경험을 가진 분들이 많을 게다. 최근에 들은 얘기 중 새롭게 배운 사실도 있다. 수영할 때 어깨에 힘을 빼야 잘 나간다고 한다. 나도 오 년 전에 어깨에 힘을 잔뜩 주고 수영을 하니까 전진하지 못하면서 제자리에서만 맴돌았던 기억이 있다. 지금 생각해보니 어깨를 부드럽게 하고 있다가 전진할 때 팔을 강하게 저었어야 했는데, 그걸 모르고 힘을 잔뜩 주고 수영을 하면서 허우적거리기만 했다.

내가 싫어하는 것 중의 하나가 노래 부르는 것이다. 왜 그리 음정, 박자를 못 맞추는지 나 자신이 생각해도 안쓰럽기만 하다. 노래 부르는 것을 배우고 싶었으나 배워서 되는 게 아니라고 생각하여 시도하지 않았다. 한번은 창을 잘하는 지인에게 노래를 어떻게 그렇게 잘하느냐고 물어본 적이 있다. 가장 중요한 것은 자신감을 갖는 것, 두 번째는 철저한 연습만이 해결책이라 한다. 당연한 정답이다. 이에 못지않게 세 번째는 소리를 낼 때 목에서 힘을 빼야 한다는 답을 주었다. 노래 부르는 것에도 힘을 넣는 순간 모든 게 틀어진다는 것을 깨달았다. "힘을 빼야 한다."라는 얘기를 글쓰기 수업에서도 들었다. 힘이 들어간 글은 공감을 얻기 쉽지 않다고 한다. 이 말이 내포하는 바가 좀 애매하였으나 내 나름 분석을 해 보았다. 글을 물 흐르듯이 자연스럽게 써나가는 것이 힘을 뺀 글쓰기 방법이 아닐까 생각했다.

전에 직장에 다닐 때 힘을 주지 않으려고 무척이나 조심했다. 대개 완장을 차면 완장값을 하느라 그런지 어깨에 잔뜩 힘을 주고 쓸데없이 폼 잡고 하급자들에게 갑질하는 경우를 종종 보았다. 상급자는 전체 조직의 성과를 내기 위해 직원들을 다그쳤다고 할 수 있겠으나 갑질 행위로 보였다. 나는 갑질을 하지 않으려고 무척 조심했지만,

혹시 자신도 모르게 갑질을 했는지 모르겠다. 혹시 내게 그런 일을 당한 사람이 있다면 모두 내 부덕의 소치이기에 용서해 주면 좋겠다. 나는 그와 같은 완장 효과를 드러내지 않기 위해 '겸손과 양보'를 생활신조로 삼았고 지금도 지키려고 노력하고 있다.

팔이 나아 당구장에 가게 되면 힘을 뺀 내 모습을 보여 주고 싶다.

**최봉호**
〈그린에세이〉로 등단. 통계청 '청렴 옴부즈만' 위원, 통계교육원 초빙교수, 대전문인협회 회원. 홍조근정훈장, 대통령 표창 등 다수
저서 ≪현장 중심 통계조사의 이해≫ ≪주요경제지표-임금통계≫(OECD, 2002)

# 내가 그린 에세이

그린에세이작가회 · 1
2023